U0852141

漫娱图书
SINCE BOOKS

名　家　精　品　系　列

江南
著

ONCE UPON A TIME IN SHANGHAI

上海堡垒

长江出版社
漫娱图书

当你老了

——威廉·巴特勒·叶芝

（爱尔兰）

当你老了，头白了，睡思昏沉，
炉火旁打盹，请取下这部诗歌，
慢慢读，回想你过去眼神的柔和，
回想它们昔日浓重的阴影。

多少人爱你青春欢畅的时辰，
爱慕你的美丽、假意或真心，
只有一个人爱你那朝圣者的灵魂，
爱你衰老了的脸上痛苦的皱纹。

垂下头来，在红光闪耀的炉子旁，
凄然地轻轻诉说那爱情的消逝。
在头顶的山上它缓缓踱着步子，
在一群星星中间隐藏着脸庞。

When you are old

—— *William Butter Yeats*

When you are old and grey and full of sleep,
And nodding by the fire,take down this book,
And slowly read,and dream of the soft look,
Your eyes had once,and of their shadows deep;
How many loved your moments of glad grace,
And loved your beauty with love false or true,
But one man loved the pilgrim Soul in you,
And loved the sorrows of your changing face;
And bending down beside the glowing bars,
Murmur,a little sadly,how Love fled,
And paced upon the mountains overhead,
And hid his face amid a crowd of stars.

Dedicated to
All The Cat-like Girls and The Little Beasts.

献给所有猫一样的女孩，和小野兽。

CONTENTS
目 录

CONTENTS
目 录

序 章
PREFACE

ONCE UPON A TIME
IN SHANGHAI

2020 年 12 月 25 日，那个圣诞节是黑色的，天空中无星无月，黑云翻滚，全上海都熄了灯。

大猪、二猪和我坐在东方明珠电视塔的最高处，下面是翻滚的黄浦江，江岸上停满了自行火炮，如林的炮管指着天空；前方是陆家嘴，黑暗里站着成千上万的市民，静静地仰望天空。

就一个小绿瓶的二锅头，我们一人一口慢慢地喝着。

“一会儿会是什么样的景象？”我问。

“谁知道，也许像极光，也许像焰火。”大猪说。

“我们爬到电视塔上来真的没问题么？给宪兵发现会被抓的。”二猪有点担心。

“被抓了就写检查，没什么大不了的。这种历史性的时刻，当然要在最高的地方看。”大猪不以为然。

“大猪我有时候觉得你是个诗人。”二猪说。

我们又喝了一会儿二锅头。

“战争结束之后，我是说如果战争能结束，你们还会留在上海么？”大猪问。

“我想回老家去，上海没什么意思。”二猪说。

“谁说没意思？”大猪说，“上海美女多。没听说过么？全中国的美女都跑来上海了。”

“美女再多关我屁事，又不是我家的。”我把瓶底喝干。

江面忽然亮了起来，那是江对面中国银行大厦上的巨型倒计时牌亮了起来，倒映在水里。

我们默默地站了起来，整个陆家嘴的人都扭头看去。

10、9、8、7、6、5……全上海的心脏都跟着那个倒计时跳动……4、3、2、1、0！

短暂的寂静之后，仿佛沉雷贴着地面滚动，几十道白紫色的光柱冲天而起。

顷刻之间，黑色的城市里立起了数十座光芒之塔，它们通天彻地，向上击穿了翻卷的云层。

光柱在天空里化作明亮的薄膜，弯曲和融合。相当于数百颗氢弹爆炸的能量奔流，本该是何等震撼的一幕，却偏偏寂静无声。大猪说得对，这一幕就像是极光，世间最绚烂的极光。

爱斯基摩人说极光是诸神的裙摆，那么此刻全世界的神都在天空中矗立，俯瞰这座化为孤岛的城市。

我真想此刻再有一口酒可喝，可惜酒瓶已经空了。

二猪忽然抱拳当胸，低头闭眼。

“干吗呢骚货？”我问。

“我在许愿，书上说看到极光许愿特别灵。”二猪没有睁眼，嘴唇翕动。

“极光和那东西一样，都只是大气的电离现象……”我说。

可我说不下去了，漫天紫光中二猪的侧脸那么庄严肃穆，简直圣洁，就像是修女见了她的真神。

我有点被感染了，觉得自己也该许个愿，没准就成了呢？人还是要有点愿望的，即使不切实际。

我学二猪的样子抱拳当胸，低头闭眼，默念说："这辈子老子要是能……"

话没说完呢，清脆的响声在陆家嘴广场中间爆开，那是大猪抢过我手里的空酒瓶丢了出去。

几十万人转头仰望我们，还有人群里那些荷枪实弹的宪兵兄弟，我和二猪都懵了。

"大猪你发什么神经？你是故意想让宪兵抓到我们么？"我大吼。

"抓到我们就写检查！在几十万人面前露了一脸，值了！快跑！"大猪一边大喊，一边猴子似的往下爬，这时候宪兵们已经吹着哨子逼过来了。

"这辈子老子要是能……"趁着天空中的电离现象还没结束，我觉得我应该把那个愿许完。

"还许什么愿啊！快跑！"二猪拉着我就往下爬。

大猪爬起来像猴子，二猪爬起来像猩猩，我觉得我比他们优雅一点，但似乎也没好太多。

刚爬到一半，空里的光就暗淡下去了，那层能量凝聚成的薄膜最终成形，笼罩了整座城市。

江边的炮车射出灿烂的礼花，把整个天空照亮，广场上的音乐响了起来，几十万人歌舞欢腾。

我们爬下东方明珠，奔跑在小巷中，宪兵们的哨声追在后面，大猪响亮地吹着口哨，二猪伸手过来。找不到拒绝的理由，我只好跟他击掌，好像我们刚干了什么了不起的大事。

最后我们被宪兵们摁倒在地，宪兵队长过来拍照的时候，我们仨都比出了 V 的手势。

我永远记得那个黑色的圣诞节，既不是漫天的紫色极光，也不是我们在几十万人面前露了脸，而是那天晚上，平生里第一次，我低头下去，想许一个愿，却没来得及完成。

第一章
CHAPTER 1

ONCE UPON A TIME
IN SHANGHAI

2022年2月15日，上海，南京中路，沙尘暴轰隆隆地经过，充斥了每一寸空间。

几分钟前空气还很清澈，只是西方天际上滚动着灰黑色的云层，像是黑潮平铺在低空中。

黑云忽然就席卷而来，片刻之后覆盖了这座城市，风速在几秒钟内从二三级飙到八九级，尘暴遮天蔽日，但诡异的是在我们头顶正上方，黑云像是遭遇了什么障碍，一分为二，又迅速汇合，在天心正中央留下了一个圆形空洞，阳光从空洞里照下来，像是圣光从教堂的天窗里洒落。

将军站在落地窗前，黑色军礼服，白色手套，行军礼。我落后半步，也行军礼。

玻璃剧震，尘暴像是随时会震碎玻璃冲进来，但将军不为所动，挺得笔直。

我很少见他那么认真地敬礼，老家伙比较懒散，敬礼通常都是走个形式，但此时此刻，他正对这片灰黑色的尘暴致以军人的最高敬意。

尘暴速度极快，几分钟内就经过了上海，向着浩瀚的东海而去，视野部分恢复，但窗外还是灰蒙蒙的。

“礼毕！”将军说。

我低头看了一眼手中的 PAD，上面显示云层高度 2000 米，在 1700 米的高空中，它遭遇了泡防御界面，所以留下了那个透光的空洞。那层防御罩覆盖整个上海，像口倒扣的锅。

“那些是新德里的灰，被西印度洋的热带风暴带到这里，用了 72 个小时。尘埃云过去，跟着还有雨云，得两三天才会彻底晴朗起来。”将军顿了顿，“那里面混着印度军人的骨灰，36000 名英勇的印度军人，在那座城市里坚守到最后一刻。”

他在巨大的办公桌边坐下，撕开一包中华烟，点燃一根，深吸一口，慢慢地吐出青烟：“以你的保密级别，现在可以听这个消息了，72 个小时之前，新德里堡垒遭受毁灭性打击，仓促中启动了陆沉程序，地面建筑全毁，新版的地图上不会再有新德里这个地名了。”

“大概猜到了。”我说，“上海……也会陆沉么？”

“造谣是要上军事法庭的，江洋中尉！”将军猛地抬头看我，语气严厉。

我脑袋一缩：“我就顺口问问，而且我只是个预备役，别拿军事法庭吓我。”

“预备役也一样！非常时期，我批个条子就能枪毙你！”将军目光凶狠，声调却低落下去，“不过可以在宿舍里囤点瓶装水和面包。”

我俩都沉默了，空气里充满了老式轮机般的咔咔响声——这座楼还是有点老了，中央空调不太好用。

“老大……真要是陆沉，靠瓶装水和面包顶得住？”我打破了沉默。

“多点时间写遗书不好么？”将军冲我直摆手，意思是叫我滚蛋，

“省省吧你！年纪轻轻的不追求上进，就知道杞人忧天！叫你写个入党申请书半年都没交！就算上海采取陆沉方案，也会有配套的救援措施，1800 万人，没那么容易死！”

我知道老头子现在心情不好，没有必要去捋他的虎须，所以转头就溜。

关门的前一刻，我听见那首熟悉的、肖邦的《夜曲》在将军的口袋里响起。

我这人就是太八卦，很没眼色地从门缝里偷窥。将军从口袋里摸出手机，却不急于接通，而是翻起眼睛看我。我吐了吐舌头，把门带上了。

其实我也赶时间，没心情八卦他的破事儿。出了门，我撒腿就跑。

大厅里放眼都是军装笔挺的高级军官们，肩上扛着各种高级军衔，我就一身预备役制服，高喊着“借过借过”，横冲直撞，和他们擦肩而过。

一名女少校，穿着一步裙，踩着中跟鞋，跟着一名国字脸的中校，正雄赳赳地进门来，被我惊到了，脚腕一崴，文件散落一地。

“什么货色就敢跑指挥中心里来撒野？”中校在我背后怒吼。

“是将军直属部门的技术干部，年轻不懂事，别跟他一个孩子计较。”喜欢我的后勤阿姨帮我打圆场。

出了中信泰富广场就是有名的南京中路。

初来上海时，我最喜欢在这条路上看风景，大家都说上海就南京中路和陆家嘴的美女多，都是 office lady，多半混跨国公司，一水儿的丝袜高跟鞋膝上裙，Burberry、Prada、Gucci、Givenchy……走起路来长发起落，虎虎生威。那时候我们买罐可乐坐在路边，满街美女们是你的风景。

可现在这一切都变了。

尘暴刚刚过去，眼看着就要下雨，天空是铁黑色的，路灯的光惨白。

现在是 2022 年 2 月 15 日，战争已经持续了一年多。

当年全世界 17 个城市堡垒，都号称固若金汤，如今纽约和伦敦都已经陆沉，新德里刚刚沉掉了，上海会怎么样，谁也不知道。

我还记得战争刚开始的时候，纽约堡垒各方面都号称是最强的，泡防御开到极限强度，氢弹扔上去都炸不穿。美国人仗着自己牛逼，不愿龟缩防御，一度主动出击消灭了多达三位数的捕食者。可是转眼消息传来，纽约启动陆沉计划，海水倒灌，避难所被淹。

我看了一眼陆沉的视频，大西洋上狂风暴雨，漩涡缓缓地吞噬着无助的人们。

风里传来《新年好》的歌声，我怔了几秒钟。

中信泰富大厦对面是梅龙镇广场，伊势丹百货公司门口，两人高的大灯箱旋转着，上面写着“新春特卖会”。我这才想起今天是元宵节，伊势丹按着多年的老规矩搞新春特卖会。

大概是市委宣传部的意思吧，年年都有的特卖会别断了，安定人心。不过战争年代，谁还看重包包和高跟鞋呢？曾经的潮男潮女都过着按月领副食品的日子，眉眼间早已没有当年的眉目生春，倒是我们这帮当兵的还比较活跃，可能是距离死亡太近，反而无所谓。

“什么人？这里不能停留！快走！”有人在旁边呵斥我。

那是个年轻的宪兵上尉，裹着军绿色的制式风衣，胸前挂着微型冲锋枪。

宪兵部队是德尔塔降临之后的几天内迅速组建的，如今他们是这座城市的管理者。

宪兵们全部佩戴军用武器，遇见趁乱行凶的就咔咔地上膛，第一枪或许还是对空鸣枪警告，第二枪没准就会打在你身上，是橡皮子弹还是真子弹，取决于你违反纪律的严重程度。这也是没办法的事，没人知道自己明天能不能活，没准谁就放飞自我了，这种局面下没有雷霆手段，社会秩序肯定维持不住。

我哪敢在宪兵面前不服？想掏证件给他看，宪兵却冲我挥了挥手，示意我闪开，不要阻挡他望向天空里的视线。

我跟着他看向天空里，目测距离 1800 米，某个巨大的东西悬浮在尘埃云里，数百米……也许数公里长的触须缓缓摆动着……尘埃云忽然开裂！那东西忽然睁眼！

放射状排列的十二只眼睛同时睁开，隔着两公里和我们短暂地对视！

绿色的眼睛，像是人眼，却怪异地没有眼白！

寒意直冲后脑，我腿弯一软，可宪兵不退反进，按着腰间枪柄逼上一步，死死地盯着那东西。

有时候我真搞不懂这帮现役军人，不知是什么东西在支撑他们的意志，枪对捕食者管屁用啊？就像原始人拿弓箭指着飞机。可宪兵挡在我面前，我凭空生出一股安全感来，好像这场面确实他能罩得住。

睁眼的过程像是快门一闪，旋即那东西闭上了眼睛，挥舞着触须，隐入高速流动的尘埃云中。

“捕食者”，这是我们给它们起的名字。

捕食者有很多类型，刚才那只是很特别的侦察型捕食者，它在睁眼的瞬间已经捕捉了几平方公里的地面资料，包括我在内。更多的捕食者是进攻型的捕食者，像是兵蜂。

“我靠！”我拍拍胸口，“眼睛大了不起啊？就敢出来吓人！”

“每只眼睛有足球场那么大吧。”上尉也松了一口气，“大眼贼。”

他笑起来的时候，严肃一扫而空，脸上还带点孩子气，也就是我的同龄人。

我摸出从大猪那里抢来的中南海，递到他面前。

他摆了摆手：“不抽，站岗。”

第二章
CHAPTER 2

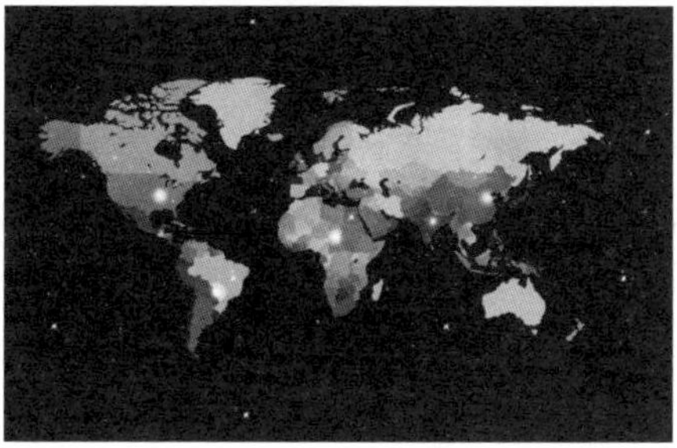

ONCE UPON A TIME IN SHANGHAI

地铁轰隆隆作响，我躺在长椅上，独占整整一节车厢。

战前可没有这种好事，地铁里人满为患，高峰时间挤得喘不过气来，新闻说有孕妇在里面挤流产过，笑话说有女孩在里面挤怀孕过。

如今大家都很少出门了，有时候你得走过好几节车厢才能找到个同行的人。

地铁保持运营主要是考虑军事用途，我们跑来跑去执行任务也得靠地铁。

过了好几站都没看到人，我开始胡思乱想打发时间，一个人的时候我总是胡思乱想。

前几天在网上看了篇很红的小说，作者是个女孩子，写上海的地铁。

某年某月某天女孩子穿上自己心水的白裙，乘一趟空荡荡的地铁，去看一个住在郊区的朋友。

车经过静安寺站，月台上黑压压一片，全副武装的战士们在候车。车门开了，他们鱼贯而入，一个挨着一个坐在长椅上，把各种女孩叫不出名字的重武器放在自己的膝盖上，鸦雀无声。

穿白裙的女孩在穿黑衣的战士中间，就像白色的绵羊行走在黑色的群山里。

坐在女孩身边的是个年轻的中尉，脸上画着黑色的迷彩，嘴里咬着自己的身份铭牌。

显然这支部队是被派去执行某项秘密任务，战士们不被允许在地铁上说话。女孩不很确定，但从轮廓看那位中尉依稀是她初中时暗恋的男生。

这个意外的发现让女孩心情激荡，她几次用眼神示意中尉，意思是你看我啊你看我啊，你还记得我么？可中尉坚定地直视前方，像是生铁浇铸的武士俑。

女孩急得想用手指去捅捅他，让他好歹看一眼自己。可阻拦在中尉和女孩之间的是厚实的黑色胶木枪托，中尉把重武器放在那里，枪托隔着白裙抵住了女孩的腿，女孩连多靠近一寸的机会都没有。

女孩想中尉其实是不愿被偶遇的女孩骚扰，所以才会这么做。终究在这群全副武装的男人眼里，她只是个无知的、无用的、无聊的和满怀心事的陌生女孩而已，那么的渺小。

她在车窗的反光里呆呆地凝视着中尉的脸，有时觉得他就是自己曾喜欢过的男孩，有时又只觉得那只是个面容相似的陌生人，有时觉得这场重逢仿佛宿命，有时又觉得这是对自己过去的嘲笑。

这么多年了她一直想知道在那个她试图表白的夜晚，他们并肩走在月光下，那个男孩到底有没有觉察她的欲言又止。

地铁到站，战士们整齐地起身下车，女孩呆呆地坐在车厢里，重又变作孤身一人，她忽然难过地哭了出来。

可就在车门关闭的最后一刹那，中尉飞奔回来，他的战友用枪帮他撑住车门。在车门报警的蜂鸣声中，中尉粗暴地抓过女孩握着手机的手，拍摄了一张自己枪托的照片，又匆匆离去。

他的胶木枪托上有一块金属铭牌。

女孩在部队里的朋友看了照片说，他是想让你看他枪柄上的编号啊，那是他在部队里的身份编号，根据那串数字就能查到他的真实身份，他想让你去查出他是谁，他是喜欢你啊。

女孩说那我不用查啦，我知道他是谁，我怎么会不知道他是谁呢？

于是文艺女孩陷入了一场爱情，她欢欣鼓舞地期待着战争结束之后和初恋的重逢，只要他俩那时候还活着，她想她会穿上白纱跟他去教堂。

可不久后新闻播报了一份简短的烈士名单。烈士名单中只有身份编号而没有姓名，这些战士在保密任务中牺牲，不能对大众公布，但是知道他们身份编号的家属能明白。

女孩忍着巨大的惊惧打开手机，对着那张照片，一个数字一个数字地核对，当确定每一位数字都没错的时候，她坐在沙发里哇哇大哭。

她想自己少女时代的回忆就这么烟消云散啦，那个男孩其实已经明白了自己的心思，可最终也没来得及跟自己说上一句话，转身就奔赴战争的洪流。她跟身边每个朋友讲述这个故事，每一次都泪如雨下。

就在她已经完完全全地相信了这个故事，并把初恋美化到一个接近神的高度时，在一场朋友聚会上，她又见到了那个素来以风流著称的初恋。他搂着新泡的小模特，满身酒气，进门就大声说老同学我来晚啦我来晚啦。

整场聚会她都死死地盯着那个男孩看，想问他是不是死而复生，是不是新闻报错了。可最后她什么都没问，她忽然发觉原来初恋根本就不像地铁上遇见的那个中尉。

女孩终于忍不住请托朋友帮她去查那个身份编号后的名字，朋友发来了一个陌生的名字。

“其实那只是个对你一见钟情的男孩啦，”朋友说，“他喜欢你，想让你记住他。”

可是等女孩知道他的名字，他已经离开很久了，而在女孩的心里，他一直以另一个人的名字活着。

我把小说转发到军队内部网上，大家都被感动了，只有三个人例外，大猪、二猪、将军。

大猪看完之后用牙签剔着牙，摇头 :“没劲！原本是干柴烈火的好事儿，哥们太怂！”

二猪看完之后拍着自己的胸肌，摇头 :“没劲！太文艺，爱我就要说出来，不要光想我！”

将军看完后点燃一支中华，摇头 :“现在的作家也太喜欢胡诌了，静安寺那站怎么会上来带重型武器的部队呢？驻扎在那边的都是文职干部，我们的行动队分明是驻扎在宝山站！”

我急了，说这是小说啊小说！我们不能吹毛求疵，要看内涵！

将军一愣说 :“什么内涵？内涵有什么好看？”

我很丧气，觉得交友不慎，生活在一群糙汉中间，都没有人可以倾吐心声。

我自己是很喜欢那个故事的，我读完觉得作者是在讲一个道理，就是在这个世界上你最爱的那个人其实只是你自己心里的一个幻影，偏偏你就是没法从那个幻影的手里逃脱……

该死！我又想给林澜发信息了！

我这么想着的时候，已经把手机摸在手里了。

算了算了，发就发吧，反正类似的骚扰信息我也经常发。

这趟地铁会带我去龙阳路站，路程大约半个小时，半个小时里我无所事事，可以用来等她回复。

今天聊点什么呢？

“你干什么呢？”

我输入完这条信息立刻删了，感觉是没事找事，纯粹撩闲，林澜肯定懒得回我。

“刚把分析报告做完，熬了一夜，真是累爆了！”

输完又删了，看起来非常婆妈，我凭什么对林澜汇报工作汇报生活？她又不是我什么人。

“真够烦的，尘埃云一来，阴得跟夜里一样。”

也还是一副没话找话的腔调。

“早晨读到一首里尔克的诗，想跟你分享……”

算了……莫装逼装逼遭雷劈。

真是书到用时方恨少理科男生挫到老，想起某个女孩，却连一条上点档次的信息都写不出来，我有点垂头丧气。

对面的液晶屏上正播着地铁安全小短片，主角照旧是孙悟空和猪八戒，这是上海地铁的老传统。

孙悟空教诲猪八戒说，如果在乘坐地铁过程中遭遇光流轰炸，应该立刻躲避在车厢的角落里，或者其他有支撑的空间，比如长椅下，此间要用手机不断拨打求救电话。

正撞到我们理科男的枪眼儿上了，我不由得歪嘴冷笑。

扯淡吧！长椅能管事儿？这帮编导以为光流轰炸跟地震差不多？根据计算，光流中的能量密度可以和氢弹相比！它们能在一平方厘米的面积上施加一栋摩天大楼的重量！如果泡防御被击穿，我们的结局会跟新德里一样，无人幸免。

真要有一天光流落在了地面上，与其瑟缩着祈祷，不如把你能想到的最离经叛道的事儿做了，比如裸奔穿越南京西路，和整个上海一起化作尘埃云。

这么想来也蛮美，上海化作一场铅灰色的尘埃云，飘到东海上空，再化成一场铅色的雨降落在海上，寂寥得很牛逼。

其中有些灰是我的，有些是林澜的。

车厢猛震，地铁带着刺耳的噪音减速，所有的灯同时熄灭。

出什么事了么？我倒不惊慌，地铁忽然停运有很多可能，也许只是临时检修。

“我现在去浦东机场，经过花木，要不要给你带点花？”我在黑暗里写出了这条也还是没什么意思的信息，发了出去。

灯又纷纷亮了起来，屏幕也亮了起来，画面切换为市政府发言人：“现在插播市政府紧急通知，今天下午二时至四时，南浦大桥短暂关闭，仅供特许车辆通行，请计划途经南浦大桥的驾驶者绕行。”

地铁播音跟着响起：“各位乘客，接到市政府紧急通知，本次地铁将在人民广场站停止运行，请您带好随身物品准备下车。”

我脑袋里“嗡”的一声，屋漏偏逢连夜雨，梁康三点五十分就要过安检，这下子怕赶不上了！

车门一开我就往外冲，以往熙熙攘攘的人民广场站此刻空荡荡的，我连跑带跳，以百米冲刺的速度经过检票口，从来福士广场的出站口出站。

人民大道上警戒森严，披着米色风雨衣的宪兵们十米一岗，风雨衣下露出微冲的枪管。

军用卡车正一辆接一辆缓慢通过，清一色的三十吨十八轮重型平板卡车，体积巨大的货物上蒙着防雨布，押车的都是高级宪兵，看军衔最低都是少校。

一名宪兵注意到了我，转身的同时枪管也转了过来。

“同志！”我赶紧行军礼，“我有紧急任务需要过江，怎么最快？”

宪兵上下打量我一番：“紧急任务？”

“我是炮防御指挥部的！任务非常紧急！能有车送我去浦东么？”

“桥和隧道都封闭了，过江走摆渡。”

摆渡？开什么玩笑？什么年头了你跟我说过江走摆渡？

但这不是抱怨的时候，看那乌黑的微冲枪管我知道没什么讨价还价的机会，我调头冲向黄浦江边。

江边浮着一道空汽油桶做的浮桥，伸入江面，浮桥尽头停泊着七八艘平底驳船，船头上挂了“征用”的军绿色牌子。

“快！快！我要过江！”我踩着汽油桶，一边飞奔一边大喊，像是被朝廷鹰犬追得走投无路的大侠。

“船被部队征用了，证件拿出来看看。”摆渡大爷拦住我。

我摸出证件一晃：“快点！有任务！”

“你那是预备役军官证。”摆渡大爷眼尖。

“夹生饭还是饭呢！”我说，“快开船！”

狐假虎威起了作用，驳船上的几个人互相看了看，大爷似乎是领头的，挥了挥手：“你们几个在这里等着，我送他过去。”

驳船突突突地行驶在黄浦江上，大爷在后面掌舵，我坐船头。

前面是直刺天空的东方明珠电视塔，后面是老上海的十里洋场，江面开阔，微风徐来。

“虽说这是预备役，不过那么年轻就是中尉了，有前途啊！”大爷跟我闲聊。

“有什么前途啊，一个月薪水连 5000 块都不到。”我哼哼。

“部队不是包吃包住么？不用花钱的啦。”

“包吃包住是不假，可我要不要找女朋友啊？找女朋友要不要花钱啊？”

“部队的女同志现在也很多，也有很好看的嘛，你们内部解决，一起吃食堂，不用花钱的啦。”

我忽然有点出神，大爷说的好像也是很温馨的画面啊，我们一起吃食堂，一起打外星人……

船摇晃了一下，忽然间水流和风向都变了。

“哎哟，要坏事！”大爷嘟囔。

我吃了一惊，跳起来四下顾盼。

江流忽然汹涌起来，而且方向逆转，流速越来越快，我们的驳船被裹进水流里去了。驳船前方大约三百米,江面上忽然开了一个大口，像是河床坍塌似的。缺口周围水流轰鸣，形成一个巨大的漏斗，进而有形成漩涡的趋势。

“我靠！怎么回事？这是流沙河么？沙僧要跳出来了么？”

“上海主炮开闸，没事儿。一会儿炮口闸门关了，我们接着走船。”大爷倒是淡定。

他关闭发动机，也不掌舵了，从背包里摸出一个饭盒来。这是要开饭？

“大爷！你这船就要掉进去了！”我快被他气晕了。

驳船正以极高的航速向那个巨大的漏斗口滑去，这样下去不过一分钟我们就会掉进去。

“下锚呗，这点准备没有，还敢在黄浦江上走船？”大爷抓起铁锚扔进水里。

铁锚勾进江底的石缝里，船在急流中震动，总算是停下了。我坐在船头，战战兢兢地看着江水飞快地从两舷滑过，白浪翻滚，发出巨大的轰鸣声。大爷跷着二郎腿，捧着盒饭大嚼，镇定自若，这年头摆渡的都那么酷。

黑色的金属壁从水底缓缓升起，像堤坝那样隔断了水流，一门巨炮的炮座缓缓升起，炮口斜指天空。

水面恢复了平静，我站起来眺望那门巨炮，我听说那件武器很久了，但还是第一次近距离看它。

说是炮，更像是在一块巨大的、不规则多面体的黑色金属上挖出了一个孔来，那个孔就是它的炮口了，炮口直径超过 40 米，无法想象那门炮会打出什么样的炮弹来。在这门炮之前，世界上口径最大的重炮之王是二战时纳粹德国造的“古斯塔夫巨炮”，可以在德国境内炮轰巴黎，而这门炮则是要在地表炮轰外太空的。

上海主炮，令整个上海为之骄傲的最终兵器，但它从未发射过。

整整一个团的部队驻扎在河床下的防空洞里，负责操控这件超级武器。

上海人都为那门炮自豪，也对它寄予厚望，相信到了它发射的那天，一定让漫天的捕食者吃不了兜着走。可将军私下里说，上海主炮就是一门永远不能开的炮，所谓最终兵器，就像日本武士的怀剑，你把它拔出来的时候，多半是要切腹自杀，或者是要跟敌人同归于尽。

没几个人能说清那门炮的原理，甚至没人能说明白它到底是个什么，到底能不能算一门炮都是个问题。我们只知道这是一件来自外星文明的礼物，那个文明我们称之为“阿尔法文明”，阿尔法是希腊字母表中的第一个字母，阿尔法文明是人类接触到的第一个地外文明。

阿尔法文明和人类的第一次对话要追溯到 1975 年。

时至今日人类从未见过任何一个“阿尔法人”，但阿尔法文明用了很多方法来证实了自己的存在。

比如“先驱者 10 号”探测器的神秘归来。

那是人类历史上最早的恒星际探测器，发射于 1972 年，使命就是飞越整个恒星际到太阳系外面去。

1989 年 5 月 24 日，人类最后一次收到它的信号，当时它正飞越冥王星轨道，飘向茫茫星海。

先驱者上载有一片记载了“人类善意”的黄金碟片，NASA 说如果先驱者被外星人捕获，外星人能从碟片上记载的信息中知道茫茫宇宙中还有一个地球。但这其实只是一个噱头，进入恒星际的先驱者就像一粒沙砾流入太平洋，它遇见外星人的几率是几亿亿亿亿分之一。

然而先驱者探测器回来了，1996 年夏，它沿着哈雷彗星的轨道飞返地球，降落在卡纳维拉尔角附近的海面上，距离它的家肯尼迪航天中心仅仅 40 公里。

很显然，有人在太阳系之外捕获了它，给它施加了一个反力，把它“丢”了回来。

这是一次穿越百亿公里的投球，精准至极，就像在北京开枪命中纽约自由女神像上的一只海鸥。

NASA 的科学家们都被吓到了，这只能是外星人干出来的事情。

最重要的沟通方式则是“使者”。

1975 年诞生的婴儿中，有相当一部分脑部发育异常，那些孩子永远沉睡在梦境中，没有人教过他们语言，但他们会在梦中低语。梦呓中包含了领先我们不知多少的黑科技。

阿尔法文明通过他们的嘴和人类沟通。

阿尔法文明说人类其实并非从单细胞生物进化而来，人类的基因中混合着源自外太空的基因碎片；阿尔法文明又说人类之前地球上还有其他文明，它们比人类文明走得更远；阿尔法文明还说人类目前的技术发展方向已经偏离正轨，但遗憾的是阿尔法的超级技术暂时还不能传授给人类，因为人类还没有做好准备接受那个未来。

总之从 1975 年开始人类拥有了一个来自外太空的、不曾谋面的盟友，它没帮过人类什么忙，但是对人类是友善的，这是一群“好外星人”。

可随着“好外星人”的出现，“坏外星人”的脚步声也逼近了。

阿尔法文明准确地预言了第二位外星客人的到来，德尔塔文明。

它把德尔塔文明的到来说成是恶魔从天空里缓缓降下，阴影笼罩整个地球，感觉是某种宗教意义上的末日。

2020 年 12 月 15 日，阿尔法文明预言的“降临之日”，从唐宁街 10 号到白宫到中南海，各国首脑都不安地等待着天体观测站的消息。

那天恰逢日全食，全食带横亘北半球，从新疆阿尔泰直到挪威奥斯陆，全世界的天文爱好者都在翘首而望。当月球的影子彻底遮蔽了阳光，地球进入阴影时，客人现形了。恐怖的阴影悬浮在一轮黑月旁，无需天文望远镜，肉眼就可以直接观测到。

那是一艘庞大的滞空母舰，长达 900 公里，是月球直径的四分之一。它的表面 100% 吸收电磁辐射，这意味着它全隐形。唯一能观察它的机会就是日全食，它遮挡了太阳，把巨大的阴影投在地球表面，和月球的阴影连在一起，像一枚巨大的短柄棒棒糖。

首脑们惊恐万状地汇聚到纽约，在联合国大厦举行峰会。那应该是联合国历史上最平等公正的峰会，没有大国小国强国弱国的区别，首脑们互相拥抱，互相鼓励说我们仍旧相信人类的未来。

历史上无数神棍预言过地球的灭亡，后来都被证明是“狼来了”的故事，当神棍们都快混不下去的时候，狼真的来了。

NASA 的局长在第一时间辞职。

作为全世界最负盛名的太空研究机构，行星际战争一触即发，NASA 理应拿出解决方案。

可局长大人说没有解决方案，技术差距太大，唯一能救人类的是宗教。

他没有选择基督教天主教，而是去西藏某个小庙当了喇嘛，如今可能已经是密宗达人。

俄罗斯不愧是战斗民族，俄罗斯学界也一向以刚猛著称，NASA 不行，俄罗斯航天科学院就接棒了。

一个半月后，俄罗斯人拿出了一份反制计划，这是一份以核武器为基础的焦土计划。

俄罗斯人说外星人如果进攻地球，那么大城市肯定首当其冲，我们可以把居民全部转移，在地底埋设氢弹，或者直接把核电站改装为核爆装置。外星人的登陆舰只要敢降落在这些城市中的任何一座，他们就引爆。

代价当然是沉重的，但别无选择，安理会批准了这一方案。

可核弹就位之后，怎么也等不来德尔塔文明的登陆战。德尔塔人似乎对地球没什么兴趣，春去秋来花落花开，母舰沉默地在月球轨道上旋转着，既不宣战，也不回应人类的呼叫，一心求战的俄罗斯人等得望眼欲穿。

就在人类带着侥幸心理想外星人可能一百年也未必发动进攻时，从月球轨道上发射的光流降临，半个圣彼得堡化为灰烬。埋设在地底的氢弹根本就没有爆炸，而是在光流中无声无息地灰化了。

NASA 那位局长说得没错，人类没有任何武器能够对抗德尔塔文明，现实不是《独立日》。

好在阿尔法文明没有袖手旁观，通过“使者”们的嘴，阿尔法文明传授了它们的“超级技术”。

其中最重要的就是我们头顶的“泡防御”，目前唯一能抵御光流轰炸的防御场，核爆级别的惊人能量被约束在薄薄的一层膜状场里，笼罩着城市，光流和捕食者都无法穿越这层薄膜，它看起来就像肥皂泡那样不堪一击，但任何接触到它表面的东西都会在零点零几秒内化为灰烬。

2020 年 12 月 25 日，恰逢圣诞节，泡防御在全球十五座大城市张开，先是灿烂的光柱从地面升起，然后是约束场在天空中缓慢融合，把城市和外界隔绝开来。

德尔塔母舰立刻侦察到了这种高强度的能量反应，泡防御张开后的 24 小时内，数以百计的次级母舰从月球轨道上释放，被数以万计的捕食者包围着从天而降，针对人类的战争正式启动。

光流没能撼动泡防御，捕食者也未能撼动泡防御，人类终于觉得自己有些微的可能幸存下去了。

奇怪的是，次级母舰和捕食者群在泡防御前受挫之后，并未转而去攻击没有防御的中小城市，而是始终悬浮在这十五座城市上方，把所有炮火倾泻在泡防御上，异常的执着。

泡防御并非无懈可击，在多数情况下它很健康，坚定地拒绝着外来的入侵者，但在遭受超高密度的能量攻击时，界面上形成不稳定的能量湍流，我们这群人的工作就是平衡它，让它从紊乱的状况中回复正常。

好像非常伟大，掌握最尖端的技术，守护整座城市，但这份光荣其实并不在我的期待中。

我北大毕业，没上过一天军校，一贯地自由散漫，理想是去华尔街当一个精算师。

我选中精算师这个行业作为自己的人生理想，主要是听说这份工收入很高，在华尔街很吃香，可以买得起跑车，每天上班都是衣冠楚楚——说真的我小时候就这点出息。

高考那年，我把大学和专业名录翻过来覆过去筛了十几遍，犹豫不决。

我想考北大，原因也很搞鬼，因为我其实是个南方人，但听过一首北方的歌。那还是汉朝时候，李延年老师就给汉成帝唱歌说："北方有佳人，绝世而独立；一顾倾人城，再顾倾人国。"

不知为什么，听完那首歌之后，我就觉得北方的女孩子可能是更好看一些，而北方的中心在北京，北京最好的大学是清华北大，跟清华比起来，北大显得文艺一些，北大感觉比清华有气质，所以我想上北大。

但我老家是个穷地方，高考的定律之一，地方越穷，竞争越激烈。我虽然也算聪明，但家乡父老里有的是比我刻苦、立志要杀出穷山恶水的牛人。以我的成绩想上北大，纯属痴人说梦。

就在我想要放弃的时候，忽然在招生名册的角落里发现北大物理系有个特设的模型精算班，是单独招生的，应该还没引起各方强者的关注。

我有个表哥，在华尔街做金融，据说已经出人头地，是我的人生参谋。

表哥看了这个班的课程设置，拍掌叫好，说以这个课程设置，将来转做精算师妥妥的！

于是我豁出胆子一搏，成功录取。

大学四年，我一边苦读原版的《金融家》和《华尔街日报》，一边猛攻 GMAT，表哥给我搞到了哥伦比亚大学大牛的推荐信，只等毕了业就飞美国，哥伦比亚念完金融硕士直奔华尔街，从此西装革履开跑车喝洋酒。

可毕业那年，我预设的人生轨迹发生了完全的逆转……

年级主任拿着我那份哥伦比亚大学的录取通知书，隔着厚如瓶底的眼镜审视我，良久，放下通知书，语重心长地说："江洋，有没有考虑过应征入伍？"

我不假思索地说从没考虑过！

我怎么会那么想不开呢？我看起来像那种对人生失望的人么？

年级主任不说话，抽出我入学时候签的一份文件递给我，上面有"保密"的红章："你的专业有保密限制，未获中央军委特别批准，不能出国，只能在军队内部服从分配。"

我茫然地打开文件夹，第一次认认真真地读完那份有我亲笔签名的文件，才意识早在四年前我就上了贼船，北大设置的这个特殊专业，是由中央军委直接管理的军事专业。

藏在幕后的"解放军空间战略部队"对我轰然打开了大门，我走进这扇门之后，才明白那个"模型精算班"是以何等的精心设计的。

我们看起来主修数学和经济，整日里研究各种数学模型，其实我们的每一项技能都是为这个巨大的防御场服务的。

怎么计算它，怎么维持它，怎么平衡它。

不仅仅是北大，从哈佛大学到印度工学院，世界各国的名校都在秘密培养我这种“特殊人才”。

表哥害我误上贼船，却没机会听我的怨言了。如今他已经跟着纽约一起陆沉。战争开始之前他刚刚在华尔街搞到了一间独立办公室，站在落地窗前，挺胸腆肚地拍了一张照片传给我，意气风发。

不知道他是否还活着，如果活着，不知他在纽约城那暗无天日的地下过得开不开心。

风悠悠地吹着，水沿着船舷流动，黄浦江两岸高楼林立，重型车队整饬有序地经过南浦大桥，摆渡大爷在吃他的盒饭，我在频繁看表。

“什么时候才能接着开船啊？”我问。

“急什么啊，一辈子，紧赶慢赶也是几十年，躺倒睡觉也是几十年。赶去投胎啊？”大爷不耐烦地摆摆手，“别急，我吃完饭先。”

我打开手机，没有新的信息。

林澜，你现在在做什么?

第三章
CHAPTER 3

ONCE UPON A TIME
IN SHANGHAI

敞篷吉普跑在宽阔的龙阳路上，超过一辆又一辆的重型卡车。

我在副驾驶座上站起身来，向押车的宪兵们行军礼，神气活现，像是在检阅部队。

宪兵们有的回礼，有的则神情冷漠。

“别太嚣张。”开车的宪兵少校说，“你一个预备役。”

“别把我们预备役不当干部！”我坐下来，舒舒服服地靠在椅背上。

运气不错，我过了江，正找不到车的时候，遇上了熊嵩。

熊嵩是宪兵司令部的人，少校，论军衔算是长官，不过浊防御指挥部和宪兵司令部互不隶属，熊嵩也不是那种爱耍官威的人，我们一起打过牌吃过消夜，算半个兄弟，他答应带我一程。

手机震动了一下，是林澜回了信息：“你去花木干什么？”

“去机场送个朋友，要不要给你带束花？”

“就郁金香吧，黄色的，谢谢。”

我对最后“谢谢”两个字有点不爽，一本正经，好像我是同城快递，帮她买花是赚她快递费。

前面就是龙阳路地铁站了，我指了指路边：“就近停吧，我就跟这儿下。”

“你不是要去机场么？反正我一路过去。”熊嵩不解。

“有点别的事儿，待会儿我自己坐磁悬浮过去，几分钟的事儿。”

“就你事儿多。”熊嵩在路边停下。

我跳下车去，跑了几步，熊嵩忽然在背后喊我。

“怎么？”

“能搞到去兰州的机票么？”熊嵩压低了声音，眼神有点奇怪。

“开什么玩笑，你以为我是谁？能搞到机票我还跟这儿混？”

“你那个朋友不是搞到了么？有一就有二，能搞一张就能再搞一张。”他舔了舔开裂的嘴唇，“要钱的话，没什么问题。”

我愣了一下：“他是他我是我。”

我不懂熊嵩在动什么鬼心思。他和我一样是军人，还是个现役，签了军令状的主儿，就算搞到机票又有什么用？组织不批准私自离开就是逃兵，要上军事法庭的。

熊嵩眼里那抹奇怪的光褪了。他点点头，冲着重型车队丢了个眼色：“知道那是什么吗？”

“不知道。”

“泡防御发生器。这一部安装在张江镇，还有三部也拆除安全锁了，今天夜里同时安装。一部在高东镇，一部在莘庄，一部在宝山区那边上海大学校区。这也是最后的四部。”

“因为前几天轰炸太密集吧？上面不放心了。”

“不过家底儿也用完了。”熊嵩发动吉普，风驰电掣地去了。

我夹着那束50块钱买的黄色郁金香，走进空荡荡的磁悬浮售票大厅。

“单程 50，往返 80。”售票的兄弟没精打采。

“都战争年代了，也不打折？”我随口抱怨一句，但还是老老实实地掏钱。

“打折不打折也无所谓，现在还能搞到机票往外飞的，还在乎这几个小钱？”售票兄弟问，“单程？”

“往返。”

“我猜你就是往返，看你这样子也就是我们平民老百姓，搞不到机票的。”

你说这人眼光怎么就那么毒呢？

“军官证能打折么？”

“不能，当兵的？”售票兄弟咕哝了一句，“我劝你啊，买往返不如买单程，回来坐机场大巴，到静安寺也才 19 块钱。”

“往返。”我重复了一遍。

磁悬浮果真不是盖的，七分钟从龙阳路飙到浦东机场。

我刚冲进候机大厅，就看见梁康在人群里对我挥手。我拨开人群往里挤，梁康也豁出浑身力气挤过来。我浑身是汗，周围的人身上也都是汗，油腻腻地蹭在一起。

当年浦东机场主要起降国际航班，设备和气场都比虹桥机场牛逼，乘客中常有器宇轩昂之士，如今这里倒像是春运时节的火车站，候机的人三三两两偎依在一起，披着机场发的薄毛毯，空气中弥漫着说不清道不明的食物气味，温热而腐烂。

一个带 LV 标的大箱子，女人坐在上面打手机，捧着机场发的盒饭，边说边哭。

“你他妈就不能准点一次？”梁康在我肩上拍了一巴掌，伸手就去拿郁金香，“还搞送花这套？”

“什么乱七八糟的，不是给你的。”我把花束藏到背后，“没办法，老大要我赶一个报告，刚刚送过去我就飞奔着来了，还赶上南浦大桥封闭。”

“怎么这么多人？”我环顾周围。

“连续一周没飞机离港了，都是压下来的乘客，谁都不愿走呗，怕错过起飞。”梁康压低了声音，“不过内部消息说今天下午这班能飞，我是优先票，可以上去！”

梁康是我北大的哥们，专业是法学，毕业后在上海一家很大的律所里当合伙人。

梁康肚里那点水我是知道的，别说合伙人，律师助理他都勉强。不过他老爹在上海是有头有脸的人物，跟我们不一样，做什么都有人罩着。

他大学时就在东方君悦酒店常租一个套间，一月四万多，隔三差五带着各种漂亮女生出入。

按说这样的人是会激起民愤的，不过梁康倒不招人讨厌，他讨好女孩，也经常带兄弟们去奢侈。满屋子人在地上横七竖八，有的打游戏机，有的玩杀人，有的玩真心话大冒险，周围堆满了梁康叫的啤酒和小吃。打牌输了大家都要徒手倒立，梁康作为主人也不例外，但他还多一项才艺，能倒立着唱完《机器猫》的主题歌。

“来来来，介绍一下，”梁康从背后拉出一个人来，“这是江洋，我同学，这是……”

那是个女孩，瓷娃娃般白净，低着头，长发披散下来，细顺得像是丝绸。

“哟，这是……黛黛吧？嗨！你好！梁康尽跟我提起你了！说你各种好，羡慕死我们了！”我赶紧说。

其实梁康最近提的比较多的是刘 Rachel……可作为兄弟，这时候当然要帮衬。

黛黛我只是听梁康感慨地提起，大学时候好过，掰了，如今又旧情复燃。

我心里有点打鼓，可千万别叫错了。

“你好，梁康也老提起你。”黛黛的声音低低的，很好听。

我心里的石头放下了，果然是黛黛，战争年代，连梁康的感情都能维持得久点。

接着我就在心里骂梁康是个孙子，又祸害女孩了，黛黛看起来就是那种乖乖的文艺少女，没混过社会，估计不知道梁康那些风流韵事。

“叫你上午过我们家来的嘛！”梁康凑到我耳边，“我今儿在家里办婚礼！你是我最好的兄弟都不来！”

我一愣，侧眼去看黛黛。哎哟想不到，这文文静静的小美女居然能把梁康逼到结婚这一步去了，梁康得有多爱她啊，论长相未必就比梁康的前任和前前任和前前前任强啊。

“什么，不会吧？你不是号称要死撑到底的么？”我小声说。

“有了！”梁康冲黛黛飞了个眼色。

“有什么了？”

梁康在我脑后拍了一巴掌：“你丫装傻！”

我顺着他的目光往下看，注意到黛黛微微隆起的小腹。

“哦！”我在额头上狠狠一拍，握住梁康的手，“恭喜恭喜！”

我们两手交握了一阵子，却都语塞了。我看得出梁康并不开心，我也一样，战争年代诞生的婴儿，到底什么在等着他，鬼知道。何况我猜梁康也是擦枪走火。愣了一会儿，我们各自把手抽了回去。

“老头子说……没准都要死了，想亲眼看看孙子。”梁康搓着手。

“老爷子在兰州吧？还好么？”

“还行，不过精神一天不如一天，不是他在上海那时候了。”梁康摇头，“这次他费了好多关系才搞了票，催我赶快过去。我怕是他知道自己顶不住了……”

“瞎想什么？”我拍了拍他，“没事儿的。”

这话真苍白，可我实在找不到别的话安慰他了。

“飞往兰州的 A4356 次航班的乘客请注意，飞往兰州的 A4356 次航班的乘客请注意。请携带好您的随身行李准备进入安检通道，持优先票的乘客请您前往国际航班入口，请注意秩序，服从宪兵的指引。”

广播声回荡，所有人都不约而同地站了起来，伸长脖子眺望，就像是迷航的人看见灯塔，眼睛闪闪发亮。大屏幕亮了起来，唯一一班航班显示为“准备登机”的状态，宪兵们小跑着出现在安检通道里。

梁康的内部消息果然准确！

“黛黛！黛黛！”梁康大喊着去拉他的女友……哦不，那女孩已经是他的妻子了。

巨大的人群开始流动，像是不久前见到的黄浦江的湍流。

每个人都在下意识地往安检通道挤，有人大喊“我们已经等了一周了”，有人咒骂，孩子号啕大哭。

隐约有混乱的趋势，宪兵们手挽手结成人墙，拦在安检通道前。

某个胖子挥舞着机票身份证，还有一本书 ：“我有票我有票！让我上飞机！我是作家！是人类文明的财富！我要被保护……”

胖子一个趔趄栽倒了，人流踩着他一拥而上。

梁康没有跟我告别，根本来不及。他只顾拉住妻子的手，拼命向国际航班入口那边挤去。

他高举的手里紧紧攥着机票，像是握住他的整个命运，纤瘦的黛黛跟在他身后。

她走得太急了，手里的东西落了下来。我弯腰捡了起来，是本旧书，《此间的少年》。

这本书是北大某学长写的，讲我们学校的男男女女悲欢离合，我听说过却没有读过。

我翻开封面，愣了一下。书里夹着一张照片，是个清清瘦瘦的男孩，戴着一副细丝眼镜，站在秋天的银杏树下。碧云天，黄叶地，他挽着黛黛的胳膊，黛黛也挽着他。他们挽得很紧，像是缠绵，又像是畏惧彼此失去。

那时候的黛黛土土的，扎着个马尾辫，却比我刚才见的那个薄施脂粉的瓷娃娃更加真实。

照片背后写着日期，“2016.10.10”。

五年前的照片，照片上的人不是梁康。

我一时间有点茫然，不知道这世界上到底是谁在骗谁。

大猪说女人一般都比男人复杂，那个叫黛黛的女孩子，怀着某个人的孩子，拉着那个人的手，仓皇地逃离这座孤岛，却攥着一本书，书里夹着另一个人的照片……

嗨……真的不能忘记么？紧紧地攥着，就像攥住过去的时光。

“江洋，我会帮你搞票的。”我忽然听到梁康的声音。

我抬起头，梁康在人流里艰难地站住了，冲我挥手。

他喊得很用力，元气十足，可我听出他有点难过。

算啦，兄弟，我也知道机票很难搞，以你家老爷子也费了九牛二虎之力……我知道你对没给我弄到一张机票觉得有点过意不去，可这真的不是你的错。

我懒懒地笑笑，冲他挥手。

他转过头，拉着黛黛又往国际航班入口那边发起冲锋了。

我转身，去向和人流相反的方向，哼着周董的老歌："荒烟蔓草的年头，连分手都很沉默……"

其实搞到票又有什么用？我和部队签了协议，得跟上海共存亡。从落笔的那一刻起，我就知道。

出了候机大厅，远离了那帮能搞到票的人，世界一下子安静下来，我慢悠悠地往磁悬浮那边溜达。

手机响了，这次是来电。

"喂，哪位？我是江洋。"我漫不经心地说。

我对电话不如对信息敏感，因为林澜不会给我打电话，我们只通信息。

"江洋！你搞什么？部队的纪律就是绝对服从！今天轮到你飞行训练，你敢给我迟到？"一个破锣嗓子，那是猛男才有的声线。

我的冷汗刷地就下来了。

见鬼！今天下午我被安排了做飞行训练！可昨夜通宵赶报告，接着又心急火燎地跑来送梁康，我把训练的事忘得一干二净。

"到了到了！我已经到门口了！马上就去换衣服！"我调头就往机场南草坪跑。

第四章
CHAPTER 4

ONCE UPON A TIME
IN SHANGHAI

还好，飞行训练场就在浦东机场。

如今浦东机场每天能有一架航班起降就不错了，停机坪上站满战斗机和预警机，空军总部也挪到这边来了。

等我换上飞行服气喘吁吁地奔到机库时，教官老路已经气歪了鼻子，正靠在一架“鹞”上横眉立目。

老路叫路锦辉，原来西飞公司的试飞员，技术上非常过硬，手下带着一个中队的鹞式。这是种老式战机，代号 AV-8B，原产英国，改进于美国，设计缺陷很多，每飞一万小时就会有一起 A 级空中事故，唯一的优点就是可以垂直起降，如果跑道被毁，不至于憋死在停机坪上。

空军对这些老式飞机还蛮看重的，把它们交给老路管。将军也很看重，安排我们这些技术干部来上飞行课。

真有那么一天捕食者进入泡防御内部，还指望我们驾驶老式战斗机上天决战？搞不懂。

“快快快！耽误老子时间！”老路也没有心情骂我，使劲挥手叫我上飞机。

这是一架铁灰色涂装的“鹞”,少见的双座版本,代号“灰鹰一号”。老路在前我在后。

“地面控制台，这里是灰鹰队长。灰鹰队长报告，一切正常，训练项目开启。”我扣上头盔，公共频道里传来老路的声音。

“灰鹰一号，这里是地面控制台，已经收到。训练项目开启。”

天光忽然从头顶泻下，机库的顶棚从中间分开。

飞马发动机像是一头吸风的怪兽在咆哮，机身震动，机库壁也震动，好像随时会分崩离析。

鹞式如振翅的鹰腾空而起，老路直接开了加力，压得我没法喘气，这家伙的飞行风格一贯如此暴躁。

我们迅速爬升到海拔 1000 米。

“现在你接管控制。”老路说。

“明白。”

随着老路把控制权切给我，操纵杆上的力量感忽然增加。这架鹞式现在在我手里了。

“慢慢拉起，我们攀升 1000 米。”

“攀升 1000 米我们会撞上泡防御界面的。”我说。

“攀升！”老路冷冷地重复。

“明白！”

这是我的第九次飞行课，操纵杆我已经摸熟了。毕竟是 20 世纪 70 年代的老式飞机，并不很复杂。

鹞式持续攀升，头盔耳机里传来密集的警报声，中控屏幕上红光跳闪。这是接近泡防御界面的警告，撞上去我们就灰飞烟灭。不过现在老路是灰鹰队长，军令如山，一切他说了算，原则上说就算他命令我一头撞上去，我也只能服从命令。

“平飞！”当警报声密得连成一线长音时，老路终于下达了新的指令。

我一推操纵杆，上升势头锐减，鹞式轻盈得如一只踏浪滑翔的水鸟。

“方向打得再轻一些！在高速下你这样一把就会失速！这玩意儿的推重比只有 0.78，失速了拉都拉不回来！”老路在耳机里大吼。

“明白！”我一个字儿不敢回嘴，如今上海的空域里没人敢跟灰鹰队长放对。

捕食者除外。

“测算我们和泡防御界面的距离。”老路说。

“150 米，危险距离。”我瞥了一眼中控屏幕，上面是一张泡防御界面的模拟图，雷达显示我们已经极度逼近那层看不清的死神界面。

“憋屈死了，就像是在笼子里面练飞的鸟。”老路轻声说，仰头看着铅灰色的天空，“天真阴，想捅它个窟窿。”

“你以为你孙悟空呢？”我说，“回去么？”

“不！”

我一愣，操纵杆的力量感忽地消失，老路把控制权切回他自己手里了。

“控制台，这里是灰鹰一号，这里是灰鹰一号，执行 Z 计划，执行 Z 计划。随时准备开启孔洞，随时准备开启孔洞！”老路的声音里不带任何感情色彩。

“控制台明白，Z 计划，孔洞开启准备，反应时间 0.3 秒，开启时间 6 秒，好运！”

我还没来得及想明白这是怎么一回事儿，发动机的嘶吼声已经穿透了座舱，鹞式急剧上升，我吓得几乎要喊出来，150 米的距离，战斗机几秒钟就攀升上去了，我们会像飞蛾扑火一样撞在泡防御界面上！

高度表飞闪，等我回过神来，我们的海拔高度已经超过 2200 米，还在继续攀升。

“我们现在在泡防御外面！”我大吼。

“废话！”老路说得漫不经心。

我不知道什么是 Z 计划，我想空军的兄弟们大概是疯了。刚才的一瞬间，泡防御界面打开了一个孔洞，我们从孔洞里钻了出来。尘埃云已经过去，雨云层还在更高的位置，空气透明度很好，我能清清楚楚地看见周围的一切。

雨云之下，捕食者群静静地悬浮着，长长的触须飘动着，像是水母和甲壳动物的混血种。

我的飞行服里都是冷汗，湿透的内衣估计能拧出一杯水来。

老路调整了喷气口方向，鹞式轻盈地悬停在半空中。捕食者们保持着安静，像是睡着了。

我现在只希望老路别轻举妄动，别惊动这些可怕的“毒水母”，我们好来好走。

根据以往的战例分析，捕食者并不把单个的飞行器视作敌人。它们绝大多数时候很懒惰，像是饱食的猫，不被激怒的情况下，会放任飞行器贴着它们飞过，这也是上海还能有航班进出的原因。

“老路……”我说，声音小得像是在躲猫猫。

“灰鹰队长报告，抵达预定位置，攻击预备。”

“地面控制台收到，同意攻击。”

"攻击？"我脑袋里面"嗡"的一声。

机身轻微地震动了一下，那一瞬间我觉得心脏都停跳了，那熟悉的震动感是……机炮发射！我可以想象老路戴着飞行手套的手指熟练而轻佻地在机炮擎上轻盈一点，单发点射！

我眼睁睁看着那发炮弹带着白色的烟迹笔直向前，对准我们正前方的那只捕食者。那东西好像正在午睡，可就在炮弹命中它的前一瞬……它睁开了眼睛！炮弹在坚硬的岩石状表皮上爆炸，浓腥的黄绿色液体四溅。

整个水母群都惊醒了。

捕食者们先是蜷缩成一团，就像人类收紧肌肉，而后张开了所有触须！巨大的侦察型捕食者正从我们头顶飞过，睁开了足球场大的眼睛，我木然地仰头，整个天空都是那只绿色的巨眼。瞬间我们就被定位了，消息以某种人类还不了解的方式涌入每只捕食者的神经系统，四面八方不知道多少捕食者向着我们围聚过来！

老路猛推操纵杆，鹞式大角度倾侧，升力瞬间损失 80% 以上，我们高速下坠，像是折翼的飞鸟。喷管加力全开，推动着我们加速下坠，高度表上数字闪得飞快。

我们处在失速的边缘，但这无疑是眼下最有效的回避动作，老路人是糙，驾驶技术不是浪得虚名的。

几个 g 的加速度把我死死地压在座椅上，我觉得脸上的肌肉都要被拉裂了。

数以百计的捕食者从不同方向汇聚到我们刚才的位置，聚集在一起缓缓地逆时针旋转，像是巨大的旋涡。一小队捕食者从旋涡的中心笔直地坠落，那无疑是它们派出的追击小队。距离在不断地缩小，纯拼速度我们绝对不是捕食者的对手，老路竭尽全力控制着鹞式，不让它进入失速尾旋，雷达显示捕食者的速度已经达到三倍音速。

“灰鹰队长呼叫地面指挥台，准备开启孔洞，准备开启孔洞！”

“地面指挥台，明白！”

2800……2700……2600……2500……2400……高度表一闪再闪，来不及了，距离我们最近的捕食者已经张开了触须，快要触到鹞式的尾焰了。在屏幕上看起来，那东西的口器像是一朵难看的肉质花，它张开了花瓣，露出流淌着黏液的花蕊部分，像是要把整架鹞式吞进去。

老路猛拉操纵杆，机身巨震，鹞式以类似“普加乔夫眼镜蛇”的超难度机动姿态昂首，减速。

捕食者擦着机翼超到我们前面去了，这东西就是这样，速度快，但笨拙。

巨大的过载让我眼前一片漆黑，心脏好像被一只大手抓紧了，要把里面的血全部挤出来。我所见的最后画面是许多道白烟混着火光浮起在座舱上方，像是马戏团的焰火。

几秒钟之后我的视力才恢复。再次看清高度表，高度已经是 1800 米，我们回到了泡防御内部。

尾部监视器把刚才的一幕录了下来。老路做完眼镜蛇超机动的同时，那只体积超过鹞式十几倍的捕食者全身多处同时发生爆炸，高温撕裂它的身体，弹片切削它的触须。它狂乱地挥舞着触须，化为一团火焰坠落。

是空空导弹命中了它？我不敢相信，空空导弹命中捕食者太难了，这东西比导弹还快。

燃烧的捕食者像火流星一样撞击在泡防御界面上。准确地说，那不能称为一次“撞击”，没有声音，没有震动。捕食者在接触泡防御界面的瞬间化成了灰烬，片刻之后随风散去，仿佛被虚空中死神的手挥去。

这就是泡防御界面，死神般不可接触的东西，我们撞上它，结果也是一样的。

五分钟后，鹞式垂直降落在浦东机场，我手脚并用，像软体动物那样“蠕动”出了座舱。

“熊样儿！”老路站在舷梯上，狠狠地拍了拍我的肩膀。我注意到他摘了飞行手套的手上也满是汗水。

“靠！搞什么啊？我又不是专业搞飞机的！我只是个预备役，我是个人民！”我翻着白眼，大口喘息。

老路的脸僵了一下：“什么叫专业搞飞机？这个可不要对外说，是绝密测试。”

“测试什么？”

“跟我下去看看就知道。”

我蹲在机翼下，老路指给我看两翼外挂点下的挂架。我登机的时候太着急了，没有注意到这件新武器，每个挂架都分为三个端子，左翼下的挂架已经空了，右翼下则是沉甸甸的九枚导弹，三枚一束。

“地狱犬挂架，英国人的新产品，你按下激发擎，电控装置会依次点火，0.6 秒内三枚导弹全部激发。它们由一套很复杂的轨迹程序控制，会以包围的方式攻击一个目标。”

“嗯，载弹量增加了。”我点头。

“不只是载弹量大了。根据日本人、美国人和捕食者空战的战例，如果只有一枚导弹锁定捕食者，命中率太低，三枚同时锁定，则有50%以上的把握。”老路说，“刚才打那只我为确保不失误，放出了9枚。”

“明白了，那现在的总载弹量是多少？”

“原来的9倍，一架鹞式可以带18枚响尾蛇导弹！”

“那不是导弹仓库了么？3枚打一只，18枚可以打6只了。”

这新武器搞得我也有些热血沸腾，以前战斗机升空，平均耗损四架才能揍下一只捕食者，就这样军委还要颁发军功章表扬。如今一架改装版的老式战斗机都能揍下三只来，这地狱犬挂架绝对是大杀器！

“也没那么容易。新技术，还不成熟，这样密集的挂载，简直像是背着炸药包飞。而且连续激发对飞行员的技术是大考验，要想上天跟外星人拼，你这种且得练呢。”老路从机翼下钻了出去。

“地狱犬能对付次级母舰么？”我跟着钻了出去。

“可以试试，砰——啪！18枚，全过去了。次级母舰太大，全部放出去也未必能击毁它。”老路耸耸肩，“不过18枚响尾蛇导弹打出去，估计跟元旦放焰火似的，很好看。”

“好看管屁用，十八般武器都放出去了，捕食者再来我不是死菜了？”

“你不是还有一门25mm加特林机关炮么？”

“机炮打外星人？”

老路双手比了个握着冲锋枪的姿势：“别歧视机炮啊兄弟，机炮多爷们啊！嘟嘟嘟扫射着冲过去，跟拼刺刀似的，帅爆了！导弹算啥，超远程导弹间隔120公里就发射，你把人家灭了连个火儿都看不见，不算本事。”

机械师群围着鹞式检修，我和老路并肩往机库外走。

“老路，为什么上面让我们几个飞鹞式？我们又不能拉出去打。”

这个问题我早就想问了。战争时期很缺机师，但泡防御平衡员也是稀缺物种，将军大概还舍不得让我们上天当炮灰。

“问你们老大去，我哪知道？这几架鹞式我还舍不得让你们这群菜鸟飞呢。”老路哼哼，“现在滚吧！”

我走在候机大厅外铅灰色的天空下，左手边秋树寂寥，右手边是候机大厅的玻璃幕墙，里面的人们已经平静下来了，恢复到我来时的状态。载着梁康的飞机已经飞走了吧，再抗议也没有什么用，只能等下一架班机逃离这个被外星人包围的孤岛。

我居然又看见了那个戴卡地亚的女人，她还是坐在那个 LV 皮箱上，打着手机，不停地流泪。看她那么漂亮那么讲究，逃命的时候还穿着以香艳闻名的 Christian Louboutin 红底鞋，应该有很多追求者吧？怎么最后只剩她自己坐在 LV 箱子上哭？

我的脑海里模糊了一瞬，林澜和戴卡地亚的女人，影子有些重叠。

我低着头往磁悬浮站走，摸出手机给林澜写了一条信息：“刚才飞行训练，差点搞死我了。”

这次林澜回得很快：“别老是抱怨，你又不是小孩又不是女孩。”

我说：“你说得轻巧，真的是九死一生。”

林澜回复：“我值班呢，有空再跟你说，记得帮我买花。”

磁悬浮的通道宽敞寂寥，回荡着我的脚步声。我看着手机屏幕，想说我真的差点就完蛋了，可你说你在值班。也许等你下次值完了班，我已经死了，于是什么也别说了，也没花了也没我了，什么都没了。

我一头撞在对面来人的身上，对方“哎哟”了一声。我抬起头，一双很漂亮很飞扬的眼睛瞪着我。

“啊啊啊啊啊！”女孩蹦蹦跳跳地,抓着我的袖子,“怎么是你啊？”

居然会在这里撞上路依依。

第五章
CHAPTER 5

ONCE UPON A TIME IN SHANGHAI

路依依和路锦辉没有任何关系，但路锦辉曾经遥望她家的别墅由衷感慨地说："妈的！同是姓路，区别咋就这么大呢？"

路依依家住某个全中国人都知道的别墅区，临湖望山，浓荫如墨，一般人连入口在哪儿都找不到。

开车去的话，进了小区一直向前，开到尽头便能看见那座法式建筑，不左不右立在路中间，这让她家的宅子看起来浑似一个拦路打劫的强梁。黑铁大门自动打开，十几亩地的草坪上跑着马……

没错，确实有匹马，路依依十六岁那年的生日礼物是一匹从英国运回来的小马。

家里有钱学习成绩也不差，路依依在读复旦新闻系，是女生里的头儿，会拉小提琴，会弹钢琴，会跳芭蕾舞，还是国际象棋协会的骨干、复旦新闻网的骨干、红十字会会的骨干，以及校际运动会长跑冠军。

在复旦校园里转一圈，到处都是路依依的那张脸，国际象棋协会的招新海报上，她对着黑白棋枰静静地思考，长发娓娓垂下；支教协会的招新海报上，她穿一身藏袍，披着白色的哈达，捧一本巴金的《家》，被藏区的红脸儿孩子们围绕；给长跑协会拍宣传照的时候，她就得穿上最显身材的运动服，散开长发，沿着操场狂奔，小白脸摄影师扛着相机边追边吼："好！好！ Sexy！太棒了！你是最棒的！就这样！我们再跑一圈！"

最后路依依跑了八圈，略有些气喘，倒是摄影师中暑晕倒，还得路依依送他去输液。

由此可见路依依的体能也是相当过硬，我妈很欣赏她这一点，我妈觉得这样的妞生娃肯定没问题。

总之路依依生来就是个公主，原本公主的生活圈子跟我完全不搭界，她走她的阳关道我走我的独木桥，不过强盗的生活圈子和你也不搭界可你还是难免跟他们遭遇……我的意思是说，有些人闯入你的生活，便如强盗那样突然和蛮不讲理。

去年春天我去复旦作报告，上级选中我主要因为我不是军校出身，北大出身的预备役给复旦学生讲军队生活，比较有亲和力。上级的意思呢无非是渲染一下部队的魅力，荣誉感啦，责任感啦，吸引一批有志报效人类的大学生主动参军，战争时期是很缺人的，复旦也有不少对口的专业。

路依依是当晚的主持人，那天她穿一条深红色的连身裙，搭配长袜和深红色的小踝靴，在我登场之前讲了很多漂亮话，无非是大学生对军人的尊敬啦，非常荣幸能有机会听到一线官兵亲身讲述啦，还盛赞是我们守护着地球，她和她的很多同学都期待有个军人男友……很多去作报告的兄弟心潮澎湃，恨不得立刻上去跟路依依要电话，只有我冷笑说你看那女孩穿的那双鞋，你们觉得那双鞋得多少钱？人家的生活是你们供得起的么？人家虽然还是学生也是资深主持人了，不过是讲点场面话哄你们开心而已，你们啊，幼稚！

我心里确实也是这么想的，漂亮的女孩总是会骗人的，她随口说一句，你偏就当真了。

当年我就上过这么一当，直到如今我还没从这个坑里爬出来呢。

我上台随便忽悠了两句，学生们倒是热情高涨，一个劲儿地鼓掌，让我觉得复旦学生真是比较好哄。

在大猪没精打采地作报告时，我偷偷溜出会场，想去外面的自动贩售机上买一卷薄荷糖。

我投了两个一元硬币，再按薄荷糖的键，机器就开始轰轰地响，一直响，可就是不吐出我的薄荷糖。

周围没有人，我又真的很想吃薄荷糖，所以我就蹲在贩售机的出货口，对着那轰轰作响的机器嘀咕说："干什么呢？快点！快点！我要吃薄荷糖！"

这时有人在背后拍我的肩膀，把一卷薄荷糖递到我面前。我回过头，看见了那个穿深红色膝上裙和高跟踝靴、本该距离我很遥远的女主持人，她散发着一种特殊的、清淡的玫瑰香。

后来路依依说那种香水叫 Acqua Di Colonia，是她老爹从佛罗伦萨一个叫玛丽的修道院里买来的，那里的修女种植了满园的玫瑰花，早在 17 世纪她们就开始提取香料。

我迟疑着没去接那卷薄荷糖，路依依说我刚买的没有下毒。

我说这是最后一卷么？那你吃吧我就是出来逛逛，没糖吃也没大事，我都那么大人了。

路依依说不是最后一卷，但是这个机器出薄荷糖的时候总是出问题，所以你要……

然后她侧身飞踢在机器的某个角落里，轰响停止了，又一卷薄荷糖从出货口里掉了出来。

忘记说了，路依依还是跆拳道协会的核心干部。

我跟路依依靠在自动贩售机上聊天，吃薄荷糖，里面大猪那无精打采的报告也引得掌声如雷。

路依依说里面大家那么热情，都希望你们再讲讲军队的生活，你怎么一个人跑出来了？

我问你真觉得军队那么好么？跟外星人作战可是会死人的，战争期间死得最快的就是军人。

路依依含着薄荷糖，含含混混地说我真是这么觉得啊，我不怕死的，就怕什么都不做还死了，那会多后悔啊。

我惊讶地看着这个漂亮女孩的侧脸，她那长长的睫毛显然是用睫毛刷刷过，弯曲且长，她嘴里裹着薄荷糖像是个孩子，但她说话那么认真，我本想嘲讽她在台上说了谎话，也不是想打击她，就想说大家有缘一起吃薄荷糖就说两句真话呗，可听了她的话我心里有点小惭愧。

她问我怎么会参军的，我隐瞒了自己没得选的事实，说我要不参军就得去华尔街做精算师了。

我问路依依还真想找个军人当男朋友么？军人可是电话一来立刻就得服从命令出动，哪怕他在跟你花前月下。路依依说那多酷！我的男朋友最好是个特种兵，跟我见面的时候他的包里还揣着上膛的手枪！

我们有一句没一句地聊着，直到闭幕的时候老师来找我们，路依依跳起来忙着去致闭幕辞了，我们甚至没有一句告别的话，我也没留她的电话号码。

可那次报告会后，路依依多了一个职务，复旦大学战时志愿者协会的副主席。我从中信泰富广场或者梅龙镇广场前经过的时候，经常会看见她和一帮蹦蹦跳跳的女孩向过路的人分发《紧急求生手册》。

每次看见我她都会高高地举起手来打招呼，女孩们就哄笑，我不知道她们笑什么，只能招手示意。

渐渐地我们成了朋友，有时候她会打电话来让我帮她写一条宣传语，作为回报她会请我吃饭，有时候发完了宣传品她会在楼下等我，我们一起在地铁站旁那个老旧的游戏厅打街机，她居然是个游戏好手，我带她玩了几次之后她就开始痛扁师父了。

不过我和路依依仍然活在两个世界，更多的时候我只是遥遥地看见她和这样那样的英俊男生一起高举宣传品，眉眼生动地对着路人们大声呼吁："请保留你们的手册！它可能会救你和你的家人！"我用食指和中指按一按太阳穴算作军礼，她隔着人群冲我眯眯笑。

我有些日子没见她了，最后一次是一起吃麻辣烫，她说在参加"战地青年大使"的海选。

"你来机场干吗？"我上下打量路依依。

我几乎没见路依依穿过重样的衣服，看看也赏心悦目。

今天她穿了一件白色的羊绒衫和一条棕色绒面的膝上裙，同色的绒面靴子，裙子和靴子间有足足十厘米的空隙，露出穿方格花纹丝袜的腿来。这身对她来说有点低调，不过有一条颜色鲜艳的围巾添色，随着她的蹦跳而起落。

路依依背后站了一个脸庞很小的女孩，眼睛哭得肿肿的，低着头。

"我陪同学来送人，"路依依指指背后的女孩，"她男朋友今天去兰州。"

"我也来送人，我同学和他老婆今天去兰州。"我说。

小脸女孩似乎触动了什么心事，两肩抽动了一下，"哇"地哭了出来。

我知道她哭什么，去兰州的机票有多难搞，谁都清楚，一张机票就是一条命，用钱是买不来的。你要是有张机票还有个女朋友，你是把机票和女朋友一起送上飞机，还是拿着机票自己上飞机？

战争年代送别一个人，跟分手差不多，就算还有命再见，对方的孩子都能管你叫叔叔或者阿姨了。

“糖糖别哭了，没事的，”路依依拉着女孩的手，“我叫我爹帮你搞一张票。”

路依依的爹可能真有这个本事，她爹经常上电视，全上海人都认识，梁康老爹见到路依依老爹也得握手叫领导。

名叫糖糖的女孩还是抽泣，路依依就握着她的手轻轻摇晃。

“好了好了，好哭精，走了走了。”路依依轻拍女孩的背，扭头看我，“找时间去唱歌吧！”

“唱歌？嗯！好啊！”我点了点头，心里那只小野兽跳了一下。

“什么时候？”

“明天晚上吧，明天晚上我不值班。”

“好，那武宁路上那个上海歌城呗，我们上次去过的，七点？”

“行啊。”

路依依扶着小脸女孩要走，又扭头看我：“你现在去哪里？”

“我等着卖我的磁悬浮票，”我忽然想起来了，“你们要不要坐磁悬浮回去？我这张票卖给你吧。”

“我才不，我开车过来的。”路依依冲我吐了吐舌头，“明儿唱歌啊，别忘了！”

两个女孩走了，我站在磁悬浮的入口处，看着她们的背影。路依依有辆很漂亮的小型跑车，我要说路依依肯定会送我的吧。这样我又省下19块钱，一张机场大巴票19块钱。

但我还得卖我的大巴票，我不想让路依依等我。

最后我站了45分钟，等来一个老太太，以45块钱的价格卖掉了回去的票。这样等于我只花了35块钱坐了一趟磁悬浮，我真佩服自己的经济头脑，果然是当精算师的料子。

我搭机场一号大巴回静安寺，大巴里空荡荡的，只有我和一个老男人。他戴着一副变色眼睛，抽着薄荷烟，一路上望着窗外，目光没有焦点。他递了我一支烟，但我们没有搭话。

我给手机接上耳机开始听《北京一夜》。

我这是为明晚的卡拉OK战备战，路依依的同学都很能唱，各种新歌，跟她们比我就是老年组了。但老年组也有老年组的尊严，不能输，我相信《北京一夜》是首可以大杀四方的歌：

“One night in beijing，我留下许多情；
不管你爱与不爱都是历史的尘埃。
One night in beijing，我留下许多情；
不敢在午夜问路怕走到了百花深处。
人说百花的深处，住着老情人，缝着绣花鞋，
面容安详的老人，依旧等着那出征的归人……”

我跟着音乐哼唱，风吹在我的脸上。

真是好歌，浪荡又多愁，满怀深情。

中信泰富广场31楼的大厅，巨大的环形办公室里只剩了一半的人，我拿着花走到林澜的桌边，但她不在那里。

“林澜呢？”我问旁边的暄暄，“去恒隆广场那边了？”

林澜的职务是协调员，协调两个部门之间的进度。所以她有两张办公桌，一张在中信泰富这边，另一张在恒隆广场的参谋部。

“哟，送花啊？我看看，最近花涨价了没有？”暄暄一笑露出两个虎牙。

“帮她捎的，她人呢？”

“下班啦。都几点了你也不看看。”

“哦。”我抓抓脑袋。

林澜的桌上摆着一只青色的玻璃花瓶，昨天它还是空的，现在里面插着一束深红色的玫瑰。

穿过南京西路就是我们的宿舍，锦沧文华酒店。

这是一家老五星级酒店，战前标间 2000 多一晚，我们进去喝杯茶也觉得贵。去年被征用了，住满了泡防御指挥部的各级军官。

金碧辉煌的大厅显得有些凌乱，驼色地毯吸饱了污水，被抛弃在一旁的走道里，地板上满是鞋印。

我住在 1103，打开门，床单又没有换，暖瓶也是空的。

我把花扔在床上，刚坐下就听见敲门声。我打开门，一张刮骨脸立刻探了进来。

“江洋，帝国？”那厮两颊线条犀利，像是被刀刮过似的，叼着根没点着的烟，两眼贼兮兮。

“你打我没戏，还有谁？”我没什么兴趣。

“二猪呗，还能有谁？我们找人找了一下午了。”

“二打一我不干，你俩肯定耍赖，开局就过来拆我基地。”

“哪能呢？二对二，公平竞赛，给你配了精兵强将！”

“谁啊？”

“阿紫！”

“那你还不如给我配一电脑呢，”我叹口气，“也罢！说好了，开局不准直接过来拆基地！”

“太小看我们了，菜鸟也要学飞翔，我和二猪力求进步，天天打电脑练手艺。这次再不玩拆基地那套贱招了，我们堂堂正正打几把！我们仨都在线上，你进 Novo 那个频道。”刮骨脸一脸牛逼地说完，转身往他自己的宿舍跑去，人字拖噼里啪啦一路响。

我进入Novo频道，游戏已经建好，里面三个人，大猪、二猪和阿紫。

三个人都是跟我同组的技术员，刮骨脸绰号大猪，真名杨涵田，军衔上尉；还有个肌肉猛男绰号二猪，真名曾晓磊，军衔中尉；阿紫也是绰号，那女孩真名叫孙萌萌，真名比绰号萌，本人比真名萌。

值班之余我们也没什么娱乐，就靠联机游戏打发时间。

我们常玩的是《帝国时代 II》，微软 1999 年发行的老游戏，可我们几个都只能用部队配发的电脑，只有少数的老游戏能在部队的系统下安装成功，最后大家最喜欢的是《帝国时代 II》。

在这个游戏里，每个玩家各扮演一个古代民族，波斯、蒙古、中国、凯尔特等等。玩家的任务就是尽快采集食物、木头和黄金等各种资源，建设城镇组建军队，出去把敌人干掉。

“江洋你要掩护我，我是撒拉逊人，等我出了马木留克我就去踩大猪的游侠！”游戏开始前，阿紫在聊天频道里宣布了她的战略。

我说：“您这战略就好比慈禧太后对李鸿章说，爱卿好好守住大清海疆，等哀家造出战斧导弹，就把列强的铁甲舰统统砸成废铁！”

阿紫是菜鸟中的菜鸟，总是龟缩在家里拼命搞生产，不攒出两队高级兵绝不出动。

可是，等到她出动，盟友早被踏平了，随后她自己也被海量的敌人吞噬。

游戏开始，茫茫的冰原上，我是一小撮法兰西人，在一丛树林中有一个城镇中心、几个农民和一匹侦察马。我命令农民伐木，把侦察马派出去寻找野物。

我很快找到了六只羊和两片浆果林，随手建了伐木场，按部就班开始搞建设。这时大猪和二猪应该都在奋力杀猪。他俩的绰号就是这么来的，这游戏初期光靠钓鱼杀羊粮食通常不够，要靠野外杀野猪来补充粮食，大猪和二猪技术不行但都立志要打败我，总是努力杀猪提高前期经济，好赶快来踩我。

杀猪很耗操作，他们暂时不会进攻，我可以开会儿小差了。我指挥侦察马去地图的左上角，摘下耳机，摸出手机。

“我今天有飞行训练，回来晚了，你不在。明天我们卡拉 OK，你去不去？”我给林澜发信息。

“我明晚有事，唱歌就不去了，你们自己玩吧。”

我心里那个雀跃的小野兽发出垂头丧气的“呀唔”声，钻回它的小洞里去了。

我是怎么认识林澜的呢？

每次想到这一节，我都得想好一会儿。因为时间过去得越久，再回想起来，那些画面就越不真实，便如被湿气晕开的彩画，每个人影都带着一道柔软的、彩色的晕边。

就在教导主任废掉我精算师未来的第二天，7488 部队的入伍动员大会就在体育中心召开。

7488 是个秘密番号，代表解放军空间战略部队。

我们物理系这个班，加上数学系的一个班，都是中央军委明令的限制专业，两拨兄弟在毫不知情的情况下上了同一条贼船。当年大家一起上大课，很看不上彼此，如今忽然倍感亲热，大家见面互相拍拍肩膀，一起走进体育中心，像是国军和共军一起走向日本人的刑场。

出乎预料，体育中心里并没站着军装笔挺面目森严的人。7488 部队布置了一个冷餐会，长桌上摆着银盘，银盘里是新鲜的凤尾虾、水果沙拉和熏肉比萨，桌子旁还站着彬彬有礼的侍应生。

兄弟们看部队的同志们摆下宴来，更有吃断头酒的不安。

那时我正在南门外的小火锅店里甩开腮帮子吃肉，梁康他们几个兄弟做东，抚慰我受伤的心灵，同时痛骂学校不是东西。

几十个空啤酒瓶摆在桌上，我的胆气随着酒劲暴涨，站起来拍胸脯说老子就是不去部队！看他们能杀了老子？梁康说哥哥这可万万使不得，军规不比校规，逃兵可是要上军事法庭的！我的气焰顿时低落，唯有涮肉，大家也都无话可说。

这时我的目光越过梁康的肩膀，看见一个陌生的女孩。

她独自坐在靠窗的位置上，守着一个白汽蒸腾的小锅子。

白汽熏在玻璃上，形成一层蒙蒙的白雾，女孩在玻璃上写画凌乱的线条，像是云被风吹过的痕迹，像是大海在鲸鱼游走之后的波纹。锅里不断地蒸出水汽，重新把玻璃熏得白蒙蒙，她前面画后面消失，那些线条像是蕴含某种深意，就像是精灵用魔法写在空气中的句子，唯有幸运或不幸的人能看到。

我说不清那女孩是寂寞孤单还是怡然自得，但我被她吸引了，全神贯注地看她。

也许是酒精的作用，渐渐地我听不到锅里的嘟嘟声，也听不见梁康他们的叹气。世界那么安静，整间火锅店里好像只有我和她，我肆无忌惮地看她，又无法不看她，好像离开了她的脸，我的视线就无法安放。

后来我跟大猪讲我和林澜的初遇，我说南方有种特别窄的小巷，叫错身巷，小巷很细很细，只能容一个人走过，如果你走进了巷子之后忽然发现对面有个人迎面而来，那就有点尴尬了，你要是不想退出去，那么和她错身而过的瞬间，你俩得背贴着墙，胸贴着胸，这时候你的眼睛只能看着她，她也只能看着你，世界虽然很大但你们的视线无法安放。传说这样相逢的男女要不相爱就得是仇人！我和林澜就是这么相遇的！

大猪说未必是仇人，也可能非常愁人。

我说什么叫非常愁人？

大猪一拍桌子说像你这种癞蛤蟆想吃天鹅肉的就叫非常愁人！别说得那么文艺！还不是林澜长得好看？要是我坐在那里在玻璃上写写画画你能记我到今天？

我无言以对。

我也问过林澜知不知道当时我一个劲儿地看她，林澜说不知道，当时她只觉得我们这桌特别吵。

所以我遇见林澜的时候，我觉得自己走在一条错身巷里，我跟她是避不开的狭路相逢；而她觉得自己走在一望无际的水面上，天大地大，她想看谁看谁，想去哪儿去哪儿。

兄弟们扫荡着满桌的牛羊肉，风卷残云，我一口口地喝着啤酒，望着女孩。

我希望她能看我一眼，但她并没有。

最后梁康他们把我拖走了，经过她身边的时候我认真地看了一眼她的侧脸，想要记住她的脸，却只记住了她耳边有一钩细细软软的头发。

那时军队对我而言就是一扇铁门，踏入那扇铁门我就要跟尘世告别，再没有夜宵和无意义的荒废时光，也不再有兄弟和可爱的女孩，我即将成为一台巨大机器上的一颗螺丝钉。而那个女孩是我在踏进那扇铁门前遇到的最美好的记忆，我觉得我一直在等待她，可她来晚了。

可惜我甚至没有勇气拿着一杯啤酒坐到她的对面去问她的名字。

我迟到了，可我赶到体育中心的时候，动员大会还没开始。学生们闹了起来，说还军队呢，纪律那么松懈，还不如学生，老师们急得团团转，原来 7488 部队派来做动员报告的军官人间蒸发了，年级主任一再地大喊安静，可兄弟们心里怀着怨气肚子又空荡荡的，闹得越来越凶。

“太不靠谱了！”我也跟着起哄。

“好了好了！人来了人来了！大家鼓掌欢迎解放军 7488 部队的代表！”年级主任忽然如释重负。

不知何时讲台上站了一个女孩，牛仔裤、坡跟鞋、略有些松垮的上衣，束发的绳尾是暗红色的流苏，混在一头漆黑的长发里。她可能在那里站了有一两分钟了，但大家都没有注意到她，因为她那身装束实在太像校园里常见的女生了，大家都以为她是上台试麦克风的。

女孩抬起头来，笑笑，鞠个躬，理理耳后那丝细钩般的头发。

她旋即又眼帘低垂，抬头低眼两个动作，整场灯光像是亮了又暗。

所有人都怀疑年级主任搞错了，我们等的是 7488 部队的代表，不是这个人。

不是说我们不想见到这种女孩，她要是出现在我们的夜宵饭桌上，男生都会遗憾今晚出来怎么没洗头，胆大的会跟她聊天甚至问她要电话号码，胆小的也会有意无意地问她是谁。她看起来比我们大那么一两岁，就像师姐，比你懂事有经验，会打扮，但还是同龄人。

几乎每个男生在大一大二的时候都憧憬过某个师姐，遗憾的是师姐都是属于师兄的。

现在她来了，在错误的时间错误的场合，带着歉意的笑容。

“对不起，我来晚了。”女孩在自己的罩衫上别了一枚银色的单翼鹰徽章，“自我介绍一下，我叫林澜，解放军 7488 部队的上尉协调员。我是军校毕业的，没上过北大，很向往这所著名学府。我来到北大的第一件事是去图书馆，抓住难得的机会，感受这里的学习氛围，圆我对北大的梦想，后来发现一本找了很久都没有找到的老书，看着看着就把时间给忘记了，跟大家真诚地道歉。”

台下静了几秒钟，然后年级主任率先鼓掌，大家也都跟着鼓起掌来，迟到的事情就算是过去了。

这理由真是无法拒绝，它是那么的优雅，且满足了我们这些北大学生的虚荣心，还是一个漂亮女孩讲出来的。

只有我无意识地冷笑起来，旁观身边这群看美女的傻子和台上撒谎的女孩。

只有我知道林澜说谎了，她那时根本不在图书馆参观，而是在火锅店一个人做一件很无聊的事。

在那个微寒的早冬，她分明有很重要的任务，却荒废时间去吃一个并不那么好吃的火锅。火锅本来就不是适合一个人吃的东西，她也不是为了等任何人，直到我离开的时候，她对面的座位还是空着的，她的桌上也只摆了一双筷子。

我不知道她为何要这么做，但我很确定她就是不想来，所以在拖延时间。

这个女孩并不像表现出来的那样真诚，她戴着漂亮的面具，熟练地说着谎言。她身上有种疏远世界的孤独感，就像她在火锅店里选择的那个偏僻的座位。

“谢谢。我要说的就这么多，大家请随意，今天来其实没有带什么政治任务，只是先认识一下，为大家解答一些问题。下面我们开餐吧，有问题的同学请直接问我们。”

林澜的讲话听起来很坦率真诚，无非是部队对我们这些技术人员的重视和待遇，没有空洞的口号。

讲完话她直接从讲台上蹦了下来，率先去拿餐盘，像个标准的吃货。那些精美的冷餐终于可以享用了，大伙儿都跟着林澜奔向自助餐。

不得不说林澜的讲话是成功的，瓦解了我们对 7488 部队的戒心，原来军队也不一定就是我们想的那个样子，里面也会有林澜这样的漂亮女孩，还会有银色餐盘装着的比萨饼和凤尾虾。

她没喊一句口号也没美化军队，但目的达到了，我没有吃自助餐，冷眼旁观。

我当然不用吃自助餐，因为我刚吃了火锅来的，其实林澜也不饿，她装着狼吞虎咽。

除了林澜，7488 部队还来了好些年轻的女军官，大家都是差不多的年纪，很快就熟了起来。

我看得出来她们有分工，每个女孩都负责跟特定的几名学生沟通，看来军队迫切要知道他们培养的这支技术力量是否足够成熟，成熟到可以负责某个战场。

陪我聊天的不是林澜，是一个萌萌的女孩，后来我给她起了个外号叫阿紫。

那天大家闹到很晚才结束，林澜最后一个出门，我双手抄在裤兜里，在门外等她。

“林上尉，我有几个问题。”我说。

“嗯，一路走一路说，我要从小南门走。”林澜手里拿着个纸袋。

后来我才知道，纸袋里是她的配枪，而我以为她带了一个面包。

我们俩肩并肩溜达，开始还有阿紫她们一起走，渐渐地其他脚步声都远了，只剩林澜的鞋跟敲打着未名湖边的石板地，滴滴答答。

“林上尉，国家要我们服役，我们中很多人都有疑虑。”

“怕什么？”

“受限制，不自由。”

“其实谁不怕受拘束呢？可没有规矩不成方圆，在军队里你能学会很多。”

“嗯。”

“自由是什么呢？自由真的是无拘无束么？就像一只鸟飞在天空里？”

“可能吧。”

“你看过《阿飞正传》没有？王家卫拍的。”

“看过，但是记不太清楚了。”

“电影里说有种鸟是没有脚的，所以没法停歇，只有不停地飞翔。它一辈子里只能有唯一一次着陆，那是它死的时候。要说自由的话，那就是极致的自由，可那样的自由，几个人敢要呢？”

“嗯。”

“军队的生活是有点苦啦，不过慢慢就会习惯的，我也是这么过来的。”

“嗯。”

“你嗯嗯的，心不在焉，到底想问我什么？”林澜忽然停步，弯下腰去，扭头向上看我。

她跟我差不多高，而我低着头，她只能从这个别扭的角度看到我的脸。

我的视线扫过她的耳边，那钩柔软的头发：“你没去图书馆，我在涮锅店看见你了。”

其实我一直想跟她说的就是这句话，想知道她被问到时的表情。

她显然是有些吃惊，下意识地前后看看。前后左右都没有人，只有路灯投在地面上的昏黄光晕。

我们聊着天走错了路，把同行的人们都丢掉了。

林澜流露出一种令人玩味的表情，冲我眨了眨眼睛，随即恢复了什么都无所谓的模样：“嗯，没去图书馆，一个人吃火锅去了。”

过于坦白的回答，搞得我都不好意思追问下去了。于是我俩继续肩并肩溜达，边溜达边找路。

“凝结的时间，流动的语言，黑色的雾里，有隐约的光……”

又走了一阵子，谁都没话说，林澜忽然就开始唱歌，寂寂寥寥的一支歌。

那时候战争还没有开始，天空里没有尘埃云、会下雨、没有捕食者。我和林澜走在北大校园里某条至今我都不知道名字的小路上，林澜唱着一支我不曾听过的歌，头顶的银杏树荫漆黑如墨，风吹来树叶哗哗地响。

那年我 22 岁，林澜 23 岁。

那天晚上我在床上翻来滚去想了很久，给林澜发了平生第一条信息："林上尉，睡了么？我还有几个问题想问，不知道你有没有空。"

"嗯，你说。"

"如果我不愿入伍，有什么惩罚？"

"也没有什么硬性惩罚。但作为军事储备人才，你的户口会被扣在学校，不能去别的地方就业。假如战争爆发，国家会对你签发紧急征召令。"

"嗯，我明白了。"

"害怕么？"

"不，只是忽然间变化太大。"

"有的事还得你自己想清楚，我帮不上忙的，还有问题么？"

"没有了，谢谢。"

"那我不陪你聊天了，我在卸妆。晚安，好好睡。"

我扣上手机，望着窗外的一地月光。其实我只是想试试林澜给我的手机号，看她会不会回复我。

再见林澜，还是在体育中心。

仅仅过了一夜，体育中心的布置完全变样。墙上挂着"中国人民解放军7488部队校园招聘会"的大红横幅，临时搭出几十间封闭的白色格子间来，一个挨着一个，填了申请表的学生被依次叫号，进入其中之一，面试完从后门离开。

外面等候的人不知道里面发生的事，出来的人都面无表情。很安静，能听得见彼此的呼吸声。

面试我的是林澜，后来我知道这并非巧合。当晚回到酒店之后，林澜和阿紫、暄暄她们接着开会，女军官们确实都是分配了任务的，分头考察我们这群没有组织纪律性的大学生。我跟林澜的交流最多，所以从阿紫的名下划到了林澜的名下，林澜对我的评价是“C”，总结是“个性散漫”。

后来我跟林澜成了同事，回忆旧恨新仇，说你居然评价我个性散漫，你自己不散漫啊？

林澜耸耸肩说，我可没说我自己个性不散漫。我个性散漫我就不能说你个性散漫了么？

跟女人真是没地儿说理去。

隔着一张桌子我和林澜面对面。那天的她素颜无妆，长发在头顶绾成髻，一身 7488 部队的军服，白色套裙，白色中跟鞋，肩章上一杠两星，好像一夜之间长大了三四岁。

我一页一页地翻看那份《军事服务协议》，装作字斟句酌。

其实我差不多决定要签了，昨夜寝室里大家议论，除了去部队服务就只有考研，毕业后还是只能参军，换而言之顶多就是拖两年。无非早死晚死，不若早死早超生，早点服役还有个好处，7488 部队许诺本科应届毕业生可以优先选择服役地，北京或者上海。

北京还是上海……说到这里的时候我心里一动……我记得林澜是 7488 部队上海部门的协调员。

“喂，你已经看了半个小时啦。”

我抬起头，林澜正盯着我看，指间转一支铅笔，即使在这种场合，她也不全然像个军人。

我也盯着她看，注意到她眉毛下有星星碎碎的亮点，那是昨夜她没来得及卸干净的彩妆。

这个小发现让我心里有些轻松。

“签了能反悔不？”我问。

“不能。”

“这不是卖身契么？”

“也不算什么啊。你要是去公司应聘，签约了也不能轻易退出，”林澜耸耸肩，“你们只是预备役，我还是现役呢。你不能退出，我也不能。”

我抬头直视她，她也直视我，牙齿白净目光清澈，耳边一钩细细的小头发，一脸无所谓的表情。

看来她既不想留用我，也不准备踢我出局，一切由我自己选择。

后来我才发现她总是这样，从不会因为别人的目光而慌乱，她很会骗人。

最后是我先垂下了目光，点了点头。她指给我看签名的地方，我龙飞凤舞地签下名字。

她指向小隔间的后门，我起身离开，林澜的声音从背后传来，她开始叫下一个兄弟的号了。

那真是一场奇怪的面试，面试官和应聘者在鸡毛蒜皮的小事上扯了将近一个小时，最后签约时却连一个字都没说。

不过在你用一个签字决定自己人生的时候，确实不必说什么，说什么都不及这个签字的重量。

其实我是害怕的，但我还是签字了，因为她说：“你不能退出，我也不能。”

手机震动起来，我从漫无边际的回忆里醒了。

阿紫打过来的。

“木头木头！我要木头！我要造长戟！兄台你睡着了么？大猪已

经快把我家推平啦！”阿紫大喊。

屏幕上满是阿紫给我的留言，无非是“木头木头！”“我要木头！！！”“伟大的游戏之神江洋啊请赐我木头 1000 个！”或者“本宫需要木头造长戟！奶奶的小江子你死到哪里去了？”

“收到了娘娘，我刚才去厕所了。”我挂断了电话。

我用鼠标在屏幕上划拉了几下，看穿了大猪二猪的新战术。他们这是准备先合兵踏平阿紫，然后二打一合围我。我给阿紫送了 1000 个木头过去，框了家里的两队游侠去支援她。

新手玩这个游戏总是舍不得造游侠，其实游侠的强不在攻防而是速度，攻防再强的军队都不如及时出现在战场上的军队来得有用。

阿紫的基地里处处狼烟，大猪的骑兵正在烧杀。紧要关头阿紫就是舍不下那点基业，农民们围着城堡疯狂修补，那边兵营刚造出一个长戟就匆忙地往上冲，全是白白送死。

大猪注意到我的军队调动了，立刻转身迎战，两支铺天盖地的游侠大军正面冲锋。

前方鏖战的同时，小地图显示密密麻麻的白色敌人从冰壳上移动过来了。那是二猪的别动队，利用攻击阿紫把我的主力引出去，趁我家里空虚掩杀过来。

我无所谓，我家里足足十五个兵营，随着前线的游侠剧烈耗损，我的人口数迅速下滑，有人口就能造新兵，十五个兵营接连不断地涌出剑勇。以二猪的资源情况，黄金早已在游侠上耗光了，眼下派过来的必定是便宜的长戟大队。

长戟对剑勇，就像是西瓜对西瓜刀。

“反击反击！打过长江去！解放全中国！”阿紫开心到爆。

“遵太后懿旨。”我回复。

五分钟后，二猪的长戟们折戟沉沙，而我的打包机越过冰壳，在剑勇们的护卫下展开，砸掉了大猪的城堡。大猪退出游戏。

阿紫完全缓过劲儿来了，带着她的轻骑小队满世界地追杀二猪的农民，二猪的基地只剩下几块燃烧的农田。不过游戏还没有结束，我猜二猪逃掉了几个农民，还在地图的某个地方砍木头开新基地。

二猪打游戏绝对顽强，不见棺材不掉泪，不到黄河不死心。

“二猪，别砍树了，我知道你在九点位置。”我发了条消息给他。

二猪以为他的新据点蛮隐蔽,其实我看他跑农民的方向就猜到了。

十秒钟之后，二猪退出游戏。

“无敌是多么的寂寞，无敌是多么的空虚……”我推开键盘，靠在椅背上。

聊天频道里大猪二猪和阿紫打嘴仗打得一身是劲，菜鸟虽菜，但还有个鸟嘴不是?

大猪说就差一步啊！就差一步啊！我该升了血统的！等我的游侠们都补了钙，江洋哪里砍得动我?

二猪说尼玛江洋个贱人居然出剑勇，太残暴了，太残暴了，太残暴了……

阿紫说哼哼哼哼哼哼哼，叫你们两个男人联合起来欺负我！见识了吧？老娘背后有人!

“再来再来？”大猪说。

“不来了，我要睡觉。明天上下午都值班，晚上还被人拉了去卡拉 OK。”我说。

“哟？卡拉 OK ？老实交代！有没有美女？”二猪立刻从失败中

满血复活。

“有，著名小美女，路依依。”

“哟呵！是不是你上次说的那个家里有火车的妞儿？”

“我噻有火车！这是阿依吐拉公主么？”阿紫惊叹得不行。

“我没说她家有火车，我是说她家有个 40 平方米的阳光房给她搭玩具火车的轨道。”

“那不跟有火车一样么？申请去看美女！”大猪说。

“报名报名，同去同去！”二猪跟着起哄。

“行！明儿晚上八点，武宁路长寿路口的那个上海歌城！”

“有没有帅哥？”阿紫问。

“有！二猪就是帅哥，不仅帅还骚包。”

“白眼，看腻了。”

我退出了聊天频道。

我抓起手机，发了一条信息：“你睡了么？”

“还没。”

“我是想问你那束花还要不要？”

“要不你明儿带给我吧，我把钱给你。”

“算了，我自己插来看看吧。”

“也好。”

“你在干什么？”

“数数。”

“数数？”

“失眠了，看了会儿书，吃了点东西，还是睡不着，没办法，只好数数，我刚才已经数到一千多了。”

“要不要冲点奶粉？”

战争时期，鲜牛奶这种近乎梦幻的东西就不必想了，但是对于军官和婴儿还是有限量的奶粉供应。

“不用了，我数着数着就睡着了。”

“晚安。”

“晚安。”

起而复落的信息提示声就此停止。我垫了一片菖蒲，把六枝郁金香插了起来，像是展开的一张洒金扇面。

我把花瓶放在窗台上，熄了灯，从花和叶子的空隙里看外面，今夜的上海很安静。

第六章
CHAPTER 6

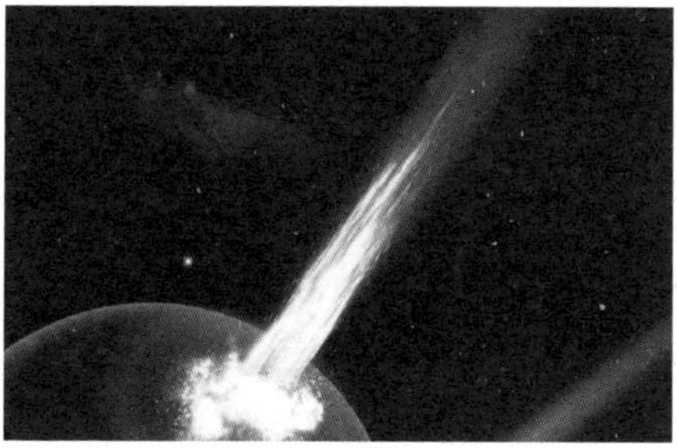

ONCE UPON A TIME
IN SHANGHAI

武宁南路，上海歌城。

我们推开包间的门，路依依正在唱《青藏高原》，几个学生模样的女孩摇着手铃和沙槌助威。

今晚路依依照例还是新装扮，黑色立领的小夹克，领口里塞着白色的丝围巾，一双黑色绒面的高统靴，搭配苏格兰花呢小短裙和肉色丝袜，骄傲地秀出跳过芭蕾的长腿来。

大猪分秒没耽搁，一把推开我，冲上去握住路依依的手："久闻美女大名！今日一见，三生有幸！你都不知道我们见你一次有多难，我们屡次跟江政委打报告说我们想见路依依同志，好比宋丹丹想见赵忠祥，江政委拖到今天才批，我们对他意见很大。但是今天我们亲眼见到路依依同志，又觉得江政委做的是对的！"

"为什么对啊？"二猪在旁边接茬。

"红颜祸水，乱军心啊！"大猪语重心长。

我噻，这俩参军真屈才啊，咋不去德云社说相声呢？

路依依一手持麦继续高歌，一手冲我们摆手打招呼，笑得像朵花儿。

与此同时，一连串的爆音从音箱里传出，我们只觉得耳膜和周围的玻璃都濒临碎裂。

二猪凑到我耳边："这长相是没得说了，可这唱功……很杀猪啊！"

我说："这不挺好？跟你俩投缘。"

其实路依依唱歌很好听，只是声音略有些沙哑，适合吉他伴奏的清唱，可她总想挑战高难度。

"战地青年大使"的选拔中，有一项才艺是歌唱。赛前路依依问我唱什么歌好，我说以她的嗓子不如降一个八度唱王心凌的《第一次爱的人》，文艺，有范儿。

路依依扁扁嘴，说我想唱高音，我想唱张惠妹的《站在高岗上》！

我说你志向远大我也不便劝你，反正看电视的时候我会把音量调低点。路依依不搭理我，低低地哼着《站在高岗上》。

后来我在电视上看了比赛，路依依抱着一支木吉他唱《第一次爱的人》，鞋跟打着节拍。歌罢静了几秒钟，掌声震耳，五个裁判四个给了满分。靠着这首歌，路依依晋级决赛。

我娘多年以前就断言过，千万不要以为女人傻，她们只是有时任性。

路依依扔下话筒，跳到我身边坐下："你们来晚了。"

"值班啊！保卫人民生命财产，"我指大猪二猪，"大猪，二猪，都是我们部门同事。"

"我叫路依依，她是盛灵灵，那边的是孟洁，那个是毓莹，都是我们班同学。"

"没歌了没歌了，下面谁来点？"名叫孟洁的女孩说。

"我来我来，献丑了，"大猪立刻捋袖子上，"点一首《无间道》，谁跟我唱梁朝伟？”

“看兄台你厚度不大，吼得上去么？”路依依笑。

“给我叫一瓶啤酒，我就吼上去了！”大猪拍着瘦骨嶙峋的胸脯。

女孩们拍着巴掌叫好。

“帅哥欸帅哥欸！”路依依扯着我的袖子，偷偷指二猪。

骚货对姑娘的目光很敏锐，仿佛自带雷达，立刻坐直了，一捋头发，胸肌挺出。

“二猪唱什么？”大猪问。

“《猛男日记》！”二猪祭出了自己的杀手锏。

“我要跟帅哥一起唱，我要跟帅哥一起唱！”叫毓莹的女孩举手蹦了起来。

“江洋唱什么？”路依依问。

“《北京一夜》，大猪帮我点。”

“这么老的歌不会唱，还想跟你合唱一首呢！”路依依哼哼。

“那你跟谁唱？”盛灵灵看着她的姐妹们，“别让他们欺负我们复旦没人，会唱的站出来！”

“我！”二猪双肩一振除掉制服外套，以威猛绝伦之势夺众而出，立刻换女声，百媚千娇：

“人说地安门里面，有位老妇人犹在痴痴等，
面容安详的老人，依旧等着那出征的归人……”

全场笑倒，群魔乱舞。

我打开手机，没有新的信息。

我和路依依并坐在武宁南路的马路牙子上，各拿一个纸杯，里面放两串关东煮。

街上空无一人，路灯坏了一半，我们头顶这盏一边闪烁一边发出“嗡嗡”的怪声。

里面正唱得热闹，我和路依依出来的时候还有两屏幕的歌在排队，路依依说要出门透透气，大猪立刻敬礼说那就请江政委陪同一下，余下的大家和我一起合唱一首《北京欢迎你》……总之我和路依依就这么坐在了这盏路灯下。

外面春寒料峭，路依依披了件象牙白色的羊绒大衣，长摆拉起来刚好盖住只穿了丝袜的双腿。

我百无聊赖地咬着章鱼小丸子，路依依也是，东看看西看看，嘴巴不停地动着。

上海歌城的霓虹灯招牌在我们头顶闪烁。

路依依吃得比我快，吃完伸手在腿上蹭蹭，算擦手了。

“你就拿袜子当纸巾使啊？”我掏出纸巾递给她。

“看不出你有时候还蛮细心的嘛！”路依依很满意地接了，抹抹油嘴。

我懒得搭理她。

路依依说：“我们新闻系最有名的那个帅哥，在上海电视台当 VJ 的那个，昨天请我吃饭了。”

我说：“阿当？以前主持过十佳金曲的那个？我觉得他长得比我还老。”

路依依说：“谁说比你老？那可是我们学校人气最旺的帅哥，女生都想跟他吃饭！”

我说：“好吧，不过我还是觉得他老了会比较像吴孟达。”

路依依说："喊！"

我说："喊什么？"

路依依站了起身，轻盈地转个身，衣摆飞扬，双腿修长："我这身怎么样？"

我说："不错。"

路依依说："阿当说最喜欢穿格子短裙和长大衣的女孩！"

我说："想不到阿当老师的审美跟我暗合！"

路依依推了我一把，随即作臭美状："能好好说话么？他是说喜欢我！这都听不出来？"

我说："真委婉。"

我们又不说话了，关东煮被风吹凉了，咬在嘴里有股腥味。

远处的天空闪了一下，我的眼皮跟着一跳。

开始是个紫色的光点，几秒钟内拉长为横贯天空的流星，亮度迅速增加，把半个天空照得炽白。

流星在天空里跟什么东西相撞，分崩离析，紫光像流水那样四溅，又像是礼花盛开。

寒气冲脑，我猛地站起！那不是礼花，是轰炸！

德尔塔次级母舰发射的光流被泡防御挡下了，但我从未见过如此灿烂的紫光……恐怖的轰炸强度！

口袋里的手机发疯一样振动起来。

"934"，信息只有简单的三个数字，发送者的号码是7488。

7488是上海泡防御指挥部用来群发信息的号码，而"934"则是最高级别的紧急集合令。

有人从歌城里冲了出来，炮弹般急，我刚起身，那家伙就撞在我背上。我刚要开骂，忽然看清了那是握着手机的大猪和二猪。

“你也收到了？”二猪神色紧张。

“废话！”大猪说，“934，他怎么会没收到？”

一辆亮着“锦江”牌子的出租出现在街头，应该是刚好有人上了车，司机把红色的“空车”牌子按了下去。

二猪悍然百米健将，闪电般冲上去张开双臂拦住：“去哪里？”

“南京西路。”师傅摇下窗户。

“拼一辆拼一辆。”二猪大喊。

我和大猪已经跑到了车边，我刚拉开车门，大猪就一脚把我踹了进去，随即自己也扑进来撞在我背上。我压在车里乘客的身上，满鼻子香水味，好像是个年轻女孩。车里黑乎乎的我什么都看不清，回头就骂大猪说你轻点不行么？里面是个女孩！

这时又一次撞击传到我背上，我贴女孩又紧了一分，估计是大块头的二猪挤进来了。

“桑塔纳后面哪能坐那么多人？”师傅急了。

“对！二猪你傻了啊？坐前排去！”大猪也吼。

“我就在前排啊！”二猪委屈的声音从前排传来。

“那后面压着我的是谁？”

“军需部的，都是回中信泰富嘛，挤一挤挤一挤！”

“还有一个还有一个！”有个瓮声瓮气的人喊。

背后的重压终于压垮了我，我撑不住了，贴饼子似的贴在女孩身上。她的眼睛明亮，耳边的发丝如钩，她的呼吸喷到我的脸上，我俩同时认出了彼此。

林澜，江湖上老话说得好，不是冤家不碰头。

“你干什么？离我远一点！”林澜脸上挂不住，硬撑了一秒钟，使劲推我。

“我也想，可你先问过我身后的兄弟们。”

“哟，林上尉，真巧啊。”大猪在我背后打招呼。

林澜脸上更加挂不住，干脆转过头去不看我们。

“7488部队泡防御作战指挥部技术局中尉操作员曾晓磊！”二猪从前排掉过头来，行了一个军礼。

按照部队里的规定，林澜军衔比他高，他就得敬礼报番号和职务。

林澜没办法，艰难地抽出一只手来回礼。

“我说同志，你们紧急任务打出租去啊？”师傅很无奈。

“给钱的！不行啊？不行立马征用你！”所有人异口同声地说。

车像是气喘的老牛那样启动了，后排塞得有如沙丁鱼罐头。沙丁鱼们挤在一起蹭来蹭去，我和林澜四目相对，距离那叫一个近，要是这一幕出现在韩剧里，不吻下去观众都不能答应。

“你怎么会来这边？你不说有事的么？”我忽然想起了来，林澜说有事才没跟我们一起唱歌的。

林澜沉默了几秒钟：“我在智慧泉广场和建南吃饭。”

我心里的小野兽低低地叫了一声，垂头丧气地钻回了它的小地洞里，越钻越深，沉沉地坠了下去。

“能不能不要挤了？我都要被变成肉夹馍了！”我不耐烦地回头大喊。

“靠！江洋你能不能别废话了？大家都是赶任务！你那边还是跟美女挤，我这边才惨，这谁那么瘦，跟搓板似的，挤得我浑身疼。喂！老大，我拜托你多吃点饭，好像部队伙食不行似的！”军需部的兄弟在抱怨。

“现在就算不错啦，”大猪懒洋洋地说，“我大学时候更瘦！”

我们冲进指挥部，迎面就撞上了将军。

“小日子过得不错嘛！革命的小酒天天喝，怡情小调夜夜唱啊！良辰美景，我们的技术员和协调员都出去卡拉 OK 了啊！”将军凶得好似老虎要吃人，“这是战争时期！你们几个要玩死全上海的人啊？”

没人敢说话，大家都耷拉着脑袋，包括林澜。

“等会儿跟你们算账！给我滚回自己的位置上去！快！”将军咆哮。

一群人如逢大赦，闪电般地窜到自己的座位上去，套上耳麦，手忙脚乱地开机。

环形办公室里，空气紧张到令人窒息，数百只手高速地敲击着键盘。

我把泡防御界面的能量密度分布图调了出来，这才明白为什么指挥部群发了“934”这种最高级别的紧急集合令，真是前所未有的糟糕。

月球轨道上的德尔塔母舰分裂出了一艘大得可怕的次级母舰，那东西正悬浮在电离层里发动轰炸。

它的主炮已经轰击了两次，平均能量强度是普通次级母舰的 15.2 倍，泡防御界面已经千疮百孔，某些脆弱的区域濒临崩溃。

“下一次轰击倒计时，一分钟！”暄暄的声音出现在公共频道里。

次级母舰发射光流并非连续，两轮轰击之间它需要一些时间蓄积能量，这才给了我们喘息之机。暄暄的位置是观察员，她监测着次级母舰不断上升的能量强度。

我的手在抖……该死！抖得控制不住！

平时业务测试，我的成绩比大猪二猪都高，但在实战中，我平衡一个常规缺损面的速度只有大猪的 60%。大猪总是不理解为什么我在打帝国的时候能行云流水地指挥生产、造兵、开新基地，事事不耽误，他拍马都赶不上我的速度，但在修补界面缺损的时候却只能当他的小跟班。

这是我从小的毛病，容易紧张，局面越危急越容易犯。有时候是手抖，有时候会莫名其妙地笑。我说这是家传病，将军说呸你这孙子就是胆小。

“缺损维锁定，阳电子注入，编织程度一号载入，开始修复……”我低声念着每一步操作以防出错。

每个技术员都得适应这种严格而枯燥的程序，工作状态下的我们更像一部精密的机器而不是个人。

整个泡防御界面的面积大约是 1500 平方公里，被标注为“危险”的缺损区域共 36 处，可核心技术员却只有 28 名。只有核心技术员才能主持修复，其他技术员只是协助。我、大猪、二猪都是核心技术员，阿紫就不是。

人手这么紧张，南浦大桥上空还有一处被标注为“极度危险”的巨型缺损面，面积达到 23 平方公里，足有 12 名核心技术员集中在那里进行修复。大猪在那里扛着，我就没过去凑热闹，我领取了 8 号缺口的修补任务，面积 1.3 平方公里，在徐汇区上空。

屏幕的右下角是健康监控界面，我们的心跳、血压、血糖以及肾上腺素水平都显示在那里，扫一眼就知道自己的状况。因为工作强度太高，技术员的状态很不稳定，经常有做着做着就昏厥过去的。

我现在的心律是每分钟 160 下，跟刚快跑了十公里差不多，心好像能跳到喉咙口。但不能停下，甚至来不及调整呼吸，我们头顶上不是只有那艘巨型次级母舰，还有不下十艘中型次级母舰，它们依次发射光流，虽然威力跟那艘巨无霸不能比，但零散的攻击还是搅乱了我们的修复。

“8 号完成！”我大声说。

我立刻转向 13 号，这是林澜给我的指示。她是协调员，负责把新的任务分发给各个技术员。

她现在坐在距离我只有不到 20 米的那张桌边，我只要抬头就能看见她，但我没有时间抬头。我只能听她的声音，隐约的叮叮声，那是她的手链在腕上滑动。于是我知道她就在这里，离我不远的地方。

“30 秒倒计时。”暄暄的声音回荡在公共频道中，“目标 A 即将发射光流！”

目标 A 就是那艘巨型次级母舰，它现在是高悬在上海空中的达摩克利斯之剑。

“13 号完成！”

“15 号完成！”

“7 号完成！”

情况看好，兄弟们纷纷大功告成。

“15 秒倒计时。”暄暄高举手臂,比出“15”的手势,每个人都能看到。

这是技术手册的要求，进入倒数的时候，观察员必须这样给出信号，以免误听。

“6 号完成！”

“1 号完成！”大猪如释重负的声音。

大猪他们那队人终于把南浦大桥上方的巨型缺损修补完成了，那下面有什么东西我们都清楚，那里是绝对不能失守的！

“10 秒！”暄暄的嗓子都哑了。

一半的人抬头看着暄暄的手势，一半的人低头盯着屏幕。我们能做的都做了，下面就看这个城市的运气了。没人知道次级母舰怎么锁定攻击目标，按照以往的经验它们只是随意地把能量倾泻在泡防御界面上。说得直白点，它的炮手很随性，想打浦东打浦东，想打闵行打闵行，只看兴之所至。

可今天这艘次级母舰太大了，它的主炮简直是死亡之手，无论打哪儿都会造成严重的损伤。

“9……8……7……6……5……4……3……2……”

健康监控界面上，我的心跳出现瞬间的停止，因为我看见了不可思议的东西。

能量分部等势面图，通常它平滑得像一张马鞍，越平滑就说明能量越平衡，泡防御也就越健康。可在一瞬间，马鞍面上出现了一个惊人的突起，像是中世纪骑士的长矛，突破了 Z 轴的最大值！

能量强度破表了！该死！怎么回事？这是教科书上没写过的情况！

我迅速取了突起的位置，报出来的结果是（234.23，123.14），这是个坐标，一个熟悉的坐标。

“这是……哪里？”我用力拍着自己的前额。见鬼！明知道危险逼近，却不知道它从哪个方向到来。

屏幕变成闪烁的红色，凄厉的警报拉响，所有人都傻了。

我忽然明白了！该死！明白得晚了！冲击波到达这里只需要不超过五秒钟！

“冲击波！！！”我唯一来得及做的事就是摘下耳机，对着整个办公室咆哮。

一瞬间的惊愕之后，大家都像我一样踢开椅子，抱着头趴下。

像是有只山一样巨大的雄蜂在大厦外振动翅膀，嗡嗡声的频率急剧升高，迅速超过人类的听力极限。我什么都听不见了，但耳膜剧痛，好像有锐利的针刺在上面，我的牙齿咬在一起，涩得像是咬着沙子。

恐怖的高气压降临，所有的灯同时爆炸，像是有双巨手按住了我的胸口……不！准确地说是一柄巨槌打在我的胸膛上！下一个瞬间，压力又骤然消失，肺里的空气拼命地寻找缝隙要钻出去。如此反复。

玻璃幕墙全碎了，飓风袭来，玻璃碎片横扫整间办公室，深深地钉进墙壁里。

所以我们才钻到了桌下，否则早被打成筛子了。

我努力张大嘴，却不是要呼喊，这样可以减轻身体内外气压的不均衡。冲击波会带来高低压的反复变化，有可能导致耳膜破裂。

（234.23，123.14）是中信泰富广场的地理坐标。

那艘巨无霸的光流就轰在我们头顶，强度前所未有，泡防御自动启用了弹性防御。

刚性防御的状态下，泡防御界面是坚硬的，强行挡住所有攻击；但在弹性防御的状态下，它会以柔克刚，如一个被轻触的肥皂泡那样向内微微弯曲，消解光流的冲击力。

但弹性防御也有致命的弱点，泡防御弯曲的瞬间，会产生一个向下的冲击波。这个冲击波本质上和核爆炸放射出的冲击波没两样，间隔地产生高压区和低压区，凭着巨大的压力差，金属都能撕裂。

我监测到我们头顶上空的能量密度飙升，其实是整个界面上的能量都疯狂地向着光流命中的区域流动，试图对抗这轮巨炮的轰击。

“都还活着么？”将军第一个从玻璃碴里跳了起来。

大伙儿依次跳了起来。我扭头看向林澜的座位，她也爬了起来，立刻又扑到监视器上去了。

大猪的座位就在我对面，这家伙双手按着键盘，眼瞪得铜铃样大，挂着两道鼻血。他也不擦，鼻孔张大，用力吸了吸，吸了些回去，就算凑合了。

“目标 A 的能量反应再次升高，它还要发射！”暄暄大喘气。

那艘巨型次级母舰正在蓄积下一次发射的能量。

我跟着将军冲到已经没有玻璃的窗边，仰头看天，头顶的天空扭曲，像是有人在那里放置了一片巨大的透镜，折射着漫天的紫光。界面极度紊乱，整个泡防御面临崩毁。就算外星人是白痴，现在也该明白该把光流轰向哪里。

我忽然想起那天看见的侦察型捕食者，当时它在中信泰富的上空搜集地面资料……该死！它就是在搜集这座大厦的资料！那些家伙知道我们的位置了！它们就是冲着我们来的！

“彻底紊乱！无法修复！顶不住了！”不知道是谁在公共频道里大吼。

“安静！”将军猛地摘掉耳麦，吼声震动整个环形办公室。

所有人都愣住了，也不由自主地安静了，呆呆地看着这个平时没正形、忽然发威的老狮子。

“各守岗位。全部技术员，修补正上方的缺口！”将军的声音回复到完全不带感情色彩的冷酷。

每一盏日光灯都在疯狂跳闪，大楼接上了备用电源，但是电压不稳定。好在技术员使用的控制终端都自备大容量锂电池，没有断电也无需重启，我们扑上去就能接着干活儿。

所有人都在噼里啪啦击键，方程式在屏幕上瀑布般流动。

“下一次光流轰炸倒计时，120 秒！”暄暄又在公共频道里喊。

“怎么这么快？”将军吃了一惊。

“它的能量蓄积速度明显升高，110 秒。”

“破损处能量反应开始升高，加速修复！”林澜的声音。

“谁是带头的？”将军大喊。

无论多少技术员在协同工作，总得有个带头的，便如梁山上要有带头大哥。

“13 号平衡员杨涵田。”大猪的声音在耳机里听来平静得叫人心安。

“顶上！搞定了给你申请军功章！”将军说。

“倒计时 90 秒。”

“所有人支持杨涵田！所有人支持杨涵田！”将军大喊。

“没用！人多没有用，他们跟不上我的速度！”大猪的声音。

我站起来去看大猪，他的目光游走在屏幕上，一手点触摸板，一手爆豆般在键盘上跳跃。

大猪天赋异禀，是个左撇子，两手熟练程度差不多，因此他跟我们不一样，我们是先锁定轨迹然后双手操作键盘，他是单手操作键盘，另一只手做锁定，极限状态下这个天赋能让他比我们快出将近一倍！

我知道我帮不了他，他确实是我们中的第一名，没人能够追上他。

“60 秒倒计时！”

“杨涵田执行修复，暄暄倒计时。其余全体避险，准备迎接冲击！”将军下达了最后的指令。

他自己却没有躲避，而是冲到窗边，死死地盯着那个悬浮在高空中的巨大黑影，老家伙此刻看起来活像头走投无路的饿虎，要把外星人生生嚼碎了吃掉。

我冲到角落里，那里有几个合金的安全舱，可已经被人占了。我环顾四周，有的人只是抱着头躲在工作台下面，有的人则扣上了安全头盔蜷缩在角落里，更多的人和我一样茫然地跑来跑去。

一个人影从我面前闪过，被我一把拉住："你去哪里？"

我闻见了她那熟悉的香水味。

林澜头也不回："放开我！我得去打开防火系统，楼里的电路和燃油发电机还在运转！"

"别管什么防火系统了，现在是死活问题！"

"你自己找地方去躲好！不要管我！"林澜转过身来掰我的手。

可是我就是不放。

"烦死了！滚开！"林澜急了。

她平时总戴着好看的面具，微笑或者淡定自若，但急眼了也骂人。

"30 秒倒计时！"扩音器中传出瑄瑄的声音，她已经接入整个大厦的广播系统了。

我和林澜都愣住了。倒不是因为只剩 30 秒了，而是我们的头顶正簌簌往下落细灰，还有轻微但令人恐惧的破裂声，我抬头看了一眼，猛地扑在林澜身上把她压倒。差不多同一时刻，头顶的天花板整个落了下来，重重地拍在地上。我眼前一黑，眼耳口鼻里全是灰尘。

我扶着林澜爬了起来，右臂火辣辣的疼痛。刚才我用这只胳膊盖在林澜的头顶，被天花板里一段暴露的钢筋砸中了。真悬，就差一秒钟，我俩就都挂了。

我扫了一眼废墟，半个环形办公室都被埋在灰尘里了，好在没有危及角落里的大猪。31 楼的承重梁塌了，上百块楼板塌落，拍在 30 层的地面上，混凝土的断层里露出了枝杈般的钢筋。

刚才那轮冲击波伤到了大厦的钢筋骨架，毕竟是 2000 年建成的楼了，即使曾经风光一时，内部的钢筋骨架也会衰老。

废墟下有几处流出红黑的血来，我知道有些同事我怕是不会再见到他们了。

林澜的脸上全无血色，呆呆地看着我。

她想要回头，可我把她的脑袋拧了过来，抓住她的肩膀强迫她看着我："不要看！"

我拉着失魂落魄的林澜冲出办公室，外面是大会客厅。中信泰富广场是军队在战争开始后征用的，原来这一整层都是某跨国公司的办公室，军队没有改变原来的摆设，会客厅还是会客厅，风格简约，就一个书架、一张玻璃茶几和一张黑色的真皮长沙发，看起来根本没有可供避险的空间。

我一把把林澜推翻在地毯上，翻过长沙发把她扣在了里面。这玩意儿还真重，累得我直喘。

"你干什么？"林澜奋力把沙发推起，探出半张脸来。

现在再瞪未免没有意义了吧？死到临头谁怕谁？

我把她的头推了回去："《紧急求生手册》看过没？第四节，冲击波到来时的自我保护。你应该首先选择有三角形支撑的房屋角落，如果不行就选择其他的狭小空间，比如沙发和长椅下。这样如果发生崩塌，你不会被砸死。这个东西有点重，不过你还是能自己推开它的。"

那本《紧急求生手册》是路依依塞给我的，现在我很想好好感谢这个丫头，还有地铁广告里的孙悟空猪八戒。如果没有这些知识我现在会觉得作为一个男人我很无力。但这也是我唯一能做到的了，如果林澜能活过这一劫，大概也别指望是我帮她再把沙发翻开了。这是我仅能想到的一个避险地，这层楼里每个人都在找避险地，我可没把握自己还能找到第二个。

林澜不依不饶地又把沙发推了起来，探出她那张死犟的脸来。

“你老老实实听话！要是能留下一条命，记住，是我救你的！”我有点不耐烦了。

“逞什么英雄？”林澜狠狠瞪着我，“进来！”

我一愣。

“发什么呆？下面够躲两个人的！”

我还发愣呢，林澜一把把我拉进沙发里去了。毕竟是跨国公司的办公家具，这沙发够宽够大，恰好能盖住我们俩人。只是姿势有些别扭，我们只能保持侧卧，鼻子顶鼻子脸贴脸，呼吸起来不必用力就会喷到对方脸上。

一片漆黑，沙发和地毯的缝隙里都看不到灯光透进来，可能是备用电源也出了问题。

在那辆出租车上也是这样，只是那时前前后后都是人，此刻就我和林澜，我们在谁也不知道的地方，我们可能快要死了。

“倒计时 15 秒！”喧喧的声音隐约传来。

我摸出手机，点亮屏幕，蓝色的光照着我和林澜的脸，看起来都有够丑的。我们就这么对看了几秒钟，想说什么可又觉得都没意思。

于是我歪嘴笑笑，林澜也笑笑。

“这次会不会死？”她轻声问。

“不知道。”我看着她漂亮的眼睛，“有没有想过自己挂掉的一天？”

“想过，别的都无所谓，就怕一个人待在黑暗里，伸出手去什么都触不到。”

手机屏幕熄灭，再次漆黑一片，我看不到她可我感觉得到，我离她那么近，她体温的辐射都可以温暖我。她的呼吸喷在我脸上，湿润的，我想起庄子老师说过的那两条小鱼，天下大旱泉水干涸，它们躺在泉底，彼此吐吐沫来湿润对方。

我悄悄把手在裤腿上蹭了蹭，蹭去了手汗，伸出手去，小贼似的，有点抖。

我触到了她的手指，她的手冰冷，也是微微发抖。

握住了……尼玛……用尽了我所有气力。

“10！ 9！ 8！ 7！ 6！ 5……”暄暄的声音像是死神在召唤。

那只手在我手心里静了一刻，抽了回去。

我也不想再握了，因为我摸到了她中指上那枚白金嵌钻的戒指。

“4！ 3！ 2！ 1！ 0！”

那个时刻到来的一刻，我们都小小地哆嗦了一下。可什么都没发生，既没有天昏地暗的摇晃，也没有冲击波，耳边安安静静。我再次点亮手机屏幕，林澜和我一样，正左左右右地转眼睛。

“怎么了？”好一会儿，她问。

“不知道，也许是已经死了吧？”

“出去看看？”

“嗯。”

我们推开环形办公室的门，大伙儿都愣愣地站着。暄暄那张漂亮的小脸上惨无人色，手里紧紧抓着耳麦。她的屏幕上是倒计时界面，最后的显示是“0”。能量分布等势图上，骑枪般的凸起正缓缓地回落，泡防御正恢复健康。

大猪挂着两行鼻血，发出一声满足的、猪一般的哼哼，长出一口气，放松身体靠在椅背上。

“没有轰炸？”将军问。

“开炮了。”暄暄说。

“泡防御顶住了？”将军又问。

大猪拿起一张纸巾胡乱地抹了抹鼻血，点头：“嗯！老子搞定了！”

“当时我真以为要完蛋了。”二猪喝了口咖啡，“脑子里各种念头。”

“都是些什么念头？”我说。

“嗯……”二猪支支吾吾的。

我哼哼。以二猪的闷骚，最多想想他的初恋女友次恋女友三恋女友四恋女友呗，不干不脆的。

深夜 12 点，全体泡防御指挥部成员在五楼员工餐厅用餐。

那轮光流轰击被泡防御挡住后，德尔塔放弃了这次空袭，巨型次级母舰悄然向着大气圈外层撤退，捕食者大队回复到休眠的状态，继续悬浮在泡防御圈外。

指挥部全体成员在 30 楼的废墟前默立了五分钟，将军下令说食堂开夜餐，全体下楼吃饭。我们出门的时候，沉默的宪兵们提着尸体袋进入环形办公室。熊嵩跟我擦肩而过，拍了拍我的肩膀。

总的来说是大幸，将军当场表示要为大猪申报一等功。

可大猪似乎对军功章并不那么在意，现在他正在我对面稀里呼噜地喝着蔬菜浓汤。

“你不怕啊？”我有一搭没一搭地说。

“我怕什么？光流要真轰下来，躲在安全舱里就能不死？别逗了，那可是一颗氢弹当量的直接轰击！”大猪舔舔嘴唇，“想到你们要陪我一起死，我就不怕。”

“我嚏！你强！走？”

“走！”大猪二猪跟着我站了起来，抹抹嘴。

我们走到门口的时候，我正回头跟大猪嚷嚷：“回去帝国！我踩你加阿紫！反正今晚也睡不着了。”

这时我转过头，看见林澜和一个人并肩走了进来。我一愣，所有的表情凝固在脸上。

我本该闪开，可我忘了，于是我们两拨人都站住了，把对方的路堵得死死的。

那是个高大精悍的男人，眉锋飞扬，眼神锋利，是个让人看见就会自然退避的人。

林澜的未婚夫，杨建南中校。

解放军7488部队527团团长，石家庄陆军学院的高材生。在我们修复南浦大桥上空的缺损时，他和他的部队就在那片天空下，我们这伙人是舍了命也要先保住他们的，因为那个团负责操作上海大炮。

见我没有闪开，杨建南退后半步，让开了一条路。一个中校这么做，简直礼贤下士。

可我没有走，我直视林澜，林澜却把目光移开了。我没来由地想笑，原来也有你避开我视线的时候。

杨建南微微皱眉，他这种人位高权重，皱眉的时候自然带股子杀气。

二猪有点愣，看见杨建南神色不善，上前半步把我挡住了。二猪浑身肌肉，无论食堂抢饭还是打群架都是一把好手，靠着块头大倒也跟杨建南气势相当。

杨建南没说话也没退后，静静地踏上半步。就半步，把他和二猪之间的距离缩小到极致，隔着二猪那宽阔的后背我都能感觉到他的气息。不愧是青年军官中最被高层看好的人，不愧是国之利器，我不得不承认，那一刻我打了个寒战。

大猪鼻孔里还塞着俩纸捻呢，赶紧上去隔开双方：“没事没事，大家走路。”

转头大猪就一巴掌拍二猪头顶上：“人家杨中校走路，你不给开门就算了，拦着人干什么？人家上海大炮指挥部多重要的部门啊，你耽误杨中校一分钟，上海就多一分危险！”

我们部门的人都笑了起来。

泡防御指挥部和上海大炮指挥部不太对付，上海大炮指挥部觉得自己才是核心部门，我们只是搞防御的，有朝一日反攻还得靠他们；泡防御指挥部觉得我们玩了命地修补泡防御，挡了一次又一次轰炸，那时候你们那门重炮干什么呢？就一个摆设。

“喂，江洋！”有人在背后叫我。

我扭头一看，老大在冲我招手。

私下里我们几个都管将军叫老大，他是上海泡防御指挥部最大的领导，所以叫老大。

老大原本是搞通讯技术的，战争开始前已经退役颇长一段时间了，又被紧急召回。老大对此颇有抱怨，说自己辛苦几十年，刚转业在一家国有大型军工公司当副总，每天都有人请客吃香喝辣，正要体会一下人生，转眼又重新披上军装，带一帮娃娃兵，也不知道倒了什么霉。

我是首批入伍的技术干部，当时上海泡防御指挥部还没几个人，老大就亲自给我做培训。那时我们都不相信德尔塔文明会来，觉得混几年部队就能转业。老大刚从企业回来，组织纪律性磨损得很严重，我又刚大学毕业，再加上大猪二猪这俩脱线角色，不会正经到哪里去。

大家白天搞培训，晚上喝酒抽烟聊天打屁，所以老大跟我私交不错。

我立正转身，小跑过去。

“明儿帮我跑一趟，去杨高南路那边，帮我送点东西。”老大压低了声音，只有我听得见。

“收到！”

“别嚷嚷！”将军皱眉。

“哦……”

“叫上杨涵田和曾晓磊，我们开个小会。”老大转身就走。

我转过身，门口只剩下大猪和二猪了。杨建南和林澜没进食堂，只能是原路回去了。

其实人家没有非跟我为难的意思，是我没给人家面子。

我默默地站在那里，觉得右臂隐隐作痛起来。

我回到宿舍，差不多是深夜三点。

老大召开紧急会议是说，战争开始以来，指挥部门面临毁灭性攻击，这还是第一次。然后就是把我们仨劈头盖脸一顿臭骂，说我们不追求进步好好练基本功，居然一起夜奔出去唱什么卡拉 OK，差点害死全指挥部的人。大猪抗辩说我们并未违反外出制度，唱歌也是军民互动加强感情的渠道之一。老大气得暴跳如雷，如果他有力气把会议桌扣在大猪脑袋上，我想他一定会那样做的。

我理解老大何以发飙，倒不是烦我们几个，而是今天的状况着实千钧一发。核心技术员就这么多，如果我们团灭，高层未必能及时组建起新的部门接替我们。

老大强调了值班制度，我们外出得轮流了，以确保每一刻都有足够的人力在岗，可我心里清楚，这次的危机和值班制度没什么关系，而是德尔塔文明的攻势越来越凶猛，也越来越智能化了。以前的次级母舰可没那么大，以前外星人进攻之前也不会先侦察目标。

那层我们赖以生存的泡越来越难挡下不断升级的光流轰炸了，它疲于奔命。

我开了一瓶瓶装水，打开配发的笔记本查邮件，有老妈的一封电邮。战争期间，上海和外界交换的数据流量是有配额的，老妈一周只能发一封电邮过来，和无数别人的电邮一起打成数据包发送。数据部门接收到之后拆包，再分发给每个人，像极了去邮局寄纸信。

我一直觉得老妈是个奇迹，任何艰难困苦都不足以打磨掉她操持家业的志气。

战争开始前，她刚在我们那个县城里大手笔地买下了三套房子，盯着一帮子农民工把它装修成宾馆标准间的模样。“一套我和你爸养老，一套给你结婚，一套租出去赚钱。”老妈的算盘打得蛮好。可战争说来就来，县城里房价一路惨跌，老爸老妈也收拾行李去兰州的地下防空城避险了，三套新房就这么荒着了。

刚搬进地下防空城，老妈又重整旗鼓，抢购起临时公寓的指标来。临时公寓配额有限，指标的价格一路高涨，老妈赚了不少钱。可这些钱拿来干什么用一直困扰着她和老爸。

老妈在信里说，男人二十四也不算小了，我又不是那种特别有出息、年纪越大越吃香的钻石王老五，早点找个稳定的女朋友培养培养感情，将来结婚生孩子，女孩年纪太大生孩子不好什么什么的。

基于对我泡妞能力的不信任，老妈审阅所有我认识的女孩，方法是打开我笔记本里的照片文件夹，一一询问那些女孩的家世学历身高体重。老妈嘴里说女孩子关键是性格要好人要善良，长相并不那么重要，但其实也看脸，石原里美、朴信惠和杨幂她老人家觉得都怪面善的，适合我交往发展。

老妈这次信里特意提了路依依，她对路依依的硬性指标很满意，年轻漂亮，家大业大，只是年纪小会可能会任性，但老妈的观念是女孩统统都会长成女人，区别只是在你手里长成女人还是在别人手里长成，所以任性也不是不能解决的问题。

老妈还很有创意地提到如今大学生已经可以结婚了，言下之意路依依的年龄虽小，却不是我不能推倒之的理由。

随后老妈又提到了阿紫和暄暄，表示军人也不是不可以考虑；再然后她提了我的关节炎，提了我不按时吃饭的问题，还提了我喜欢过马路时看短信的毛病，都要一一注意。

可是老妈没有提林澜。

因为我从没对她提过林澜。

我不是试图隐瞒什么，可我该怎么跟老妈提起林澜呢？

我不知道。

我对着邮件发了一会儿呆。有时候我真是不理解，都不知道明天是死是活，爹妈还一门心思地考虑传宗接代的事。就算我有了女朋友又怎么样呢？我们都不知道能不能有命举行婚礼，也不知道能否顺顺利利地怀上孩子，也不知道孩子会在哪里降生，更不知道他能不能平安长大。

有时候我做着平衡，光流在我的头顶轰轰轰。我就想要是我一个参数键入错误了，光流就会击穿壁垒，把整个上海变成灰烬。天长日久我总会犯错误的吧？也就是说上海总会化为灰烬的吧？那我现在这么玩命地平衡平衡平衡，不过是苟延残喘。

明知只是苟延残喘，大家为什么还是当作“一定一定有明天地球地球一定行”的样子认真地生活呢?

人有的时候真奇怪。

大猪的头像在 QQ 上一闪一闪：“帝国吧……帝国吧……”

我说不，我要出去抽根烟。

我坐在酒店外的台阶上抽烟。我没有烟瘾，只是有时会忽然觉得时间太漫长乃至于无法打发。

街对面就是中信泰富广场，这座曾经的高级写字楼罩在空荡荡的铝合金骨架里，所有玻璃都碎了，风毫无阻碍地扫过每个楼层，把百叶窗吹得飞扬起来。供电恢复了，底商那些已经没有玻璃的橱窗里，塑胶模特们或昂首自矜，或沉吟，有些穿着时尚的华衣，有些赤身裸体。

那幅 Armani 的黑白广告应该是在纽约拍的，女人走过布鲁克林区的街头，背影窈窕，我想起表哥来，不知道纽约下沉的时候，他在做什么，可有向上帝祈祷么？或者如我这样静静地坐着。

有人在后面拍了拍我的肩膀，我回头一看，是大猪。他和我并肩坐下，我递了根烟给他，他也不客气。

“阵亡名单出来了，17 个人，刚才二猪来电话说的。”大猪吐出一口青烟。

“嗯。”

“没见过阵亡名单吧？”

“没那个机会。”

“你今年多大？”

“24。告诉过你那么多次，1998 年 7 月 17 号生人，你怎么就是记不住呢？”

“记住又怎么样？”大猪耸耸肩，“我又不是林澜，你还指望我送生日礼物给你啊？”

这句话挠中了我心里的小野兽。原本它静静地缩在自己的地洞里冬眠，抱着毛茸茸的尾巴，可现在它被人挠了，很难过很愤怒地钻了出来，凶猛地龇着牙。我猛地扭头瞪着大猪，神色不善。

“好了好了，知道一说这个你丫就伤心，很伤心，非常伤心。”大猪起身，“我过去看看，二猪还在值班，他今晚已经透支了，别又开小差。”

我懒得搭理他。

“你看过《天方夜谭》么？”大猪看我没反应，又厚脸皮地坐下。

“没看过。”我没好气地说。

“里面有个故事，说有个兄弟流落到一个海岛上，发现岛上有座宫殿，宫殿的主人热情地接待了他，有好吃好喝，还有漂亮姬妾陪睡。但过了些日子宫殿的主人要外出，对他说，尊贵的客人啊，把这里当作你的家，随便怎么都行，唯有一件事例外，宫殿深处有扇门是绝不能打开的。你千万记住我的话，那是会给人带来噩运的门。然后主人就走了，这兄弟在宫殿里面玩了仨月，腻味了，终于忍不住动起了那扇门的心思。他心说这里那么多吃喝玩乐，跟天堂似的，主人都不吝惜，唯独就是不让我打开那扇门，一定是最好最好的酒食和美女藏在那扇门里，所以他才会对外面的东西都无所谓。”

我起了点好奇心，但是不愿意流露出来，竖着耳朵听，不说话。

大猪贼笑，他知道我在听：“于是他打开了那扇门，惊讶地发现里面是另外一个世界，果然里面有最美的女人、最漂亮的宫殿、最好的食物，总之什么都是最好的，比天堂还天堂，美女们把他当皇上供着。这兄弟心想果然不出我所料啊，宫殿的主人就是舍不得让我来这里享受。于是不管三七二十一，就在那里享受美好生活了。可三个月后忽然有一只大鹰飞来，把他叼走了。等他醒来，发现自己又回到了原先那座宫殿，宫殿的主人已经回来了。这兄弟说我想回去，那些美女还等着我呢，可宫殿的主人说你回不去了，那扇门其实是个诅咒，对任何人来说都是一生只能开启一次的，让你看见世界上最美好的东西，但是三个月后你必然被抓回来。我叫你不要打开那扇门是为你好，从今以后你就只剩一种情绪啦，那就是后悔。”

我呆呆地看着大猪。

大猪耸耸肩："后来这兄弟无论如何也回不去那个世界了，见过了世界上最美的女人最美的宫殿最好的吃喝，其他东西再也没法让他觉得幸福。他每天都怀念那些最美好的东西，却又知道自己一辈子都得不到。所以这厮后来一生都不再笑。这个故事叫《终生不笑者的故事》。你感觉咋样？"

"你……是要跟我传教？"我不太懂这个故事的意思，可心里有点怯，好像被大猪说中了什么似的。

"我去！我堂堂的共产党员，搁哪个宗教也只能下地狱，我跟你传什么教啊？其实我是想说，你就不该遇见林澜。你要是不遇见林澜，是多完美的一个小屁孩儿啊！脑子活络，又天真，能巴结人，技术还过硬。可惜咯。"大猪再次起身，拍了拍屁股上的灰，走了。

虽然说话很糙，可大猪很爱读书，每年都会整理一个读书列表贴在匿名的微博里，那个微博在网上很红，大猪在里面扮演忧郁智慧的文艺男青年，发些类似"那些对你说'你变了'的人只是抱怨你没有按照他们的希望长大而已"之类的文艺微博，很多女孩热爱他。7488部队里只有我们很少的几个兄弟知道那个微博是他的。

我坐在台阶上，风吹着落叶从我面前过，直到烟烧得烫了我的手。

我掏出手机给林澜发了个信息说：“我困了，晚安。”
几秒钟以后林澜回复说：“晚安。”

第七章
CHAPTER 7

ONCE UPON A TIME
IN SHANGHAI

阳光从天窗投下来，我坐在白色的真皮沙发上玩魔方，离我不远是一架九英尺的斯坦威钢琴。

天气很好，隔着一层白纱往外看去，都是精致的红顶小别墅。这个别墅区在杨高南路上，地段略偏，房价算不得很贵，普通的一栋买起来也就六七百万的样子。

老大买下了这栋小楼，冉姐住在这里。

“江洋，留下来跟我一起吃午饭吧。”冉姐从扶梯边探出头来。

“好啊。”我立刻答应，冉姐做饭好吃，我也不是第一次来蹭饭了。

“差不多都是现成的，我煲一点米饭就好。你要吃什么东西自己去罐子里翻，架子上有书看，电视遥控器在茶几下面。”冉姐说着踢踢踏踏下楼去了。

“冷不冷？”她又探出头来，“要不我把地暖打开？”

“冉姐……我又不是小孩。”我继续玩魔方。

“你就是小孩！”冉姐哼哼。

菜色真的蛮简单，白米饭，炒青椒和茭白，还有满满一砂锅骨头汤。

战争时期，这算是很难得的了。如今配发给市民的都是方便食品，部队内部还有新鲜肉类和蔬菜供应，不过也是按人头。老大的军衔是少将，有额外的副食补贴。昨晚老大就是叮嘱我把配发给他的蔬菜和排骨送过来，反正他基本都跟我们一起在中信泰富吃食堂，这些肉菜也没地方下锅。

妈的，多久没闻见过这种家常菜的香味了？我像是饿了几十年的野狗，抓起筷子就要扑上。

“打手！”冉姐扬眉立目。

我立刻伸左手在拿筷子的右手上打了一巴掌，老老实实地缩回来坐直了。冉姐把一块白色的餐布搭在我腿上，拿勺子帮我盛骨头汤：“先喝汤，养胃。”

餐具是骨瓷的，桌布是尼泊尔出产的麻布，餐桌是泰国手工制品，用竹编和贝壳镶嵌，我面前是落地的长纱帘，背后的书架上摆着科尔托演奏的肖邦 CD，都是这女人一手布置。在她家吃饭，就算是战争年代，就算是吃炒青椒，也得按规矩来。

骨头汤里面加了胡椒，喝下去胃里暖洋洋的，我几口就全下肚了。冉姐接过我的碗，继续帮我盛汤，指了指桌上的餐巾纸，意思是叫我擦嘴。这女人总是严重低估我的年龄，可我还是老老实实抽了张餐巾，认认真真擦嘴。

“冉姐，你多大啊？”我想迂回地提醒一下这女人，其实我跟她并没有差一辈。

“二十八，属狗的，你呢？”

“二十四，属虎。”我拿勺子拨弄着一块肉骨头，亮出牙齿狠狠咬下。

“慢点吃，没人跟你抢，我不喝汤，这一锅都归你。”冉姐皱眉。

“这么大一锅？”

“以为他跟你一起过来的……”冉姐的声音低落下去。

我舔了舔嘴唇，抬头盯着对面的女人看。她正眺望窗外，拢了拢散落的一缕头发，手指纤长匀净。

每个人第一眼看冉姐都会注意到她的手，那么美的一双手，仿佛就是为钢琴而生的。

战争开始前，冉姐在一间高中教音乐课，偶尔穿起黑色的天鹅绒长裙，客串一下上海交响乐团的演出。据说每逢她登台，后台总能收到一束束的玫瑰花，带着送花人的名片，堆在冉姐的化妆台上，蔚为壮观。团里的女孩们咬着耳朵说这女人真是狐媚，不知道将来谁能把她搞定。冉姐听着也不搭茬，照旧我行我素，狐媚地来弹几首曲子。平时则在高中教室里，用那双纤长的手按着琴键，教天生听力衰弱的孩子分辨音高。

后来有个肩扛少将军衔的男人总是往音乐厅跑。这人看外形顶多是个听二人转的主儿，但追得很卖力，送的玫瑰花来比人家的都大，演出结束的时候，开着一辆京A8号牌的奥迪车在门口等着，冉姐一出来，他就使劲摁喇叭。冉姐总是笑笑就奔乐团的大巴去了。团里的女孩都笑说这土老帽儿，以为自己开辆京A8号牌的车就了不起？嘚瑟什么呢？又不是1950年的美国，开辆豪华车上街就能带走女孩子。

但有一天下雨，铺天盖地的雨，冉姐隔着雨幕和那个男人对视了一分钟后，第一次上了男人的车。

后来冉姐上那男人的车的时候渐渐地多了，终于有一天，冉姐从高中辞职了，连带着也不再去音乐厅。给她送过花的男人们打电话到团里，团里也只能歉意地说她不是我们的正式员工，我们现在也找不到她了。

“冉姐，为什么要跟老大混？”我心里一直不信冉姐是会被大捆玫瑰和奥迪车打动的女人，那种东西她想要就会有。

这个问题一出口我就后悔了，放下筷子抱头，表示我认错了。

对面的女人忽然转过头来看我，瞳孔里透着惊讶，像是安静的鹿被树林外的声音惊动了。

她凝视我片刻，忽然笑了笑，低头摘下发卡，重新把落下的发丝束了进去。

这个新发型让她看起来像 20 世纪七八十年代的妇人，脖子白净，天鹅般修长。

“其实是搞错了，”女人摇头，“开始可没想过要这样。”

她起身去把壁炉上的音响打开，欢快的乐声在阳光厅里跳跃，科尔托演奏的、肖邦的《夜曲》。

“江洋，有喜欢的人没有？”她坐回桌边。

我愣了一下，摇了摇头。

“你不小了。”

“追起来累。”

“哪天我给你介绍一个？喜欢什么样的？”

很诡异的，我忽然想笑。我想说我就喜欢林澜那样的，冉姐你叫老大去跟林澜说，让她跑来喜欢我。

可我还是摇了摇头：“别了，就我这个样子，不祸害人家就算积德了。”

“你那么点儿大，懂什么叫积德？”冉姐笑笑，“我还真认识几个不错的女孩，长相啊家里啊，都不错。”

“那还是免谈了，冉姐你要有什么歪瓜裂枣的介绍给我我还有指望，这种长相家里都不错的就真没戏了。”我把汤喝完了，在碗里捞萝卜。

“贫嘴，你也是北大毕业。”

“可我不是当兵了么？一个月 4680 块，养活自己之外，养只猫都难。”

“其实女人也不是说你有钱就怎么样了。”

“冉姐你难道不是著名的上海女人？”

“我是上海的，又怎么啦？”冉姐一挑眉，做出发火的样子，“还喝不喝汤了？”

“喝！”我把汤碗递过去。

冉姐白了我一眼，帮我把碗里的骨头渣子捞掉。

“其实女孩子最好哄了。”她低着头。

“老大也说其实泡防御指挥部的工作最轻松了，干起来才知道野猪都能被累死。”

“贫嘴，其实你打动她就可以了。”

“这等于说我们只要炸掉德尔塔文明的母舰就能赢得战争胜利嘛。”

“那不一样，人类没有机会炸掉母舰，可打动一个女人，是个男人就有很多很多的机会，只是你们男人一般都不知道。”

我心里一动：“难得冉姐你还承认我是一个男人……老大知道么？”

“他不知道，他运气好，碰上了。”冉姐停了停，“到现在他也不知道。”

“哦……”

“招不招？我看你眼睛骨碌碌乱转，是惦记我屋里什么东西还是有心事？”冉姐一抬头，那双鹿一样的瞳子里骤然跳出一点狐媚来。

我吃了一惊，心想她跟老大之前一准儿不是吃素的主儿。

“没有！真没有！”我有点心慌意乱。

“那随你，你们年轻人的事情，你们自己知道。”冉姐眼睛里的光隐没下去，“就怕等你明白了啊，就已经晚了……”

“冉姐你就比我大四岁，说话跟老我一辈似的。”

“跟了老头，就变老太太了呗。”冉姐无声地笑，手纤纤巧巧的，为我盛汤。

我发动着那辆挂着京A8牌的奥迪，从窗户里伸出手去跟冉姐挥别。

女人穿着棉拖鞋站在别墅门口：“江洋，都三点了，你时间不赶的话，晚饭也在这里吃了吧。”

“我要去浦西，还有点事。”我说。

我真的还有事，后备箱里还有一箱速冻的猪小排和干蔬菜，我要把它们拉去送给老大家里的另一个女人，正牌的将军夫人，一个剪着清爽齐耳发型的中年女性，大家闺秀般有气质，待我也蛮好。

我不知道老大怎么想的，如果是我，我一定会派两个小弟分别去跑这两条线，让他们彼此不知情。现在我必须对两个不同的女人陈述同一件事，就是老大很忙也很挂念她们，让她们安心，有空会来看她们。

说着说着我就想狠抽自己的嘴巴。

其实冉姐不知道，老大的老婆也不知道，她们都等到了老大的问候，都有点小小的开心。我觉得不舒服，是觉得自己在欺骗她们。其实跟我又有什么关系？我就是帮老大跑个腿而已，要骗也是老大骗，要说不是东西也是老大不是东西。我真是皇帝不急太监急。

老大好像从不为这事儿烦心，比起去见他的女人们，老大似乎更喜欢跟我们打牌。

也许有一天我老了也是这样，早晨起来穿上老婆熨好的衬衫吃了她做的早饭跟她吻别，晚上在烛光餐厅里约会一个穿着黑色丝绒长裙的女人。我对女人说不好意思啊，今天办公室的事比较烦人，还得加班，我一会儿要早点走，其实我是要陪老婆看跑男。女人乖巧地点点头说没事的，一会儿我自己回家。大家谁都不会说破。

这种感情游戏就像赌骰子，你把骰子放进骰钟里，闷着摇。骰子在钟里碰撞回旋，你听着那声音，存着胜利的希望，这希望支撑着你玩下去。但你不能揭钟，如果你非要揭开钟往里看一眼，游戏就结束，你就得退场。因为你从一开始就输了。

我打着方向盘，奥迪慢慢地转出小区，满脑子都是老大和冉姐的往事。我对老大如何打动冉姐这件事很好奇。冉姐说的我都信，以老大的情商，如果他打动冉姐是存心故意，那《守株待兔》的故事里那只兔子一定也是自己瞄准了撞死的。

那个夜晚穿着黑色天鹅绒长裙在音乐厅里弹肖邦、白天又耐心地对那些无助的孩子重复多来咪的女人，一定经历过很多世事，然而某一刻，她被打动了，钢铁般的外壳崩塌，变成了今天那个炖汤等你来的女人。

“等你明白了啊，就已经晚了……”冉姐的声音忽然回响在耳边，幽幽的，仿佛琴声未绝。

好像有一道利刃在我的脑海里切过！

我猛踩刹车，奥迪带着两道青烟滑出十几米，横在十字路口正中间，像一条拦路的黑虎。

我把双肘撑在方向盘上，大口地喘息。

心悸，刚才的一瞬间，心里好像有什么东西“砰”地一声爆了，我战栗着控制不住方向盘。

受不了那个女人了……真是狐狸精转世！总觉得心底的事都被她看穿了。

而她说的那句话……是真的么？

其实每个男人，面对一个女人，都有很多机会去打动她，只是多数男人都不知道。

我打开车窗，望着远方的天际线发了好一会儿呆，拿出手机写了条信息："晚上吃饭？"

信息发了出去，我熄了火，下车，靠在引擎盖上，怀抱双手，左顾右盼。

偶尔有一辆慢悠悠的公车驶来，拎着配给食品的市民们顺次而下，好奇地看着这辆横在路中间的军车，和顾盼自雄的预备役中尉。我不理他们，摸出一卷薄荷糖来，一颗一颗地吃。

第三粒薄荷糖快要化尽时，手机响了。

"好啊。新镇江吧。"

于是我心里的小野兽开心地跳起舞来，爬上树去钻下洞去，露出它毛茸茸的小尾巴。

第八章
CHAPTER 8

ONCE UPON A TIME
IN SHANGHAI

"先生，您的消费是338元，四张副食券。"侍者把黑色的夹子递给我，里面是今晚的账单。

我打量桌上的碟碟碗碗："我噻，就一道川椒炒牛肉加一道五更肠旺就这么贵？还四张副食券？你们开的是黑店吧？"

新镇江酒家就在中信泰富大厦斜对面，以前是做淮扬菜出名的，战争爆发后淮扬菜的佐料不好买了，于是转型川菜。老大请客多半都是这里。按这馆子的档次，338块算不得贵，但是四张副食券就有点要命了。如今每人每月就五张副食券，一张副食券可以买一份牛奶或者250克花生或者两条果仁巧克力，而250克花生炒了我和大猪二猪可以下三顿酒，这俩家伙要是知道我一顿吃掉他们12顿酒的下酒菜，一定惋惜得声泪俱下。

"真是实价，您还点了两杯拿铁咖啡不是么？一杯一张食品券。"侍者看似很委屈。

"你不说我还差点忘记这茬了，你这拿铁味道怎么这么怪怪的？"我指着空杯子。

"最近牛奶供不上，改用豆奶调了。"侍者说。

“我噻你用豆奶调拿铁？”我说，“难怪一股豆腥味。”

“其实带女朋友出来不就吃个环境么？战争年代，讲究啥呢？”侍者胸怀宽阔地安慰我，“维维豆奶，欢乐开怀嘛。”

“谁是他女朋友？我们是同事！”林澜摸出两张副食券拍在桌上，“我们 AA 掉它。”

“我请你吃饭你 AA 什么？”

“我军衔比你高，薪水也比你高，按道理该我请你，你跟我 AA 就算给我省钱了。”林澜说，“谢你上次把我塞在沙发下面。”

我没啥好说的，掏钱掏副食券，连带林澜那份副食券一起塞在夹子里递还给侍者，起身拿餐巾擦了擦嘴。林澜披上军服外套，侍者递过了她的包。

“你还有时间么？出去溜达一圈换换气？”我说。

“好啊。”林澜说。她走路有点摇摇晃晃，她独自喝了一瓶啤酒。

外面夜色正浓，头顶上一盏昏黄的路灯，树叶切碎了灯光，疏疏碎碎地洒下来。我们俩摇摇晃晃地走在南京西路的人行道上，一边是落满树叶的马路，一边是破碎的玻璃橱窗。我想起两年前，北大校园里就弥漫着这种味道，寂静中有股草木的气息。

真蹩脚，又是一次毫无意义的饭局。

我不是第一次和林澜吃饭了，刚来上海的时候她说带你在上海转转吧，请我去吃过几个比较贵的馆子。然后轮到我回请她。把该回请的饭都回请完了我就开始请教她技术问题，她帮我解答了，我又请她吃饭。有时候她说你出血出得太多，我也回请你一顿，于是又是一顿。

我喜欢跟她一起吃饭，即便两个人什么都不说，但一切都映出她的影子，镜子里、酒杯壁上、银勺子里……我沉浸在一种四面八方都是林澜的平安喜乐中。

其实我宁可我们什么话也别说，沉默中好像藏着一丝危险的暧昧。但林澜会说，她其实蛮能说的，讲技术细节，敲打我的纪律问题，再就是聊八卦。

今天也一样，我俩坐下来就争论是该点牛肉还是猪肉，然后那个侍应生加入战团，说牛肉得两张食品券而猪肉一张，我们就菜色做了一下妥协之后就开始说那艘巨型次级母舰的事，聊到大家都得回避的机密时才词穷了，干脆每人去架子上拿了本杂志，一边等菜一边翻过来掉过去地看，看完了还互相交换。

上菜之后话题倒是火热了许多，我们就最近的办公室八卦交换了一下看法，一致觉得大猪最近和暄暄眉来眼去极是暧昧，接下来就到结账环节了。

其实好几次我从杂志上方看出去，林澜蜷缩在沙发座的角落里，安安静静地翻页，耳边柔软的一缕头发……好像我的耳边也被挠得痒了起来……我舔舔嘴唇想问林澜，说有没有什么时候你觉得我也有感动人的一面？

这么问真是傻爆了，于是我一再地打消了这个念头，摁住小野兽的脑袋，不让它从洞穴里钻出来惹祸。

我们上了将军的配车，“去哪里？”林澜问。

“不知道，兜兜看吧。”我说。

“嗯。”她点点头，酒精的作用下她的面颊微红，眼帘低垂。

我真想感谢党感谢国家感谢青岛啤酒厂，她今天表现得真乖。

奥迪在高架路上漫无目的地游荡，黄色的路灯绵延着远去，像是一条虚无缥缈的路，引着我们去一个虚无缥缈的地方。没有交警巡逻，我痛快地把速度提了起来，奥迪的底盘沉重，开起来像是贴地飞驰。

林澜有些倦了，把脸贴在椅背上昏昏欲睡。她的睫毛浓重而面庞干净，阖上眼睛的时候像个娃娃。我心里一动，想许多年以后我是不是会很怀念这一刻，夜色下我开着一辆好车，油箱里有足够的油，面前是条空旷笔直的路，旁边坐着一个我很喜欢似乎也不讨厌我的女人，她安安静静的，就要睡着了。

我希望这条路无限长，我永远都开不到头。

手机不合时宜地响了起来，把浪漫思绪一刀两断。

“江洋，你现在的位置在哪儿？”大猪语气快活地嚷嚷。

“人民广场，接近南浦大桥。”我一肚子恶气，声音也凶凶的。

“将军的车你开出去了是吧？”

“他自己把钥匙给我的，我可没盗用公车。”

“没人说你盗用，这样正好，你顺路去张江镇那边，检查一下泡防御发生器 16 号，我这边显示它的能源输出不太稳定，波动指数超过了 0.45 的警戒线。”

“我靠！”

“我也没得罪你，你为什么又靠？”

“啰唆！”

“我只是想要一个被靠的理由。”大猪不依不饶。

“该你们出来助拳的时候找不到人，不该你们出场尽来捣乱。”

“有什么事情我和二猪失了义气没给你助拳？”大猪的好奇心明显是被调动了。

我没脾气了：“算了，这事儿你们也没法助拳。”

电话那边沉默了一会儿，然后传来恍然大悟的声音：“哦……我明白了！那江洋中尉，请你带着上尉同志一起，去检查一下泡防御发生器 16 号吧。我们距离那边最近的核心技术员就是你了，今夜聚集的捕食者数量大得惊人，很可能会有新一轮轰炸，千万别出事。”

电话挂断了，林澜已经醒了，正看着我。

“大猪来电话，说泡防御发生器 16 号需要检查，我们俩一起过去？”

“无所谓咯。”林澜揉揉惺忪的睡眼，甩掉鞋子抱着双腿缩在车座上。

这次她真的睡着了。

我出示了带紫色槐花标记的预备役军官证：“奉上级指示，来检修泡防御发生器的。”

宪兵仔细查验我的证件，端详面容核对照片，而后冷冷地打量我背后的林澜。

什么人来检修泡防御发生器会带着一个酒意蒙眬的女孩？

“指挥部的林上尉，她是来……”我耸耸肩，“视察工作进度的！”

林澜白了我一眼，递上自己的军官证。

“上尉同志！”宪兵立刻立正行礼。

宪兵和我一样是个中尉，看到上尉自然就得敬礼，而且林澜的军官证上写明了她的职务是“协调员”，这个职位是跨部门的，在上尉中也有高人一等的感觉。

宪兵拉开了铁丝网门，我们步入禁区，探照灯那惨白的光斑扫过地面，空旷荒芜的土地上，矗立着佛塔似的黑影，顶天立地。亮紫色的光在这些塔之间窜来窜去，龙蛇般夭矫。

“搭把手，把 C6 工具箱递给我！”我擦了把汗，从机械臂的控制台前退出来。

禁区里空荡荡的，鬼影都看不到一个，只有林澜坐在背后二十米远的地面上，双手抱着膝盖，仰望天空。禁区的地面都被绝缘的软质橡胶覆盖，还贴了防滑胶粒，有点像学校的塑胶跑道。大学的跑道边也会看见这样的女孩，不知道是在发呆，还是在等她们的男孩跑步。

“哪一个？”

“黑色的，金属外壳的那个。”

林澜爬起来，从一大堆工具箱里翻出了一个，拎着向我走来。

“给你。”她把工具箱放在我脚下，站在那里不走。

“你离远一点，”我说，“这里可能有静电。”

“嗯，”她点头，“发生器有问题么？”

“没有明显的故障，但能量输出在衰减，波动指数也很大。”我递给她一个护目镜，“戴上。”

我自己也扣上一个目镜，抽出工具箱里的指令卡，插进卡槽。验证通过，机械臂缓缓地伸展出去，它足有十五米长，顶端是一个灵巧的机械手，附有监视器。我瞄着监视屏幕，慢慢修正机械手的位置。

所谓泡防御发生器，就是那些黑色佛塔般的东西，高120米，像是电视塔那样尖锐。发生器表面用含铱的钛合金板材包裹，顶部透出白色的耀眼亮光，那就是发生器输出的能量，直接注入泡防御界面。

泡防御界面大体像一个倒扣的铁锅那样罩住了上海，但在发生器所在的位置，界面会极度地弯曲，形成一个下凹的点，像是一根针从上面刺了下来，针尖指在发生器的顶端。

阀门解锁，厚达三十厘米的钛金板缓慢地下移，机械臂自行进入内部电路进行接驳。监视屏幕上，自检页面跳了出来，方程式和数字高速闪动起来。

检查过程要消耗掉20分钟，20分钟内我不能离开这里。但我也没什么可做的，泡防御发生器的工作原理我们都不懂，它就像一个黑匣子，我们知道它能工作，但不知道它是怎么工作的。所谓的检修也就是按照操作手册行事罢了。

我透过目镜，看着发生器里面的东西……不仅是电路，还有紫色的、透着荧光的、修长的藤蔓，藤蔓上甚至有莹蓝色的花苞!

人们总是误以为这东西是机械设备，政府公告也总往这方面引导。但它不是，我不清楚它是植物或是动物，我只知道它是有生命的。其实整个上海的地下都生长着这种神秘的生命体，就像是竹子的根，发生器内部的藤蔓就像是长出地面的笋。我曾被老大带着看过一处长满这种生命体的地下空穴，那里盛开着莹蓝色的花，花朵之间以紫色的光流传递花粉。

这就是阿尔法文明对人类的馈赠。

“你找个地方歇歇还是在这里陪我聊天？”我回头问林澜。

“陪你聊天吧，别的地方也没意思。”林澜盯着那个半融在夜幕里的巨大机械，微微嘟起嘴来。

她认真的时候就会有这种表情，像个好奇的小孩。但在她的位置是看不到发生器里面的结构的，我也不能告诉她，这是军事机密。她的军衔高于我，但我在某些事情上的保密级别又高于她。

“觉得好玩？”我问。

“嗯，有点意思，我没有来过这里，我又不是技术员。”林澜难得的老实。

“别太有好奇心，军人的好奇心太大不是好事，这还是你跟我说的。”

“我原本是不会参军的。”林澜轻声说。

我心里微微一动："说起来你是为了什么参军？"

林澜愣了一下，靠在控制台的外壁上，仰望天空。

"我小时候被娇惯得很厉害……我爸爸是个大校，在总政。那时候他在保定，我和妈妈住在北京，他很少回来看我们，每次都给我留一大堆的作业，看我的成绩单。他总是对我说，澜澜要好好学习，爸爸回来看你的成绩。然后又给我报了素描班手工艺班和古筝班，我记得小时候妈妈总是带着我在北京街头跑，从一个班赶下一个班。那时候雾霾还蛮大的。"

"我可没上过那种班。我家在一个小县城，也没那种班。我小时候特别迷网吧，逃课打游戏一打一整天，我娘熟悉学校周围每个网吧，找不到我就一个一个去转。"我说。

"我不喜欢上那些班，后来我也逃学了。"林澜淡淡地说。

"后来呢？"

"现在回想起来，我逃学只是为了告诉我爸爸我不想那样，让他知道只是告诫我要好好学习当个乖女孩是没用的。"林澜顿了顿，"现在我也这么想，要长成一个乖女孩可不容易。"

"你算蛮乖了。"我言不由衷地说。

"你这么觉得？"

"表面上。"

"嗯，"林澜漫不经心地应着，"可逃了学我不知该往哪里去，也不敢离开学校太远。不逃学的时候特别羡慕那些野在外面的小孩，可是真逃学了，才发现其实根本没有地方可去，陌生的地方一个比一个可怕，路上的陌生人看我的眼神也都好奇怪。我就坐在学校后面建筑工地的沙堆上，跟教学楼只隔了一堵墙，玩爸爸买给我的变形金刚。"

"你还玩变形金刚呢？"

“是啊，我从小就不是个喜欢娃娃的女孩，爸爸就给我买变形金刚。我把变形金刚当爸爸，跟它发狠，把它埋进沙子里再挖出来，埋进去再挖出来，埋得越来越深……终于有一次我再也挖不到它了，我使劲地挖啊挖啊，挖了整个下午，坐在那里哇哇大哭。”林澜声音低低的，“那时候我才明白原来我心里那么在乎爸爸买给我的变形金刚，长大后我想他是我一生里最重要的男人了。”

“然后呢？”我觉得我无需说什么，当个好听众就好。

“爸爸知道我逃学，狠狠地打我。可我那时候已经玩野了，说什么都听不进去。他打完我，我立刻又跑出去，学校几个喜欢混的男孩都和我关系好，带着我出去混。有时夜深人静了我们还拉着手在路中间走，大声唱着歌，就是不愿意回家。每次爸爸都发誓说不管我了，可每次他都忍不住了又出门来找我，把我领回家之后继续打我，可我还是往外跑。”

“嗯。”

“后来我早恋了，喜欢上了小混混中的一个。”

这次我不搭茬了。我在心里发狠，想那个傻逼混混现在要是在老子面前，老子“军体拳小能手”也不是浪得虚名的！我喜欢林澜，对杨建南是有点心虚的，我觉得世上除了我只有杨建南能喜欢林澜，其他的都该乱棍打死！

“他在我家楼道里忽然抱着我亲我，被我爸看见了，狠狠地抽他的耳光，打得他满嘴都是血。”

“你爹神勇！”这是我由衷的钦佩，觉得爽。

“可我拦在那个小混混面前说我就是要跟他，我将来还要嫁给他给他生孩子。”林澜幽幽地说，“爸爸气得发疯，狠狠地瞪着我，好像要杀了我似的。可他的手在空中举了很久，最后还是没落下来。我去拉那个混混说你爱我么？爱我你就带我走。混混赶快甩掉我的手，跪在我爸爸面前说叔叔我不敢了，叔叔我再也不敢了。从那一刻起，我的初恋结束了，我一点也不爱他了，以前那么多喜欢，好像都泡沫一样化掉了。”

我心说这一节你大概没跟杨中校说过，杨中校那种杀胚要是知道这种烂仔搂过你，可就不是我这样肚里发狠了，多半会去北京把烂仔直接撅掉。

“后来爸爸殉职了，那天在走道里，是我最后一次见他。”

我的心里忽然一空，呆呆地看着林澜。真难过，我觉得我听懂了什么，我想上去拥抱一下林澜拍拍她的后背。但我不敢，因为我看不清林澜的表情。林澜低着头，长发垂在脸侧，遮住了眼睛。

“我参军，是因为我想像爸爸那样。”她理了理额发。

“像你爸爸那样？”

“他不在了，再也不会有人深夜在大街上找我要领我回家了，也不会有人给我买变形金刚了，也不会有人打我骂我了，也不会有人对我说要乖要好好学习了。我一下子傻了，我不知道自己那样一天一天地逃学混日子是为了什么。我想自己错了，全都错了。人应该像爸爸那样活着，要勇敢，要有计划，每时每刻都知道自己在做什么，下一步该做什么，所以我上了军校。”

“哦。”我点点头。

“要是我不参军，也许会变得很虚荣吧？就像上海街头随处可见的那种时尚女孩，化妆、喝酒、买奢侈品，享受被人追。然后我就老了，找个靠得住的男人嫁了，满脸皱纹地走在菜市场里面跟人讨价还价。那样当女人是不是太衰了一点？”林澜扭头盯着我看。

我有点语塞。

“真搞笑，这些事情我从来都不说的，为什么要告诉你？”林澜忽然说。

“当男人也很衰啊。你想想，要是你是一个男人，年轻的时候不顾一切地喜欢一个女人，费尽心机想跟她在一起。要是追到了，看着她渐渐地变老，鸡皮鹤发了，走在菜市场里面，自己都会怀疑当年是不是应该那么发疯地喜欢她。要是追不到，更惨，直到她鸡皮鹤发了，还是喜欢她。两个人在菜市场里偶遇，老眼里恨不得滴下泪来，可也不能拉个手什么的。”我不知道自己在说什么，只是心里一动，就这么说了。

“一个男人，喜欢谁是自己的选择，别赖女人。”

“真是我们自己选的么？”我反驳，“喜欢谁，有时候是偶然的吧？”

“不懂你们男人。”林澜摇摇头，“要是有钱让你想干吗干吗，你会做什么？”

“我？”我抓抓额头，“去斯德哥尔摩吧。我小时候看过一幅画，一条深巷，两边都是高墙，中间一盏老式的铁皮路灯，一个穿风衣的人靠在墙上，特别有感觉。有人说那就是斯德哥尔摩的老城街景。”

“你出过国么？”

“没，上次大猪二猪说一起去泰国看人妖的，结果还没请假，战争就开始了……”

“喊！你喜欢看人妖去什么斯德哥尔摩？莫装逼，装逼遭雷劈。”

“看人妖是看热闹，去斯德哥尔摩是理想。”我把下巴磕在膝盖上，开始幻想，“听说那里靠近海，我就想住在一个靠海的地方，整年海风吹着，还可以钓鱼，阳光照在海面上波光粼粼的，远处小岛上要是有个古代建筑什么的就完美了。”

“别扯了，斯德哥尔摩靠近波罗的海，一年有半年下雨，你地理没学好吧？会考你也能过？”

“幻想一下，别那么现实嘛。何况我这样，什么时候才能混到有钱想干吗就干吗啊？”

“你为什么喜欢海？”

“你玩过 FF8 没？”

“没。”

“FF8 里有个海滨城市就是那样的，登高就能看见一望无际的蓝色。那座城里有片工业废墟，废墟里残留着一台巨大的吊车，吊臂一直伸到海里去，总有个老头拿着海杆坐在吊臂的尽头钓鱼，离开陆地很远，四面八方都是海。城里还有一座很长的看海栈桥，没风的时候桥头挂绿旗，有风的时候挂红旗，老头看见红旗就会赶紧收杆往回跑。我做任务做到那个城市就赖着不走了，转悠来转悠去，觉得跟那里待一辈子也蛮好。真羡慕那个老头，那种城市要是真的有就好了。”我神往起来。

“你还真懒散。”林澜一唏。

“这还不是最懒散的，小时候老师要我们写作文，题目是《我的理想》。我那时的理想是去我们家旁边的小公园里，给哈哈镜厅看大门。我就真的写了，结果老师当场朗读我的作文，全班都笑我，笑了差不多一个学期。”

“你故意的吧？”

“才不是，你没听过三毛的故事么？三毛小时候写作文说我想当个捡破烂的，一边晒晒太阳一边看看垃圾堆里有没有别人扔下的好东西。老师说这不行。三毛就改了，说我想当个小贩。老师说这还勉强像个样子。三毛说这样我卖卖东西晒晒太阳，顺带还可以看看旁边的垃圾堆里有没有别人扔下的好东西。”

林澜愣了一下，“扑哧”笑了出来：“服了你了，说个笑话都说得那么冷。”

“什么笑话？那是我偶像啊！”

“为什么想当看门的？”

“那样想什么时候看哈哈镜就可以什么时候看，真奇怪，小时候就喜欢看哈哈镜，也许是因为那个小公园里没什么其他好玩的。”

“你看哈哈镜去了，谁帮你看门？”

“下班以后去看啊，想看拉长的就看拉长的，想看压扁的就看压扁的。”

“听起来好无聊的。”

“现在想起来，一个人在空荡荡的镜廊里看哈哈镜，真是蛮诡异的。不过那时候就是喜欢乱想，看闲书，脑子里各种光怪陆离的念头。”我耸耸肩，“小时候就是这样咯，看周围，恨不得它能够再奇怪一点，也就会更好玩一些。不像现在，觉得好多事都想不明白，就越来越不喜欢奇怪的东西了。”

“你小时候是不是那种不太合群、很寂寞的小孩？”

不太合群……很寂寞……我心里动了动，沉默了几秒钟。

“嗯，有点，后来上了大学就好了。”我说。

“你现在还是小孩子。”林澜下了断语。

“小孩就小孩！”我有点赌气，这些女人怎么都跟法官似的，一句话就要把人给判了呢？

“小时候真好啊，想到什么就是什么，什么都不怕……”林澜看了我一眼，轻轻地说。我没有看懂她的眼神，她瞬间就把头转了回去。

“林澜，你害怕么？”我忽然问。

“怎么忽然这么问？”林澜有些讶异。

“刚好想起来而已。”

“当然害怕啊……”林澜轻声说。

我想起那首《海上花》的歌词来，“可是透过你的双眼，我看不清世界。”

我俩的手机同时响了起来，我掏出手机一看：“837：橙色警戒，各部门随时待命，小规模空袭。”

“837”是低级别的空袭警报，接到警报的技术员不必立刻赶回所在部门报告，只须原地待命保持手机畅通。

我看了一眼监视屏幕，检查已经终结，机械臂正断开接驳缓缓地退出。我扫了几个页面的数据，皱眉。

“怎么了？”林澜问。

“看不出毛病，所有数据看起来都正常，可凑在一起就是不对。波动常数超标。”

“看那里看那里！”林澜忽然扯着我的袖子，用力指着天空。

我跟着她抬头，一道刺眼的紫光正割裂天空，仿佛流星。那是来自电离层的光流轰炸，在我们头顶大约500米的距离上，它和泡防御界面相撞了，爆出耀眼的紫光，紫光像水那样沿着界面流动，最后注入发生器，发出雷霆万钧的声音。

在发生器的下方，泡防御的高度极低，整个天空都流动着紫色的极光，就像泡防御在上海的天空里张开的那一夜……我记得那夜我对着天空许了一个愿，但没来得及许完。

林澜蹦了起来，紧紧拉着我的手，对着天空挥舞手臂。

“是这样的啊！”她赞叹。

我握着她无意中递给我的手，她的手柔软而冰凉。

我没有说话，凝视她的侧脸，她的眸子中流动着异样的神采，像是看见天国洞开的孩子。

“很多年以后，孩子们会记得这个时代的。再没有什么时代天空这么美了，紫色的流星落下来，化为紫色的大丽花，盛开和破碎都在一瞬间……如果那时候人类还存在的话……”林澜轻声说着，慢慢低头。长长的睫毛下，眸子里有流动的光，像是要流淌出来。

这一刻，她距离我只有 30 厘米，我能清楚地闻到她的气息，却又远在天涯。

我忽然想起她问我的话，是否你也曾是一个孩子，不合群，寂寞地站在角落里，看着来来往往的人？

我垂下眼睛，可是已经晚了。大猪说得对，世界上最美的东西就像是诅咒，看了的人会后悔，因为看了你就无法忘怀，偏偏你无法得到。

“我们走吧。”林澜放开了我的手，很自然。

我的手上还留着她的温度，但此刻我们又远离了。紫光辉映天空的时候像是一个魔法被释放，魔法生效的时候发生的任何事，魔法之后都不会留下痕迹。

“行，数据我都拿到了。”我拔下数据卡，收拾好工具箱。

林澜背着手自己先走了，我落后几步跟着。

“你把头发拉直会好看一点。”我忽然说。

“哦，”林澜捻了捻耳边那缕卷发，“等我有空吧……也许下周有假。”

夜色很深，车停得很远，路很长，路灯把我俩的影子拉得也很长。林澜的鞋跟敲打着地面，像是雨打在青石板的路上，她哼着我所不知道的歌，我跟在后面，把手抄在衣兜里，低着头，亦步亦趋。

第九章
CHAPTER 9

ONCE UPON A TIME
IN SHANGHAI

我走进将军的办公室，把《泡防御发生器 16 号能量波动分析报告》放在他桌上。

将军趴在桌上写着什么，也不抬头看我："又给我写了些屁话？"

"分析不出什么明确的东西，只能写点屁话。能量输出确实有异常，功率在衰减。"

"报告留下，你滚吧。"

我走到门边，拉着门把手回头："老大，你老婆说……不是杨高南路那个……让你有空多回家。不要太劳累，记得按时吃药。"

"嗯。跟她说最近状况吃紧，我忙得分不开身，让她自己注意身体。"将军抬了抬眼镜，还是奋笔疾书。

"我跟她说中央空调最近不太好，总是冷湿冷湿的。她就拆了自己的一件开司米毛衣，在给你织护腿。"我舔了舔嘴唇，"我就坐在那里跟她聊天，看她一针一针织那个护腿。女人真是一个牛逼的物种，花那么大的工夫给人织一个东西，也不嫌麻烦……搞得我这种光棍都想找个女人了。"

"你想说什么？"老大停下笔，目光从眼镜上缘射出，刀一样狠。

“我什么都没说，就是赞一个。”我一缩脖子，扭头蹿出了办公室。

我深呼吸，大办公室里弥漫着一股淡淡的、春天的味道。

大厦的玻璃幕墙全毁了，我们坐在空荡荡的铝合金框架里办公，大约是风从什么地方卷来了新生的草木香。我在自己桌边坐下，伸长脖子，隔着几排桌椅就是林澜的办公桌，但一块隔板挡住了她的背影。我只能看见轻风里一束拉直的长发轻轻晃悠，还有半只耳朵露出来，耳根的一缕蜷曲如故。

真是个好天气，让人觉得地心引力都快要消失了，怡然自得，平安喜乐。

我蹦起来，把自己抛进转椅转了几圈，深深地吸口气，再长长地吐出来，然后扳着隔板对隔壁的大猪说：“晚上帝国？”

就这么过吧。虽然不知何时就会死掉，可这里有春天的味道、和你打帝国的人……以及拉直了和依旧蜷曲的头发啊！

“也许有一天我老无所依，
请把我留在那时光里；
如果有一天我悄然离去，
请把我埋在这春天里……”

时间过得飞快，转眼已经是五月间。世界各地的都市堡垒顶住了一轮又一轮的光流轰炸，北京那边传来消息说，只要再坚持三个月，就会有“决定性的转折”。而我更关心的是上海市委重点扶持的立体农业栽培取得了决定性的突破，这意味着新鲜蔬菜供应很快就不是问题了。

我很满意于现在的生活，照这样下去，再撑十年不是问题，管它战争是不是结束呢。

“下班！”我一推工作台，转椅远远地滑了出去。

我顺手从阿紫桌上抄起她啃了一口的巧克力，她追打过来的时候，我已经三下五除二剥掉锡箔塞进嘴里了，带着一脸奸计得逞的笑冲阿紫吐舌头。

“早晚叫你再帮我买一块！”阿紫凶巴巴的。

转椅停在刚用刨花板挡上的窗前，我从空隙里往外看去，南京西路上起了薄雾。

“起雾了，”我说，“今晚不会有空袭了吧？”

“难说，最近这些东西的动向真是诡异。”大猪说，他和二猪还守在工作台前，目不转睛地盯着屏幕。

他们还没到下班的时间，自从开始轮值，我们仨兄弟是难得一起下班了。

“我先回去打盹儿去。”我披上制服外套。

路过林澜桌边时，她不在那里，桌上只有一张卡片、一支别在卡片上的深红玫瑰，和半杯已经凉了的咖啡。杨建南很忙，也难得离开上海大炮指挥部，经常给林澜写来一些卡片，林澜就这么随手放在桌上。虽然很好奇，我从没想过要翻看那么一下下。

对我而言，杨建南和林澜相处的世界完全是另外一个维度的事，我不想知道，跟我也没关系。在我的维度里，林澜只是林澜，跟任何人都没关系。我只要不翻开那张卡片，另外那个维度就不会对我打开。

我走进电梯，忽然觉得阵阵眩晕，最近工作太紧张，对身体的压力很大。

我伸手去按 1 楼的键，眼前模糊了一下，鬼使神差地，按在了 30 楼上。

30 楼是指挥部原来的驻地，在巨型次级母舰来袭的那一夜，变成了废墟。之后我们搬到了 32 楼办公，大家自觉地不再提 30 楼的事儿，那片废墟下掩埋了我们的几个兄弟。每天暄暄来上班会带一支白玫瑰，按一下 30 楼的键，电梯路过停下，门打开，她并不出去，只是弯腰把花放在门外。门重新合上，带我们到 32 楼。这就像一种仪式，仪式过程我们都不说话。

电梯门打开，横着一条“禁止入内”的黄带，我才意识到自己搞错了。

暄暄留下的花枝都已经枯萎了，有多少枯萎的花枝，那些兄弟就走了多久。我忽然很想念他们。

我在废墟里漫步，绕过破碎的预制板和倒塌的横梁。周围静得骇人，玻璃幕墙都碎了，也不像 32 楼那样用刨花板做了封闭，远处的灯光照了进来，有种微妙的灵异感。绕过老大原来的办公室，眼前一片开阔，我忽然愣住了。

原本摆在会客室里的那张大沙发不知被谁挪到了窗边，被风吹上来的树叶洒满了沙发。一个人坐在沙发一角，水泻般的直长发搭在靠背上。

“嚓”的一声，寂静被打破了，我不小心踢到了一块碎石。

“啊！”沙发上的人惊叫着蹦了起来，神色惊慌。

我也被她吓了一跳，下意识地往后小蹦半步。

我和林澜瞪着眼睛对看了好几秒，终于看清了彼此的脸，各舒了一口气。

“来这儿发呆啊？”我说。

"嗯，发呆。"林澜说，"你怎么下来了？"她又问。

"下班了，顺便下来看看。"

"我下来透个气，办公室里太闷了。"

"死了不少人，不怕闹鬼么？"

"死的都是熟人，闹鬼也不怕。"林澜轻轻地说，依旧靠在扶手上。

我走到她身边坐下，靠在沙发的另一头，两个人一起看着外面发呆。下面的街上，风沙沙地吹着树叶，一侧是榆树，一侧是槐树，疏密不同，带起的风声也不同，就像两个老人在夜里低声问答。

林澜把鞋脱了，双脚缩在沙发上，坐姿就像那一夜我们开着车在高架路上游荡时。她手按长发，手腕伶仃，手腕上用红绳拴着小小的玉坠子，一条小小的鱼，鱼儿晃晃悠悠。

我心里隐隐有些骚动，像是蚕在咬噬桑叶。

"问你个事儿，"我忽然下了决心，"不想说就当我没问。"

"问了就是问了，没法当没问。"林澜说，"无聊的问题就别问了。"

林澜乖巧的时候也是很乖巧，可倔强起来就是这样，又冷又硬，不给你一点缝子钻。

我摸出手机来："你看过《心火》没有？"

"看过，怎么了？"

"里面有个游戏，说火焰点起来的时候，就像是个魔法，在火熄灭之前发生的事，火熄灭之后都会被忘掉。我把手机设成五分钟后黑屏，就当手机黑屏前说的话都是瞎扯淡。"我盯着林澜的眼睛。

跟这个女人认识两年来的第一次，我占据着攻方的位置。我盯着她，是怕这个狡猾的兔子逃掉。

我把手机关到静音，不管谁打电话，五分钟内，就算上海毁灭我也不接。

林澜歪着头，神色冷淡地看着我，久久的，看得我心里直打鼓。

“你可以问，但我不一定说。”她轻声说，把目光挪开了。

我把手机放在沙发中间：“为什么会喜欢杨建南？”

“别问这种跟你无关的问题。”林澜立刻拒绝了。

“没什么不能回答的吧，游戏还没结束，手机黑屏前说什么都当瞎扯淡。”我冷笑，“你男朋友那么重要，拿他瞎扯淡都不行？”

林澜安静地看着我，我看不懂她的眼神，片刻之后，她笑了笑。

我真讨厌那个笑容，像是幼儿园阿姨对小孩子的笑，笑了没准还会抱起他摸摸他的头，因为被问了傻问题。

“你们都觉得他是怪物对吧？”林澜说，“你们都不喜欢他。”

“反正他也不喜欢我。”

林澜理着耳边的细发，斟酌着词句：“我认识他的时候还在上军校，他也还在念军校的博士生……那时候的他跟现在不太一样，更像他真实的自己，现在他更像是上海大炮指挥官。”林澜轻轻地笑笑，“按照军校的规定，博士生要当本科生的辅导员，建南就是我们班的辅导员。我知道他喜欢我，他那个时候就是个威严的人了，又是全国军校大练兵第一名，多少人心里的偶像，但他跟我说话的时候会结巴，语无伦次，无论讲什么都讲得乱七八糟。你知道了我中学时候是个出外混的女孩，辅导员喜欢我我才不害怕，但我也没觉得会跟他有什么发展，直到有一天我去他宿舍送材料。

“去之前我没有通知他，把他吓坏了。好在他的宿舍也没有什么可收拾的，空荡荡的，满书架都是书，窗前摆着一架天文望远镜。他给我泡茶，留我坐一会儿，拼命想找话跟我讲，可那时候的他真是不会说话，只会跟我谈学习谈喜欢看的书还有谈大练兵，他也知道自己说得很差，老想换新话题，最后没话说了，急得站起来在屋里大步走，满头大汗，我当时有点吓到了……”

我呆呆地听着，没法打断她。这是我第一次听林澜讲起杨建南。平时她说话总是淡淡的，我总怀疑那些话里都是漫不经心的谎言，可今晚她讲得很认真……该死，她和杨建南的那个世界在侵入我的世界，我恐惧得想要逃跑。

“这时他忽然一屁股坐在望远镜前，扭头问我，你懂星座么？我说我是双子座的，他说不不，我是说星空分布，你从这个目镜往里看，你看见室女座么？它现在正从黄道上面升起，慢慢地划过北天极，在夏季的晚上，它升到最高点……他整个人一下子焕然一新神采飞扬，你一定想象不出他那种如数家珍的语气，带点得意，就像小孩子把他的玩具拿出来跟你分享一样。那个下午他跟我说的话大概能顶上他一年的说话量。”林澜说，“我问他说你那么喜欢看星星啊？他说小时候他父母都不常在家，没有人陪他，于是他就一个人在那里对着天文望远镜看星星。后来无论去哪里，他都会带着一架望远镜。他不停地搬家，可是星空是不会因此变化的，就觉得还有什么东西是不变的……”

我忽然有种不安的感觉，杨建南居然有那样的一面？

我不是说他讲星星讲得多好，讲童年讲得多苦情，而是他在林澜面前也会那么紧张，像个孩子。

林澜顿一顿：“直到今天，他在地下指挥部值班的时候，还会透过上海大炮的炮口去看星星。”

“这算得了什么？”我嘴硬。

“还有他会跟我说‘我爱你’。”

“说什么？”我怀疑自己听错了。

“我爱你。”林澜一字一顿，“我那时也有别的追求者，可那时候还在读军校，军校里不准谈恋爱，想凑假期一起出去旅行都要等上好几个月。那些追我的男孩都说他们很喜欢我，但我每次认真地看着他们的眼睛说，那你爱不爱我？他们的眼神就会变得犹疑，有的会打岔，有的说得支支吾吾。”

“真没种！”我说。

“因为我名声不好吧，我在中学的时候到处混，我跟军校里的女孩都不一样。我会打扮，就算学校不准涂脂抹粉只准留短发我也能把自己的短发修剪得比别人好看，我还会骗人，你不也说过么？学校里有我很多的传闻，有人说林澜心机很深，就会利用喜欢她的男孩，有人说林澜道德败坏，跟谁都抛媚眼，还有人说林澜连老师都勾搭，要不然成绩根本不可能那么好，连哪个老师都说得清清楚楚。”林澜笑笑，“对于男孩来说，追到我是个有面子的事情，可要说爱我就没那么容易了。”

我呆呆地看着她，找不出话来安慰她，是否我自己心里也会觉得林澜是这样的一个人？我不知道。

她继续说话，垂着眼帘，睫毛浓密修长：“可建南不一样，看星星的第二天他就约我一起在食堂吃饭。我知道他有话跟我说，可他就是闷头吃饭，我也只有闷头吃饭，在我都快以为他真的只是约我随便吃个饭的时候，他忽然抬起头对我说，林澜，我爱你，你跟我在一起好不好？当着食堂里的所有人，他那样一个铁板一样的人，憋出那句话来，一定是难死了。”

“你……就答应了？”

“你不知道那三个字对女人有多大的魔力，就算我不喜欢他都很难拒绝。何况我还是喜欢他的。”

“我靠！不过是一句话三个字，这么牛？”

“那你说来试试，”林澜坐直了，“看着我的眼睛，不要怂。”

她那微微描过的眉像是挑衅般扬了起来，瞳孔映着下面投上来的灯光，亮得犀利。

“靠，不就是我……”我心里发狠，往前坐了好大一截，差不多快贴着林澜了。

难不成将她的军反而被她将军了？我就不信邪了，我今天问她这个问题就是准备要表白的，我都豁出去了我还怕什么？我盯着她的眼睛，眼神凶狠眼角抽动，活脱脱是剑客要拔剑，拔剑就要见血！

可她长发飘过来，挡住了光，于是她的眼睛藏在阴影里，幽若深潭，我从里面看不到任何东西。

我张开嘴，却发不出声音，我这样子更像是要去亲吻她，而不是说出那三个字。

该死！那三个字在像是石子一样硌了我的牙齿，我说不出来……我居然说不出来！

我爱你？你一生能对几个女人说几次？说了能维持多久？你要去抓她的手么？那你也得去抓她的任性她的眼泪她的初恋情人她将来弃你而去的悲哀。你真的确定你是“爱”这个女人而不是被诱惑了？你跟那些追求过她的男孩真的不一样么？你真的了解这个女人么？还有她的坏名声。

要是你是那个混混，她爸爸一巴掌扇得你满嘴血，你能撑着爬起来轻蔑地笑笑说叔叔您打死我吧您打死我我还是爱她，我要娶她睡她还给你生一堆外孙，我们走着瞧么？

她静静地看着我，她的脸在我眼睛里黑下去了。

手机屏幕的背光熄灭了，五分钟到，魔法时间结束，一切回复到正常。

“好啦，你也早点回去睡吧。”林澜笑笑，“开玩笑而已，眼神那么凶干什么？”

她穿上鞋子，起身离去，走了几步忽然回头："教你个乖，以后找女朋友用得上。其实女人很复杂也很简单，让一个女人爱上你并不难，你打动她一次，再让她觉得安全，就够了，建南就是这么做到的。"

我站起来，看着林澜的背影慢慢没入黑暗中，只剩下我一个人了，寂静得不闹鬼都不行。

我慢慢地坐回沙发上，望着一望无际的黑夜，忽然意识到独自坐在这里其实是很可怕的，林澜也并不是那种胆子很大的女孩。为什么今晚她会来这里呢？一个人坐在这里的时候她在想些什么呢？

我摸出手机，给她发了条信息说："忘说了，晚安。"

"我今晚值班，好好睡。晚安。"十秒钟之后，林澜回复了我。

走到中信泰富门口，手机响了起来，这次是有电话进来。

"喂，江洋，明天陪不陪我逛街？"是路依依，她的声音在话筒里也像只蹦蹦跳跳的兔子。

"拉志愿者啊？"我说。

"你陪我逛街，我请你吃饭啊。"

"你怎么不叫糖糖陪你逛？"

"她最近闲着没事就哭，我为自己的心理健康着想，决定还是暂时别拉她陪我了。"

"你是暗示你更喜欢我这种神经很大条的人陪同么？"我做恍然大悟状。

"是哦是哦，虽然你神经很大条，不过脑子反应还是蛮快的。"路依依咯咯地笑。

"那就明天，哪里见面？"

“就在你们办公楼下面，中信泰富的商场。”

其实路依依真的很好，虽然她不会炒菜不会烧饭每月要花好几千块买火车，但是她自个儿有钱买火车，又聪明又漂亮又会打扮，随时拎出来都是一个惹人爱的小公主，还听我的话。

路依依要是不好一点，我也许会更喜欢她，那么就皆大欢喜了……林澜也会开心吧？

第十章
CHAPTER 10

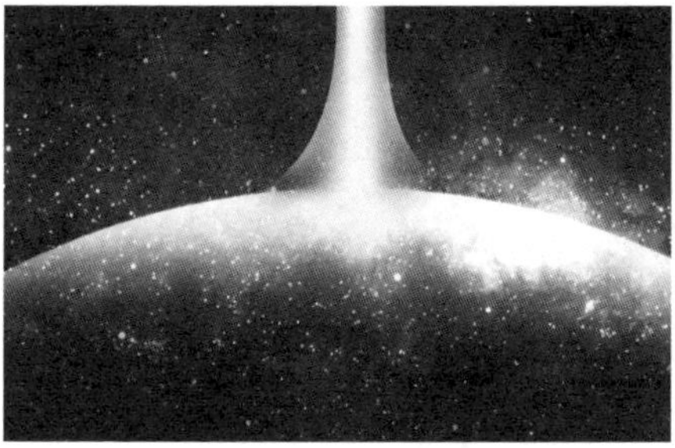

ONCE UPON A TIME
IN SHANGHAI

“你说 Hugo 的 Deep Red 好还是 Gucci 的 Envy Me 好？”

“什……什么？”

“香水！香水啊！我娘要过生日了，我想买一瓶香水送她。”

“拜托你说中文好不好？我难道没有告诉过你么？我四级考了两次才过。”

“好吧好吧，‘深红’好还是‘羡慕’好？”

我沉默了一会儿：“其实在有些事上吧，说中文和英文差别不大。”

路依依松开我的衣袖，一溜烟跑过去趴在卡地亚的橱窗前，盯着里面那块“卍”字花纹的纯金链坠看：“其实我娘平时用 Hermes 的 Caleche，但我想送一瓶显得年轻点的。”

“你今天抹的是什么？”

“Giorgio Armani 的男士香水，闻闻？”

我很配合地接过路依依递来的衣袖，把鼻子凑上去摇了摇，表示我认真地鉴别了。

“前香是豆蔻和海藻，中香是茉莉花、风信子，后香有麝香。”路依依说。

“我受伤了，觉得很自卑。你说的这些我都不懂，海藻也是香的么？”

路依依翻翻白眼：“懒得教你，你还是继续自卑吧！”

我俩在中信泰富的底商里晃悠，今天路依依的装扮是驼色高领宽松裙，配黑丝袜和白色长靴，她甩着胳膊走路，把腿踢得老高。

这可不是一个逛街的好时节。

战争开始时，南京西路和陆家嘴附近的高级购物中心还是灯火通明的，市委领导也做了振奋人心的动员报告，表示即使外星人大军压境，上海有泡防御在，还是要保持世界级大都市的风貌。

可随着时间推移，空袭警报声最终取代音乐成了这个城市的主旋律。商店的库存日益减少，粮食配给也逐渐收缩，新鲜肉类换成了冷冻的，蔬菜变成了压缩的，破损的橱窗没有人修补，压抑得受不了的年轻人在一夜之间把南京西路上所有汽车的前窗敲碎了。

自动扶梯早就停运了，路依依蹦跳着上楼，发梢起落，鞋跟敲着铁板叮叮作响。

她一路窜到三楼，按着膝盖对我喊：“来啊来啊！老年组的同志！”

午后阳光不错，透过破了无数洞的穹顶照下来，路依依站在光影分界线上，未染过的头发跳荡着阳光的金色。她对我伸出手，像是要拉我。

“什么东西？”我被她扯到橱窗边。

那是一双 Prada 的小靴子，白色绒面，精致秀气，靴筒上还有一圈可爱的白毛。

路依依盯着它看了很久，眼睛里光彩流溢。她转过来问我，“怎样？”

“蛮好，我也看见过这样的靴子。”我抓了抓头。

“哟？你不是不看时尚杂志么？”

“是在一张维密天使的圣诞贺图上啦，姑娘只穿带水钻的内衣，还有这双靴子。”我可没调戏路依依的意思，实话实说而已。

“对头！”路依依一拳捶在我背上，“我也看过那张贺图！”

“你一个小姑娘也看维密天使？”

路依依冷笑：“搞清楚，人家那是内衣品牌，是我们女孩买内衣！你们也就是蹭着看看！”

店员从里面探出头来：“就这一双了，合脚就拿走，三八折，5700。”

“多少码的？”路依依问。

“36。”

“正好正好，我就是36的。”路依依拉起我的手，“走吧。”

我愣了一下：“不买了？你不是很喜欢么？喜欢就买呗，你又不缺这个钱。”

路依依用她妈妈的白金卡副卡，透支额度50万。

“我不要。”路依依摇摇头。

“喜欢又不要？”

“我从小就是这样，逛店的时候遇到喜欢的东西我就指给那个带我逛店的人，可是他们要买给我，我就是不要。我等着他们记下来，悄悄去买了，等我过生日或者圣诞的时候包在礼盒里面送给我。”路依依说。

她把脸贴在玻璃上去看那双靴子，鼻头被压得圆圆的，脸蛋受了玻璃的寒气，泛起额外的粉色来。

“太踐了吧？”我说。

“东西再贵也没什么了不起啊，记住不记住才是关键的。”

她忽然转过头来盯着我，非常用力地瞪大眼睛，作可爱状。

我往后小蹦一步：“这个暗示真是太强了，不好这么敲竹杠吧？我月收入多少你也不是不知道。”

“没办法啊没办法啊！”路依依跟着蹦过来，挽着我的胳膊，眉开眼笑，“不狠狠地暗示你肯定会当作没听懂！”

“饶命啊，五千多的靴子，就当我没听见好不好？”

“喂！大家出来混迟早都要还，你吃了我好多顿饭的！”

“早说是高利贷我就不吃了，我现在吐出来还来得及么……”

“那边那边！”

我还没有说完，路依依一溜小跑，扯得我一个趔趄。

一个没人看管的领带专柜，木格子里一卷一卷地放着几十条领带，色彩斑斓，像是抽象派的画。

“你有几条领带？”路依依在那些领带中翻检。

“一条，上大学前老娘买给我的，用来配我那身阿玛尼的西装，不过是冒牌的。”

“不会吧？你都老年组了，才一条领带？什么颜色的？”

“压箱底呢，颜色记不太清，是个海豚图案的。我又不穿西装，要那么多领带干吗？”

路依依翻翻白眼：“你这种不懂时尚的宅男！男人的领带数目代表他的成熟度！你可以只有两身正装四五件衬衣，不过领带可是要天天换的。”

“这个倒是听说过，据说辛德勒出来混世界时只有两件衬衣，倒有十几条领带。”

“嗯！记得不错，表扬一下，这里面你喜欢哪条？”

我扫一眼，拣起一条来，银色缎面的 Gucci 领带，斜纹。

“还算有眼光！这条好，衬黑色最合适。”路依依拍拍巴掌。

“我那身冒牌阿玛尼是棕色格子的。”

“上大学前买的衣服了，扔掉就好了。我是说比较衬军礼服，军礼服不是黑色的么？”

“将官的军礼服才是黑色的，你看我像是能当将军的主儿么？”

“没关系，总能升成将军的吧？等你升成将军再穿，配这条领带。”

“你这么说真让我不由自主地悲凉了，难道我要珍藏这条领带，在我垂垂老矣的时候组织可怜我多年兢兢业业，批我一个享受将军待遇，我才颤巍巍地拿出来系上？”

“别贫了，走吧。”路依依又扯我。

“啊？我还以为你要买了送给我的。”我说。

“拿靴子来换！”路依依冲我比了个鬼脸。

“哼哼！领带便宜！赔本生意不做！”

我们游荡在阳光下的商场里，重复着这种没内涵的对话，路依依拎着几个纸袋子，我也拎着几个。除了我们几乎看不到人影，路依依在窗格的光影中蹦格子，长发发梢坠着银质的米老鼠夹子，一起一落。

急促的蜂鸣声，有手机信息进来，我懒洋洋的笑难看地凝在脸上，急忙伸手去口袋里摸手机。

倒不是因为林澜，铃声锋锐，只有来自 7488 的紧急信息才是这种提示。

路依依全神贯注地蹦格子，越来越远，嘴里“1、2、1、2”的念着。

“934。”

我几乎是蹦了起来，冲过去把提袋往路依依胳膊上一挂，拔腿向着门口飞奔。

“怎么啦怎么啦？”路依依在后面大喊。

“紧急集合！”我发力狂奔，头也不回。

路依依愣了一下，然后她鞋跟敲打地面的叮叮咚咚声追了过来。

我一头撞出大门，斜刺里一辆装备了防弹装甲的重型吉普带着刺耳的噪音刹在我面前。

一个人推开车门对我大喊，“上车！”那张消瘦的刮骨脸太熟悉了，是大猪。

“上车？上什么车？”我傻了。

“南浦大桥！南浦大桥！老大派我们小队支援南浦大桥！”二猪从办公楼里冲了出来，全身野战装束，军靴闪亮，浑身腱子肉在军服下晃荡，边跑边喊，“光纤中继站被摧毁了，那边顶不住了！”

我根本没有思考的时间，二猪一把把我推进车里，随后一件野战军服盖在我脸上。

引擎野马嘶吼般轰响，就是不挪窝。大猪急得满头是汗，猛翻用车手册。

“你妈的！你刚才甩尾甩得那么帅，怎么能不会开这种车？”二猪也急得上火。

“就是因为控制不好才甩出那么漂亮的尾来！”大猪玩命抓头，“我只会开自动挡！”

路依依从商场里跑出来，拎着大大小小的购物袋，拍着车门：“喂，江洋！今晚还吃不吃饭啦？”

“美女，江政委如果今天没有杀身成仁早晚能和你一起共进晚餐的！”大猪说着升起了四门的窗玻璃，把路依依隔在外面。

隔着 2cm 厚的防弹玻璃，我只能挥挥手，反正喊什么路依依也听不见。路依依拍打着窗玻璃，嘟着嘴还在说着什么，车已经发动了。

她跟车跑了几步，终于被抛下。

我从后窗看出去，空旷的南京西路上，女孩提着购物袋，孤零零地站在烟尘里。

我们距离江边还有两公里，远远地就被那景象震撼了。

一只足有三层楼高的捕食者，正站在和平饭店的前门处。和平饭店半边倾塌，不知是不是这东西着陆时撞的。子弹混着轻型反坦克炮的炮弹倾泻在它身上，硝烟浓密，捕食者收拢蟑螂背壳似的两片东西，岿然不动。

它有无数肉质的触须、蟑螂背壳般的翼、花岗岩般的皮肤、一张海葵那样的“嘴”……真是丑得没药医。

“我噻！没搞错吧？这玩意儿，派我们仨来有啥用，派三个团来也不成啊！”二猪喃喃。

“技术部呼叫宪兵部，我们即将赶到江边。怎么回事？到底怎么回事？为什么会有一只捕食者落下来了？”大猪一手打着方向盘，一手持手机狂吼。

“那是你们技术部的事，我们宪兵怎么知道？”宪兵部的兄弟也够横的，“你们有没有带重型武器来？把这个东西敲掉再说！”

“那是你们宪兵部的事，我们技术部不管！我们是来修光纤中继站的！光纤中继站和备用通路全部都被破坏了！给我找个熟悉地形的人来，还要一个班，带我们去找断点。”

宪兵兄弟急了：“一个班？我哪有一个班？我已经动员全部人手带着重武器往那边赶了。你也不用找什么断点，断点就在那东西屁股下面，它正坐在上面呢！”

“我靠！”大猪把手机往后排座椅上一扔，野战吉普骤然加速。

“泡防御出现过孔洞，否则这东西进不来。”我说。

这十分罕见，从理论上说，有可能。当泡防御遭受攻击，能量流动严重失衡的时候，某些区域可能暂时地出现孔洞，即便这个孔洞维持的时间可能只有零点几秒，不过以捕食者的速度，够了。

它钻进来后直扑光纤中继站……这些东西的智慧令我觉得后脊发凉。

一个又大又沉的铁家伙砸进我怀里，差点把我砸翻到座位下去。

“这什么玩意儿？”我瞪着二猪。

“肩扛式导弹！你先拿着使！”二猪答着，顺手把一件四联装反坦克火箭扔去了前座。

大猪一把捞住背带，头也不回。

“多亏是特备车辆，我们还真带了重武器！”二猪手操一件挂掷弹筒的 M4，嘴里叼着枪榴弹子弹带。

这骚货满脸杀气横生，还在一件一件地从座椅后面抄出我叫不出名字的铁家伙来。

“早知道你们是玩真的，我就不来了！你们他妈都是军校生，受过训练，我算什么东西啊？”

我话刚出口，大猪就强行刹车，车门被震开了，我抱着肩扛式导弹一骨碌滚了下去。等我爬起来，大猪二猪已经扛着重武器呼哧呼哧地向捕食者那边跑过去了。

“隐蔽！隐蔽！它又得喷了！”有人拿着扩音喇叭大喊。

我紧贴在墙后，把最后一枚巡热导弹滑进弹槽，解开保险栓，把发射器抱在怀里。

空气里无处不是酸雾的刺鼻气味，呼吸道刺痛，我处在半窒息的状态。

随着“嘶”的巨响，黄绿色的高压液柱扫过整条街道，更浓烈的酸气扑面而来，空气是芥子气般的黄绿色。那种液体有些黏稠，黏在红砖墙上慢慢往下滑，液体经过的地方，墙壁的颜色变浅了！

所有人的脸色都煞白的，我是给吓的，而大猪那种脸色焦黄的好汉也变了小白脸，是拜酸性气体的腐蚀作用所赐。

捕食者的主攻武器居然是酸液喷射，就像吐口水，可粘到身上可不是受点侮辱那么简单，我亲眼看到一根直径 20cm 的铁管被喷射到一次就腐烂穿孔。

“喷射间歇！攻击！”拿大喇叭的宪兵高呼。

我跳出去单膝跪下，寻找目标，扣动发射擎，再狼狈地闪回来。藏在墙后和门洞里的宪兵们也纷纷跳将出来，避开地上一摊摊的黄色酸液，对准那个大家伙开火。二猪离它最近，只有不到二十米，这骚货身上沾了点酸液，干脆把制服扒了，露出肌横膘厚的胸膛，缠上子弹带，玩命地扫射。可他的枪榴弹已经打空了，子弹对捕食者好比挠痒，我手中这架肩扛式导弹能让一辆豹式坦克瞬间瘫痪，也不过在它身上炸开了一朵稍显耀眼的火花。

不过蚂蚁也能噬象，我们毕竟人多，捕食者似乎也受了点小伤，花岗石似的皮肤裂开了四道口子，露出里面深红的、腮一样的东西。它的身体剧烈地膨胀收缩，应该是在吸入大量空气以求自我修复。

“隐蔽！隐蔽！它又得喷了！”

又是一轮酸液喷射，这东西的口水还真多。

我扔掉空膛的发射器，疲惫地坐下，和对面那具面部融化的尸体相对。他穿着宪兵制服，脖子上挂着微型冲锋枪，酸液沿着惨白的下巴滴落。

我从未想过自己能那么安静地面对这样一具恐怖的尸体。目睹第一个宪兵被杀，我惊恐得忘了躲闪，还是大猪一脚把我飞踹到工商银行的门洞里，才躲过了随即袭来的酸液。捕食者的触须绞住宪兵的胸口，猛地收紧，所有肋骨在一瞬间被压碎，一个成年男人的胸口被勒得像是二八少女的细腰，鲜血和脏器都从嘴里涌了出来。

但我现在已经不怕了，已经看得太多了，酸液……触须……兄弟们一个接一个倒下，我能活到现在只是我运气好。胸口里有股横生的勇气，让我觉得自己本该和那些已经倒下的兄弟一样。既然我赚了，就不吝把赚来的这条命再押上赌桌。

我手脚并用地爬过去，想摘尸体脖子上的微冲。这时候我的手机响了。

“谁？忙着呢！”我大吼。

“是我是我，你对面的！”

“我靠！这要命的时候你打什么电话？”

“他妈的不打电话你听得清么？”

我一扭头，大猪正遥遥跟我招手。大猪离我约摸二十米，躲在和平饭店的侧门里，一边打电话一边跳，跳着跳着把沾上酸液的裤子脱下来，露出两条长满黑毛的瘦腿。我确实没法直接听见他的呼喊，酸液喷射停止的瞬间，宪兵们又冲出去，抓紧短暂的间隙攻击，枪声震耳欲聋。

“什么事？快说！”

“得赶快想办法！刚才老大电话过来，光纤一断，总部那边彻底瘫痪，兄弟们傻愣着没法做平衡。坐标（231.16，149.38），缺损严重，快要撑不住了！”

“（231.16，149.38），这……不是我们头顶么？”我脑袋发懵，最近我总是出现在光流轰击的焦点下，德尔塔文明那么看得起我？

我拼着危险探头出去，抬眼看向空中，光流接二连三地轰击在南浦大桥上空，被泡防御界面连续挡住。但我看不见发射光流的次级母舰，应该都悬停在高空的电离层里。按照这个攻击频率看，至少有30 艘次级母舰聚集在上海上空，还好没有那天那种巨无霸级别的。

“这次它们应该是冲着上海大炮！它们察觉了！”大猪说。

“你说快，怎么快？”我也只能干瞪眼，“我现在导弹也用完了，剩下的武器只有牙齿了！我咬死它？”

“上海大炮……”大猪咬着牙，“无论如何是不能失守的！”

“犯不着我们担心，”我的心里微微动了一下，有点幸灾乐祸的欣喜，“杨建南不是牛逼么？他搞得定！我们搞定这东西就得了。”

熟悉的风吼声忽然降临，席卷了整个区域。

我一愣，狂喜地指着天空：“好！搞定了！”

三架鹞式以三角队形低空逼近，那毫无疑问是灰鹰小队，来的是老路和他的僚机。

鹞的机翼下出现了盘旋的白色烟迹，开始是六道集中，随即像是马戏团的焰火那样分散开来。响尾蛇导弹在空中高速转折，角度极尽刁钻，从六个完全不同的方向扑向捕食者。

捕食者没有闪避，而是把挥舞的触手全都收了回去，紧紧地纠缠起来围绕住看似头部的突起部位，看起来就像一个害怕挨打所以抱着脑袋的小孩。

爆炸声震耳欲聋，滚滚而来的热风瞬间摧散了令人恐惧的酸气，也带来了足以呛死人的低氧气氛。

我猛扑在地下，捕食者的肌体碎片如狂风暴雨扫过街面，鹞们并未停留，带着狂风低空飞越黄浦江，向着浦东方向脱离战场。

最先活动起来的是大猪二猪和我。对于宪兵们，工作已经结束，对于我们，这只是开始。

捕食者三分之一的躯体粉碎，黄绿色的体液流得满地都是，还好这种酸并不对我们的军靴材质起作用，我们只需小心不要把酸液踩得溅起来。散落的肌体碎块不知能否称为“肉”，踩起来感觉像是老化的橡胶，几块大的还在缓缓蠕动。

好在它的遗体，我是说包括头部突起、占了它体量 2/3 的那一大块，似乎已经绝尽了生机，无声地瘫在地下。复旦或者上海交大生物系的教授们应该会激动得停止呼吸，这是人类迄今为止入手的最完整的捕食者标本。

“这什么东西？”二猪踩了踩地下的玩意儿。

一枚巨大的象牙状物，灰白色，钻透地面直插下去。它已经断了，截面粗得像水桶，长度估计至少三四米。这样一个东西切入地下，可以想象整个光纤中继站都被破坏掉了，难怪中信泰富的总部收不到浦东的信号。

“它的脚趾甲！”大猪说，扔给我和二猪一人一把铁锹，“来！沿着这根脚趾甲挖开，我们要找到光纤的断点，然后接上它。”

这套光纤网络是民用设施改造的，埋得不算深，我们下挖了一米就找到了还在冒电火花的中继站。

捕食者的智慧再度令我战栗，这显然是一次有预谋的进攻，狂轰滥炸的同时，这只突破进来的捕食者破坏了关联浦东和浦西的光纤中继站，就像一个占领了敌军通讯枢纽的特种兵，而且它不想让我们夺回通讯枢纽，所以伤痕累累地持续作战，鹞群来了都不闪避，就是不肯让出阵地。

好在车后备箱里就有备用中继站，我和二猪忙着做光纤断口的修复，大猪蹲在旁边调试中继站。我和二猪的笔记本都已经接上光纤信号了，跟浦东金贸大厦那边的第三指挥部建立了联系。

“好了么？”我擦了把汗，问大猪。

一擦擦下一层皮来，额头火辣辣地痛，看样子皮肤被酸雾彻底给毁了，希望别留疤。

不过没有时间担心这个，我看了一眼屏幕，1 号缺损区还在继续扩大。1 号缺损区就是我们头顶的这片天空，能量流动彻底紊乱，而且新的光流还在不断轰下。

手机响了起来，音乐铃声，柯受良唱的《我不做大哥好多年》，这种状况下响这个音乐有点搞笑。

“喂？老大？我们还在赶工！”我对着手机喊。

“别接光纤了！他妈的出了什么事？出了什么事？”老大咆哮起来像只躁狂的狮子，“那边到底出什么事！”

“还能有什么事？就是轰炸啊轰炸啊轰……”我懵了。

我忽然说不下去了，后半句话和着一股寒气被我硬生生地吞回了肚里。我无意中又扫了一眼屏幕，所有指数正在疯狂地变化着，整个泡防御界面的能量正雪崩一样下滑！照这个速度，只要五分钟能量就会减低到零，整个泡防御会像是雪融冰消那样没影儿了，整个上海将暴露在光流的直接轰击下。

见鬼了！能量呢？我们用于维持泡防御圈的、相当于几百颗氢弹爆炸的能量正无声地消弭！

“你他妈……”大猪看我面如死灰，也扑上来看了一眼，也说不下去了，呆呆地张大嘴巴。

“难道是……停电了？”二猪喃喃地说。

“这玩意儿不靠电能！”大猪“呸”了他一口，也是束手无策。

“我们这边监测到整个界面的能量在疯狂下降，迅速查实！迅速查实！”将军还在电话里吼叫，坑外传来了宪兵们骚动的声音。

我把手机扔给大猪，跳上地面。本该在周围警戒的宪兵们一股脑都跑到江边去了，正指着江面激动地说着什么。我跑过去看了一眼，只觉得血都凉了，森严的铁护壁正从水底缓缓上升，江流激动，水花跳跃，有如摩西辟开红海的宏大。

上海大炮！这不是它应该升起的时候，但它破江而出！

直径四十米的炮口仰对天空，黑色的表面像是升温那样发出暗红色的光，温度急剧升高，大量江水被蒸发，上海大炮笼罩在浓郁的雾气之中，雾气里还有紫色的电光来往闪灭。某种极细的声音刺进耳朵里，像是细针的针锋相对刺击。

大猪也跑了过来，还拿着我的手机。他也傻了，任手机里将军还在喂喂地狂喊也不回答。

“老大，没法玩了，牌都不在我们手里了……上海大炮……要发射……”大猪拿起手机，用呻吟的声音说完了这句，挂断了电话。

“你说得对，杨建南牛逼，他搞得定。这下子他要把我们全部人都搞死了……”他又说，这次是对我。

上海大炮抽提了泡防御的能量，我们为了获得一柄剑而失去了整张盾！

所有人都捂住了耳朵，那些细针碰撞的声音现在变得震耳欲聋，像是有砂石在耳朵里滚动。

眩晕难以忍受，大脑几乎无法正常思考，幻觉叠生，感觉空气中所有的粒子都在发疯跳跃。

上海大炮从暗红变成紫色，紫色越来越亮，紫得发白，看起来像是被投入绝对高温的一块铁。

“受不了了！”我对着大猪吼。

宪兵们都趴下了，说不上原因，但每个人都不由自主地想这么做。

“我要看着它发射！”大猪咬牙，八字步，双腿分立，强撑着站直了，“可不是所有人都有机会看着约束场炮火发射的！”

我瞪着他的眼睛，他眼睛里有种可怕的坚忍和……绝望。

“没办法可想么？”

“那东西不能发射的，我们都知道！杨建南那个……傻逼！”

空气噪音忽然终止，黄浦江上寂静如死，这一刻我的心脏仿佛也停止了跳动。

悄无声息地，紫色光柱以大约60度角直刺天空，就像一盏巨大的探照灯照射云端。像是一千个太阳同时从黄浦江上升起，我及时闭上了眼睛，依然能够感觉到那片绚烂的、灼热的光，脸被烫得剧痛。

强光熄灭后好一阵子，我才敢睁开眼睛。刚睁眼我就仰望天空，我很清楚此刻泡防御的界面上有一个40米直径的巨大孔洞，肉眼是看不清的，因为泡防御界面本身是透明的，但我还是想看一眼。

那是地狱的门，它已经打开了，致命的虫子们马上就会涌进来。

我环顾四周，宪兵们脸上都有股子振奋的神情。这也是他们第一次看见上海大炮发射，我想他们正猜测刚才那一炮是否命中了某艘次级母舰。对此我倒并不怀疑，以上海大炮的威力，当然可以瞬间毁灭一艘次级母舰，即便是上次那种巨无霸。

不过，它也同时洞穿了泡防御界面！这就是绝对不能开炮的原因。

无论上海大炮纽约大炮，都是一种用阿尔法文明的技术建造、被称为“约束场炮火”的重型地基武器。那是迄今我们所知的唯一一种可以无视泡防御界面的武器。它的炮火其实是一种纯净的能量，而且和泡防御的能量性质相同，两者接触时会自然而然地融合、穿透。

但是，它会在泡防御界面上留下和炮火直径相同的巨大孔洞……30 秒内，孔洞无法复原！

30 秒……也许不够人类抽一根烟，但足够那些东西毁掉整个上海！

大猪摸出一包中南海，递给我一根，给我俩分别点上火。

二猪抱起他的 M4，换上了一个新的弹匣，骚货就是有这份狠劲，这是做好了跟捕食者打巷战的准备。

宪兵们不再是一个劲儿地欢欣鼓舞，有的已经惊叫起来，更多的人目瞪口呆。

我喷出一口烟，仰望天空。

一片黑云正在汇聚，边汇集边旋转。那是捕食者群，超级捕食者群，目测大约有三千米的高度，个体数成千上万，还有新的在不断加入，它们发出奇怪的“嘻哈”声，像是人类的欢笑又像是叹息，“嘻哈”“嘻哈”“嘻哈”，千千万万个嘻哈声重叠在一起。

嘻哈声在天空和地面之间不断的回荡叠加，像是某种古老的召唤仪式。

“没想到会是这幅景象。”大猪摘下嘴边的烟，言下之意看了一眼倒也不愧此生。

“我也想来一根。”二猪可怜巴巴地伸手。

“来什么来？你丫又不抽烟。”大猪一把把他的手打开，在军服裤子上蹭开了微冲的枪栓。

我下意识地去摸口袋，可手机不在。哦，是在大猪那里。其实我只是想给某人发条信息，不过已经来不及了……算了，反正说什么我也没想好。

它们俯冲而下，像是坠空的流星，千万道痕迹汇聚成坠落的天剑，直指上海大炮的炮口。

3000米、2500米、2000米……它们终于突破了2000米，原本固若金汤的壁垒不复存在，那些东西想必是在狂喜吧？因为愚蠢和冒进，我们失去了防御，而它们获得了一次完整的进攻机会。

它们争先恐后，像是秘鲁寒流中高速游动的鲭鱼群，可每一个都比鲨鱼更可怕。

“在想什么？”大猪说，“我总在猜自己死前会想什么，现在我知道了。”

“你知道我在想什么。”我说。

“嗯。”大猪点点头。

我低吼了一声，难以忍受的眩晕再次袭来，这次来势之烈让我几乎叼不住嘴里的烟。

“这……这是？！”我大吼。

我忍住脑海中的剧痛，瞪大眼睛看向江面。江面上……一块紫得发白的铁！

“杨建南……他妈的是一个地道的疯子！”大猪喃喃地说。

紫色光柱再度横贯天空，此刻那道捕食者汇聚而成的黑烟距离距离上海大炮只剩不到300米，所有捕食者都被那道炮火笼罩，它们的形状在紫光中仅仅保持了不到一秒钟，而后化为灰烬，然后坍塌在空中，像被死神之手抚摩了。那些看起来无比狰狞的、来自外太空的异种，在那道紫光的照耀之下，就如暴露在阳光下的吸血鬼般脆弱。

光柱切入天空，一闪而灭，和第一次发射的轨迹完全重叠。

我们怔怔地看着天空，捕食者化作的漫天灰霾被风一卷而散。

疯子的战略，但也是完美的战略。杨建南从开始就蓄积了两次轰击的能源，瞄准高空中次级母舰的第一炮只是个诱饵。泡防御被洞穿之后，捕食者群无疑会优先攻击上海大炮，它们走了最近的路线，一条笔直的直线，而那条线，恰恰就是杨建南早已设定好的炮击轨道。

换句话说，捕食者把自己排成一排，放在了杨建南的炮击轨道上！

"江洋你要小心了，你的情敌是个疯子，跟他玩，没准怎么死的都不知道……"二猪喃喃地说。

救护车们塞满了江边的广东路，医生护士们把一具具人体抬上救护车。他们来晚了，拖回去的大部分只是尸体。消防车也来了，强有力的水龙清洗着满是酸液的墙面。

这次突袭被成功击退，上海大炮二度开炮后，德尔塔的进攻立刻终结。雷达显示高空中剩余的捕食者毫不犹豫地撤离了，这是我们第一次真正"击退"敌人的进攻，在此之前我们所谓的胜利就是用泡防御磨掉捕食者和次级母舰的耐心。

我在捕食者的大半个尸体上踩了踩，大猪过来把手机递还给我。

"有你的信息。"大猪看着江面，漫不经心地说。

我从他的眼神里大概明白了，打亮手机："您有一条信息来自林澜。"

小野兽又欢欢喜喜地跳了出来，翻着筋斗蹿上跳下，它每次都是这个德行，半点耐性也没有。大猪慢悠悠地说："德性！看你笑的那个贱样儿。"

我摸了摸嘴角，果然残留着半个笑容。真见鬼，又没忍住。

"你还活着么？"信息是这么说的。

"活着活着，捕食者倒是死了很多。"我回了。

那一天有点奇怪，她关心我的死活我很高兴，可我等了很久，却再也没有收到她的回复。

第十一章
CHAPTER 11

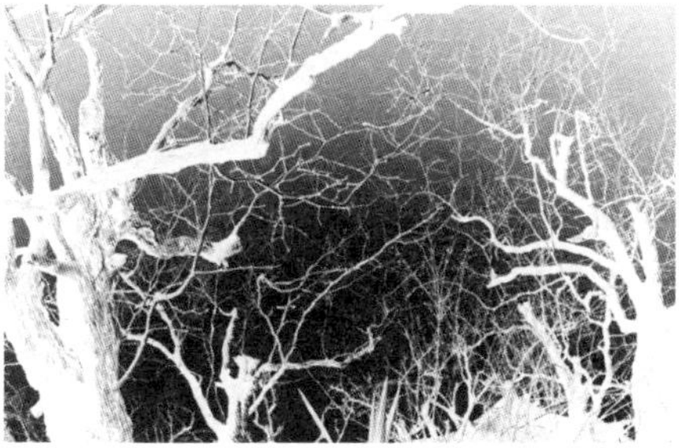

ONCE UPON A TIME
IN SHANGHAI

“尊敬的各位领导、各位来宾，现在请允许我介绍，我们的英雄指战员，”主持人一扬手，“杨建南中校！”

大家一齐转向主席台，掌声热烈如沸。

聚光灯打下，杨建南在万众瞩目下登台，白色军礼服，腰杆挺直如枪，胸口上一列挂了三枚我叫不出名字的军功章，照例面无表情。

“在刚刚结束的 B1021 作战中，杨建南中校指挥的上海大炮当机立断，下令这门地基巨炮做了有史以来的第一次和第二次发射，根据现场录像，成功地歼灭了至少 1052 只捕食者，是这场战争开始以来，人类前所未有的大胜利！可以说，这一战改变了我们在对德尔塔文明的抗战中被动挨打的局面，为我们下一步的反击提供了宝贵经验，更是鼓舞了全上海、全军乃至全人类的信心和勇气！”主持人声若洪钟，豪情扯淡。

台下又是哗哗哗哗地鼓掌。

这里是上海展览馆的正厅，一栋颇有历史的苏式建筑，上海的老地标之一，发布会安排在这里，足见上级对这次胜利的重视程度。7488 部队的几乎所有军官甚至预备役都应邀出席这次盛大的酒会，高级军官们穿着黑色的军礼服，女军官们则是白色的 A 字裙，领章都换成了 7488 部队的单翼鹰标志，严肃之外平添一股老派的华丽。

记者在人群中穿梭，玩命地把话筒递到那些位高权重的人嘴边，摄影机架得老高，灯光从四周投射下来，晃得我眼前一片白。我们不像是来这里品尝冷餐和红酒的，更像是被摆拍的。

以杨建南的重要性，想必他一般是不会露脸的，可连他都被强推到了摄影机前。这是场明显的秀，市政府大概希望借这个难得的机会鼓舞一下市民。

“杨中校，请问面对成千上万的捕食者时，你的心情如何？”主持人像个八卦记者。

“紧张，心跳频率很高，我并不确定战术一定能奏效。但当时的局面千钧一发，在我看来必须有强力的应急战术出现，否则我们都会变成捕食者的食物……”

主持人有点急了，杨建南却并不理会他频频抛来的眼色。陆军学院的高材生完全不知道应酬场面，怎么想就怎么说，全然不知委婉。其实主持人无非希望他能渲染一下成功，他说来倒像是在威吓市民。

杨建南说得也不差，虽然泡防御指挥部是绝对反对发射上海大炮的，但那天如果上海大炮不发射，泡防御指挥部也未必有十足把握确保上海的安全。

“我们尝试了，也成功了，我谨代表我自己和全体指战员感谢领导部门、全体战友和市民对我们的信任，并将以我们的力量为保卫上海做出更大的贡献。”毫无感情色彩的结束语后，杨建南把话筒递还给主持人。

“真是军队的 Superstar 啊，”主持人恭维着，“杨中校……哦……我已经不能称您为中校了……”

他忽然提高了声音："总政治部经过紧急审核，授予杨建南中校一级战斗英雄勋章和……上校军衔！"

他高举手中的盒子，勋章在无数照相机投来的闪光中光辉刺眼。军乐团轰然奏起军歌，年轻的女军官捧着托盘登台，红锦上是三星两杠的上校肩章。

解放军里上校不算个稀罕物，可我敢打赌没有任何一个上校的授衔仪式有这么风光。在万众瞩目下，他扛起了上校军衔，还有"上海英雄"的光辉荣耀。他今年多大？好像是31岁，林澜说的。比我大七岁，比我高四阶，我想我31岁的时候大概还只是个上尉吧？依旧坐在工作台前埋头算泡泡。

我忽然注意到杨建南并不在欣赏自己新得的勋章和肩章。这个铁板似的家伙微笑着凝视台下。我的心里"咯噔一下"，扭头看去。角落里，林澜靠在柱子上，轻轻地拍着巴掌，轻轻地笑。

掌声震耳，我默默地低头下去，看着自己的脚尖。

所有人都鼓掌喝彩，我和将军是唯二的例外，老家伙站在人群里，脸色生青，像是要把台上的杨建南生吞活剥了。

我紧追着将军的步伐出了展览馆，背后满是掌声笑声和音乐声，文艺演出刚刚开始。

我们被湿寒的夜风包裹了，老家伙猛地一抖防雨风衣穿上，拉紧领口，大步流星地走下台阶，毫不理会错身而过跟他打招呼的那位大校。

奥迪立刻滑了过来，我拉开后门，将军闪了进去，一拍身边的座位："坐这里！"

我愣了一下。部队里坐车有规矩，瞎胡闹的时候可以不讲尊卑，但是跟老大出席正式场合我都是坐前排秘书的位置。不过我猜得出他招我一起离开是有话说，于是钻进车里，老老实实和他并排而坐。

“去哪里？”司机打着方向盘。

将军没有说话，只是挥挥手。他坐得笔直，目不转睛看着前方，像是一只蓄势的狮子……这是他最可怕的时候。

“怎么了？”我试探着问。

我知道他这一脸的杀机必有非同寻常的理由，他一个少将，总不至于跟我似的妒忌杨建南的风光。将军没有立刻回答，而是缓缓举起手，用力揉了揉自己的脸，像是要把那张生铁般的脸揉得软一些。

“他是电，他是光，他是唯一的神话，他就是他妈的 Superstar！”他忽然发作了，低声吼叫，额头的青筋夸张地跳着。这只老狮子像是要扑出去吃人。

我一愣，想起那个主持人说杨建南是军队的 Superstar 来着，不由自主就笑了。

将军猛一扭头，恶狠狠地看了我一眼。我赶紧低头，又犯错了，这种场合我笑个屁啊！

将军收回目光，疲惫地靠在椅背上：“这帮好大喜功的家伙，这次的错误会把我们所有人送去见马克思！”

我听出了那话里的酷寒，不敢应声。

空无一人的南京西路，奥迪无声地滑行，车里的空气像是凝固了。

“江洋，有没有感觉最近泡防御指挥部的人多起来了？”将军打破了沉默。

“嗯，好多新面孔。”

“那些是后备技术员和应届新生，全部泡防御发生器都已经投入使用，全部的后备技术力量也都已经动员起来，我们手里的筹码都赌上了，可是胜算越来越小……”他的声音渐渐低落。

“什么？”我的心猛地抽紧。

老大不会在这种事情上危言耸听，“胜算越来越小”这六个字要是爆到报纸上去，明天上海市民就得集体陷入恐慌。

车无声地停下了，我向窗外看了一眼，一座漆黑的高层建筑站在微雨中，路口的孤灯发出昏黄的光。

“下车！”将军说。

我噻！怎么在这种鬼地方停车？我跟着将军也跑过不少重要部门，这条街我一点印象没有。但是老大用的是命令的语气，我二话没说推开车门蹦了下去，脚跟一跺立正行礼：“是！”

这是条小路，沿街是一排早已人去室空的早餐铺子，不远处是一个垃圾分拣场，散发着发酵的恶臭。这种景象如今在上海并不罕见，部分市民搬到地下掩体里去了，很多高层住宅变成鬼楼，夜里一扇亮灯的窗都没有。

我眯着眼睛看向路灯的方向，试图搞清自己此刻的位置，但路口没有标示牌。

“不用找了，这条路没有名字，从2018年起，它就从地图上被抹掉了。”将军从车里钻了出来，扔给我一把伞。

我赶紧撑开伞遮在老大头顶，虽然拍马屁是一直的弱项，但这点觉悟我还是有的。

黑影从铁门中闪了出来，好几个，他们的步子很大，速度很快，看似不经意地散开，但我们这种受过战场训练的人一眼就可以看出他们对我们形成了包围圈。雨打在他们军帽的帽檐上，溅起冰冷的光。

七个身穿宪兵制服的军人，勒着武装带，斜挎微型冲锋枪，目光钢针般冷锐。

那些不是普通宪兵，连我都能看出来。多数宪兵都是野战部队中选拔出来的，个个都跟熊嵩似的粗糙，执行公务时还能一本正经，私下里随口骂娘。可这些宪兵身上透着逼人的“高级”，内敛、冰冷、犀利，我相信他们会一枪崩掉我，但不相信他们会骂我老娘。

将军把自己的证件递了过去，为首的宪兵少校用手持设备读取了证件中的保密芯片。

“邵一云少将。”少校立正行军礼。

“零号窟。”将军低声说。

“你身边的是？”少校冷冷地打量我。

“核心技术员江洋，这是他的保密级别证书。”将军把一只塑料信封递给少校。

少校打开信封往里看了一眼，微微点头：“明白，零号窟！”

电梯一路下行，我站在将军背后，听见自己的心脏“咚咚”地狂跳。

我知道自己要去哪里了，这地方我来过的，只是上次来的时候我被戴上了眼罩，由武装运兵车押送，到了地儿才准睁眼看，跟被绑票似的。

鬼能想到上海泡防御指挥部的核心部门被藏在一个年久失修的高层住宅里？即使乞丐都不愿意踏入这栋仿佛死去的建筑，但只要你沿着那些弯曲幽深的走廊深入地下室，会在道路尽头找到一台锈迹斑斑的电梯。刷一下芯片卡，你就会看见上方的数字灯亮了起来，门无声地打开，电梯的四壁都嵌着钛金板！

电梯停下，门开了，通道灯齐刷刷地亮起。

前方是一条细长的甬道，甬道壁上也都铺着坚不可摧的钛金板，风扇缓缓地转动，把空气吸入这个位于地下300米深处的封闭空间。

“老大……我说，我的保密级别真的能进这种地方么？”我跟老大咬耳朵。

“能，”将军瞥了我一眼，“级别不够的踏入禁区一步就会被击毙，你不还活着么？”

我回头看了一眼宪兵们胸前的微冲，知趣地闭上嘴。

“他们用了24年建造这个空间。这里原来是天然的地下水道，但这座城市就像一个口渴的怪兽一样每天消耗巨量的地下水，最近几十年里水道渐渐干涸，水位线降低到水道之下后，我们就得到了这个巨大的空间，只需要加固和铺设壁板就可以了。”老大很学术地解说，“从张江镇到陆家嘴到宝山路，这座城市里有多达上百个通道可以进入这个地下防空洞，但只有这一个入口是开放的。”

“用24年给外星人建一个巢穴么？”我喃喃地说。

通过一扇六角形的气密门，展现在我们眼前的空间无比庞大，即便我纵声高呼也不会听见回音，因为声音还未到达对面就已经衰减得听不见了。这绝非单靠人类的力量就能建造的！站在缓缓移动的轨道车上，四面八方都是漆黑的，螺旋状排列的红色灯光闪动在圆形深渊中，金属的横梁和巨型的机械设备把巨大的阴影投射在地下，长达120米的机械臂深入深渊，抓出了枯萎的枝条……或者我应该称那些为“死去的组织”，来自地球之外的神秘生物肌体！

两台轨道车错车而过，军人们同时立正行礼，对方车上的宪兵们都有着苍白如吸血鬼的脸。

“他们中有很多人已经连续两年不见阳光了，太过频繁的出入会惹人怀疑。”将军低声说，“江洋，不要轻易抱怨你的人生，这世界上永远有人比你的人生更加艰难。我们是军人，人民给我们握着武器的权力，我们也承担为人民战死的义务！”

“是！”我立正行礼。

轨道车抵达深渊旁的中继站，中继站是一块圆形可旋转的金属地面。它旋转了90度，然后整块金属地面带着我们一起沉入更深的地下，越来越深……越来越接近真相。

下方就是那些外星生命的寄居所了，我的手心里都是冷汗。

中继站停止了下降，这里的空气燥热得令人不安，我根据下降速度心算了一下，我们在地下大约3公里的深处。据我所知世界上最深的矿洞也只有大约4公里深，是烟台的一个黄金矿。在这么深的地方，可以感受到地幔中岩浆的温度了。

将军把手按在掌纹锁上，沉重的气密门无声地移开。

美得令人窒息的紫色光芒扑面而来，随之而来的还有微凉的风！我呆呆地仰头，望着那些堪称“顶天立地”的巨型生物，它们像是神话中连接天地的古藤，外表跟捕食者的外壳相似，或者说像开裂的花岗岩，裂缝中透出耀眼的紫光。

这个截面为圆形的深渊，“零号窟”，里面就寄居着这样的东西。

它们又分裂出无数枝条，四通八达，有些延伸到闵行，有些延伸到浦东，甚至有些延伸到嘉定，如竹林庞大的地下根系组织，整个上海就坐落在这样一张紫色的网上！

“美国人叫它‘通天塔’；欧洲人叫它‘世界树’；我们最直白，管它叫仙藤。”将军说，“上次来的时候你已经知道了，就是这东西给泡防御提供能源。我们无法确定它是动物还是植物，是一个生命体还是一群生命体，它们快速地生出新枝又快速死亡，机械吊臂负责为它们清理死亡的肌体……和枯萎的花。”

是的，花，这些东西上挂满了形似铃兰的淡紫色“花朵”，缓缓流动的紫光穿行在花蕊之间。

它们便是用这种方式交配繁殖，不断地有新的花以我肉眼可见的速度从细枝上生出。在炫目的繁衍程序完成后，全部零落。通风系统从下往上吹起低速气流，落花随着风势上升，到达最高处之后返身飘落，仿佛一场淡紫色的大雪，随即花朵脱落的地方便会生出新的分叉来。

我伸出手去，花落在我的手心，几秒钟后它的光熄灭了，灰化飘散。

这个生命体的下方是一个巨大的池子，海蓝色的营养液中，那些生而为“信使”的人们沉睡在其中，赤身裸体。他们每人占据一个凹槽，凹槽始终喷着气泡，倒像是在洗冲浪浴。

“高压水流用来帮助他们按摩全身的肌肉，否则肌体会萎缩得很厉害。”将军说。

“嗯嗯。”我使劲点头，还没明白将军带我来这里到底是要面授什么机宜。

“这东西，大概是要死了……”将军望着那株“仙藤”，轻声说。

声音那么轻，可我觉得自己要被震聋了。我赶紧捏捏自己的耳朵，看着将军，意思是老大我莫不是听错了？开什么玩笑？一个能够提供能源撑住无数氢弹级轰炸的生命体，它会死？

将军的嘴角掠过一丝极残酷的冷笑：“不光你不信，市委领导们也不信。可泡防御就要炸掉了，因为为它供能的东西要死了。”

我说不出话来，整个人愣在当场。

“怎么了？害怕了？没有想过我们会失去那层泡泡吧？”将军说。

“想过我也许会死掉……但没想过这玩意儿会死掉，也不信泡防御会炸掉。”

“会炸掉的，理论上存在这种可能，从阿尔法文明给我们的方程式中可以推导出来。在这个生命体临死前，它提供给泡防御的能量会骤然衰减，整个界面都布满混乱的能量流，就像一张肥皂泡上的液体高速向着四面八方流动。最后它就会炸掉，一瞬间释放出全部能量，整个上海都会灰化，没人能活。”

“完全没听说过啊！”我瞪大眼睛，呆呆地。

“我们提交过一份报告提醒上海大炮的负责人，也就是杨建南，我们说上海大炮只能作为一个威慑武器，除非准备与城共亡，否则绝不能开炮！可惜没人相信，甚至没有人听！他们关心的是阿尔法文明什么时候会回来，他们相信那些我们见都没见过的外星人提供的帮助！”将军对空狠狠地砸出一拳，“真他妈的见鬼！”

“可是……上海大炮和泡防御有什么关系？”

将军猛拍我的脑袋：“动脑子。你难道没想过，上海大炮的能源来源是什么？地球上所有的能源形式都没资格给它供能，它的炮火威力等于千万吨级氢弹爆炸！”

“也是……这东西？”我忽然明白了。

将军点头：“是。整个上海堡垒都是根据阿尔法文明提供的设计图构筑的，其中最主要的两块就是泡防御和上海大炮。但这就像一个黑箱，阿尔法文明向我们开放了控制接口，我们知道如何去平衡泡防御和发射上海大炮，却不知道这个黑箱的工作原理。我们经过很多年的研究得到了一个猜想……其实上海大炮和泡防御根本就是一个东西！”

“同一个东西？”

“对，我们的剑和盾，它们其实是同质的能量，来自同一个能量源。上海大炮发射的时候你在现场，你看见了约束场炮火毫无压力地洞穿了泡防御，为什么？因为它们根本就是一种东西，泡防御也是一种约束场，只不过它呈现了薄膜状。”将军低声说，“听过亚瑟王佩剑的故事么？”

“知道一些。”

“亚瑟王的佩剑是湖中圣女赠予的，他同时还获赠了剑鞘。梅林曾问亚瑟说，剑与鞘何者更加珍贵，亚瑟说是剑，梅林叹息说，须知剑虽然所向无敌，但携带鞘的人不会受任何伤害，才是不败的。后来亚瑟遗失了鞘，因此被杀。”将军说，“我们的处境也一样，原本这个生命体为泡防御供能已经很吃力了，强行启用上海大炮，这个生命体越发的虚弱了。我们为了拔剑，失去了盾。”

“这么严重？”

“记得新德里被摧毁的事么？”

“嗯，后来我还给你写了分析报告。”

“新德里为什么会变成一场灰雨？纽约又为什么会陆沉？”将军盯着我的眼睛。

“因为……他们都发射了城市主炮……”我悚然一惊，恍然大悟。

“你猜对了，因为他们反击了，他们用了剑，就等于放弃了盾。现在我们也拔了剑……”将军拍了拍我的肩膀，“正式通知你，你的保密级别是A级，可以旁听指挥部参谋会议。”

“没搞错吧？我还A级？”我满头雾水。

“其实你一直都是A级，我没告诉你而已。”

“什么？”

“你已经知道得太多了，换在古代皇帝当政的时候，是要灭口的。”将军的手掌在我脖子上轻轻一扫。

我还傻愣着。一个预备役中尉，可以旁听指挥部的参谋会议？保密级别为A？那是某些高级军官也挤不进去的绝密级别！别人大概觉得这是种殊荣，可我怎么觉得它更像一个阴谋？我老爹从小教导我不要占小便宜，人家对你太好总要小心。

“明白！一定忠党爱国！”我脚后跟一碰，行礼，事到如今，也只能撑着硬上了。

将军被我这番表决心给震到了，愣了两秒钟：“忠党爱国？让你写个入党申请书都给我拖了半年……”

我挠挠头，没话可说。

将军漫步在那些瞬间盛开、瞬间零落又瞬间灰化的花中：“不光是泡防御和上海大炮，还有捕食者和次级母舰，用的应该都是生物能源，全部都是活体设备。阿尔法文明和德尔塔文明，它们在能量运用的形式上完全相同，和它们不同的其实是我们人类。要打赢这样的战争，人类能依靠什么呢？”

我心说大概只有高呼“爱”或者“希望”之类的屁话了。

“这东西还有多久才死？”我忽然想起这个要命的事情。

“记得那次派你去张江镇检查泡防御发生器么？”将军说。

“记得，能量输出衰减，但找不出原因来。”

“我们有个方程式，根据能量输出的起落来推算这种活体的健康状况，但不精确。我们现在知道它进入了衰老期，但还算不准它的寿命，也许还能撑几年，也许会快速恶化，如果遭遇猛烈空袭，在压力猛增的情况下，它甚至可能猝死。”将军低声说，“那将逼迫我们启动陆沉计划。”

“陆沉？”我狠狠地打了个哆嗦。

“把整个上海沉入地下，刚刚看到那个巨大空间的时候很惊讶吧？那就是为上海下沉准备的空间，地下已经准备了足够的空间来容纳上海市，但是得分裂为一块一块的才行。”将军说，“随着上海下沉，防御界面会从泡状收缩为平面状，面积缩小，强度增加。这个过程就像一个肥皂泡顺应表面张力收缩成一张平面，水膜的厚度就增加了。”

“难怪他们想把纽约沉入地下……”

“如果成功扁平化，泡防御会达到‘元状态’，能量流动非常稳定，能完全防御光流轰炸，对供能活体的压力也会减轻，这样这东西能多活几年。”将军说，“但迄今为止还没有一个城市的陆沉完全成功。”

“陆沉了以后市民怎么办？生活在地下？”

“只能生活一小段时间，然后封闭的上百个出口都会打开，供他们分批撤离。只不过在这个过程中，伤亡难以避免，陆沉会是上海1800 万人的集体噩梦。”

我愣了一下，忽然想起一件事：“将军……你其实早就知道上海堡垒未必守得住！”

“从我重新穿上这身军服那一天，我就做好了这个准备。现在该你们做准备了。”将军把军帽缓缓地扣在头顶，拉低帽檐遮住双眼，转身离去。

电梯重新回到地面的时候，我的手机忽然响了起来，是大猪打来的电话。

“我带个东西给你看，你回宿舍么？”大猪说。

第十二章
CHAPTER 12

ONCE UPON A TIME
IN SHANGHAI

我死死盯着手里那张光盘，蓝色底子上印着漫天飞落的雪花，雪里两个接吻的小人儿，造型老土。

左边印着两个名字，“杨建南”“林澜”，右边印着一行手写体，“我们结婚了”。

大猪在我旁边抽烟，我们一起坐在酒店外的台阶上，外面是微微的小雨。

大猪试图递给我一根烟：“别一副死了全家的样子，只是个样品而已。今天庆功会上，上海大炮指挥部的一个兄弟拿着到处问哪里刻盘比较便宜，要刻 2000 张，估计是婚礼上用作礼物的。我看见了，一把抢了过来。不过既然样品出来了，就是婚礼筹备阶段了，快了。”

我不接烟，把食指插进光盘孔里，举到面前，看着它发呆。

“不回屋？在电脑上看看里面的内容呗。”

“什么内容？”话出口，我才惊觉自己的声音变得厉害，像是风里的烛火一抖。

“好多片段拼起来的一个 DV，很多人都说同一句话，猜猜他们说的是什么？”大猪踩灭了烟头，并不等我回答，“他们说，‘林澜，请你嫁给杨建南吧。'"

我手一哆嗦，光盘掉了下去，一路滚到下水道口才躺下，被汇流的污水冲刷着。

"不看拉倒。"大猪说。

静了会儿，这家伙又点燃一根烟，嘬了两口："那些人一个接一个地出来，有的是军官，有的是战士，更多估计是路边找来的行人，张口就是那句，特逗。都是不同时间录的，有些镜头春光明媚，有些阴雨绵绵，有的在办公室里，也有在路边，还有拍一个刚从飞机上下来的家伙，一口倍儿糙的苞谷茬子味儿，笑两声，说，林澜，请你嫁给杨建南吧。你猜是谁？哈哈，是老路！"大猪顿了顿，叹口气，"你说这孙子早就知道这事儿了，怎么也不告诉你一声？真他妈的不够意思。"

我眼神呆滞地看着大猪，觉得这世上真他妈的没好人了，大家都骗我。

他想起了什么，赶紧举手："哥哥我可不在里面！"

我木然地把脸转向雨幕中。

阴雨绵绵……我真讨厌阴雨绵绵……这雨为什么总是下个不停……总是下个不停……

"真赞！"大猪还在唠唠叨叨，"你不看不知道那个感觉，三江四海五湖的兄弟都给凑一起了，操江西话的说完操福建话的说，操安徽话的说完操广东话的说，还有一个小孩，逗死了，拿着张纸条朗诵，'宁南，请里夏给杨线蓝吧。'亏得杨建南都能搜集到，真用心思。有好些镜头还是战争开始前拍的，准备了很久吧？"大猪沉默了片刻，猛拍大腿，"真牛！我要是女人我也跟他了，这招你能想到么？"

"想不到。"我哑着嗓子。

"就是啊。"大猪摊摊手。

我们都不说话了，静静地坐了一会儿，我站了起来。

"喂，我这支刚点，还剩两口。再陪我坐会儿。"大猪拉我。

"别拉我！我想点事情！"我心里很烦，现在只想有一张床在我面前，我可以平着躺下去。

"还能想什么？"大猪硬拉着我重新坐下。

"你别管……我爱想什么想什么。"

"兄弟，别想了，这个……真是难搞。"大猪抓了抓脑袋，"说真的，林澜和杨建南就是比较配。"

"我去你妈的！什么叫比较配？"我终于忍不住了，爆句粗口才感觉又能喘上一口气了。

"不说别的，杨建南比林澜大六岁，你呢，还比林澜小一岁。"

"别说得跟姐弟恋似的，你以为娱乐新闻啊？"

"没的事，没恋，你还没搭上人那条船呢。可就是姐弟啊！你以为呢？你比林澜小，你还想改档案啊？而且你想一想也知道没可能啊，你说林澜甩了杨建南投了你？别人还不以为林澜疯了啊？你一个中尉，每月各种补助加起来 4680 块，房子是肯定没有，自己吃饱全家不饿，多一张嘴就不知道往哪里放了。"

"我们不都是吃食堂么？"

"我靠！你强！让林澜跟你一起吃食堂！"大猪气得脸都歪了。

"现在怎么办？"

"我苦口婆心到现在你还不明白我的意思？我不是鼓励你勇敢上前再拼一把，我是说，"大猪幽幽地说，"算了。"

"算了……"我也说，低下头去。

大猪默默地抽烟，一直抽到烟蒂，才恋恋不舍地扔在雨里。

“可是……”我忽然抬起头来。

大猪没有听我说下去，站了起来，以他固有的潇洒姿态拍了拍屁股上的灰，走了。我抱着膝盖坐在台阶上，看着空无一人的南京西路，唯一一辆出租车亮着“强生”的牌子经过，车后卷起淡淡的雨雾。

是啊，杨建南什么都是很好的，他真的很配林澜，他们两个在一起那么和谐，好像伏羲女娲，好像太阳月亮。我也相信他很喜欢林澜，我看见他和林澜并肩坐在中信泰富的员工食堂里吃饭，他掏出餐巾纸为林澜把餐具一一擦拭干净。林澜就拿着他擦干净了的勺子低头喝汤，他并不吃东西，只是侧头看着她，我都不敢想那个森冷的男人眼里能有那么多温情流露出来，春雨一般，足以滴滴答答地打落到台面上。

我不知道该怎么做，如果林澜真的跟我在一起，那个铁板样的男人也会很难过吧？他那么喜欢林澜的。

可是……

大猪都不听我说……

可是……我只是想说……我也很喜欢林澜啊……

真难过，爆那句粗口的时候，似乎眼泪都要一起爆出来。

光驱咔啦咔啦作响，随时会散架似的，我想它在读完这张伤痕累累的光盘后就会寿终正寝。睡了一觉起来，我还是没忍住把这东西塞进光驱去，虽然这会打开林澜和杨建南的世界，那是我最不想了解的次元。

“林澜，请你嫁给杨建南吧。”剃着板寸的兄弟站在南京西路和西康路的交口，手拿一摞机票打折卡，满脸春光灿烂。

“林澜，请你嫁给杨建南吧。”扫地大妈斩钉截铁地说，重重地把扫帚往身边一搁。

"林澜，请你嫁给杨建南吧。"扎蝴蝶结的小女孩说，舔了一口手里的麦芽糖。

"林澜，请你嫁给杨建南吧。"

"林澜，请你嫁给杨建南吧。"

"林澜，请你嫁给杨建南吧。"

我猛地站了起来……他妈的为什么每个人都这么说？他妈的你们这些二货跟你们有屁关系你们要来凑热闹？你们不知道谁是林澜也不知道谁是杨建南就敢甩嘴皮子胡说八道？

我一把拔掉光驱数据线。

要是有把快刀在手边我一准儿"噌"一声拔它出鞘，一刀把光驱和光盘砍碎。小时候看《三国演义》，说是赤壁之战前东吴大臣都劝孙权投降，满堂的人叽叽喳喳，只有周瑜站起来说主公你要是打我就跟你打，孙权猛地站起来，一把拔了佩剑当众斩下一个桌角，大吼说都别再劝我投降了，再劝的就跟这桌子一个下场！

小时候不懂那是种什么样的冲动，现在我忽然知道了。

就是这样！强横的气涌到胸口，恨不能把胸口都炸开。拔剑而起一剑斩下一分两半一决雌雄！还说什么？他妈的都给我闭嘴！谁也不要再说下去了！

孙权说："老子要抗曹！"

我说："老子去找林澜！"

"喂！看见林澜了么？"我瞪着眼睛问暄暄，暄暄正捧着一叠文件从 32 楼大办公室往外走，吓得把文件紧紧抱在胸口。

"别挡了！我又不是要非礼你！"我把她手里的文件抢下来，"我帮你送，你告诉我林澜在哪里。"

喧喧一个劲儿地摇头。

"那你自己送。"我又把文件扔还给她。

"喂！"我一头冲进五楼的 SPR COFFEE。

一大帮技术员围坐成圈喝咖啡，正手忙脚乱地收拾扑克牌。

"我靠……不是查你们打牌，有人看见林澜么？"

一群人如释重负，一起摇头，只有一个女孩说："刚才在员工食堂看见她了。"

我大步流星撞进员工食堂，抓住我看见的第一个人问："喂！看见林澜了么？"

胖子提着一大桶几十斤泔水，不知道是厨房打杂的还是大师傅，吓得泔水泼了一小半。

"林澜？"胖子擦了擦头上的油汗。

"你认识我吧？"我指着自己的脸，"就是那个个子挺高，经常跟我们一起下来吃饭的女孩，开始头发是大卷的，后来烫成了直的！"

"你把我搞糊涂啦！"胖子不耐烦地推了我一把，"都快两点了，午饭时间早过了，哪还有人在这里啊？"

我噻，真昏头了，把时间都忘了。

我跑出员工食堂时，阿紫正一溜小跑从便利店里出来，拿着一块巧克力在我面前晃："抢不到来抢不到。"

"喂！看见……"我说。

"林澜是吧？"阿紫一边跑一边扭头，"我没看见，我急着赶电梯，喂喂！谁帮我挡一下门！"

我愣住了，然后看见刚才打牌的一大帮人正从便利店里晃悠出来，每个人都挂着不怀好意的笑容。

整个泡防御指挥部都知道我在找林澜了是吧？好吧，我不在乎，我就是要找她，把这个楼翻过来也没什么！

中信泰富广场真是大啊，这边的常青藤书店、那边的 SPR COFFEE、一楼的 KENZO、五楼的 POSH LIFE、九楼的战备资料室、十一楼的总联络部、二十三楼的后勤总指挥部、二十九楼的总控室……我有点气喘吁吁了，可哪里都没有林澜。

我疲惫地靠在电梯间里，必须得喘息一下了，心脏跳得真难受。

电梯门开了，枯萎的花枝散落在门外。

我愣了一下。这里是 30 楼，不小心按错了，又来到了原来的第一总控制室。我伸手挡住了将要关闭的电梯门，因为听见有人在外面哼着歌。

我走了出去，转过几个弯子，悄无声息地站在林澜的背后。她双手抱在怀里，面对着没有玻璃的巨大落地窗，哼的又是一首我不知道的歌。风从外面吹进来，吹起她的头发。大片的光从窗口涌了进来，几乎要把她纤细的身形吞没。

也不知道过了多久，林澜回头："你怎么也上来了？"

我说："我……"

真是见鬼，我心里嘀咕。遇上这个女人，一定是个劫数，我大学时候可以为饭里的沙子跟食堂大师傅揪打，也算一个很直接的人。可是我每次遇见林澜，都是一个心情，无声无息的很安静。我承认在过去很长的时间里我一直觉得这个女人的存在困扰我很厉害，可每次听到她的声音收到她的信息听见她走路时候低低地哼着歌，所有的躁动不安都会烟消云散。

不管怎么样都好吧，只要这个女人还在我的生活里……我忽然这么想。

“你今天不值班？”

“不。”我摇头。

“不值班还不在宿舍里睡个懒觉，”她掉头向我走来，“我可累了大半天了。”

她走过我身边的时候我忽然抓住了她的手腕。也许是握得太用力了，她“啊”的一声喊了出来。

“你干什么？”她瞪着我。

“你要结婚了？”

林澜愣了一下，那一刻我死死地盯着她的眼睛，想从里面看出什么东西来，无论是阴谋暴露的不安还是凄凄惨惨的离别，得意洋洋的炫耀还是走上不归路的遗憾。

可是都没有。她的瞳子很深却并不明亮，像是有一层雾把一切都盖住了。

她侧头避开了我的视线：“消息传得那么快，你都知道了？”

“连说都不说？”

“定得很急，建南他老爹说他已经升到上校了，也31了，该结婚了。建南就带着戒指来问我可以不可以。”林澜说，“你抓着我的手干什么？”

我不说话，也不松手。

林澜皱了皱眉毛，用另外一只手上来想把我的手掰开。我把她另外一只手也抓住，眼睛眨也不眨地盯着她。林澜挣扎了一下，安静下来。

她忽然发作了，瞪着眼睛对着我大喊：“我今年夏天就要结婚了，你到底想要怎么样啊？”

“我没有想要怎么样？我只是想问问，”我深深吸了口气，“真的非要结婚么？”

这句话要是在别人耳朵里一定以为我是疯了，不过我已经说了我想说的一切了。

“你发神经！”林澜说。

“我只是想问问！”

“你要问什么？”林澜冷笑，“你不是在乎我是不是结婚，只是在乎我跟谁结婚而已！”

她这么说的时候真的是愤怒了，眼睛瞪得那么圆，像是一头生气的豹子。

“你说得对！”

我没法示弱了，玩骰子玩到此刻，盖子已经揭开，胜负已分，不能再摇下去，现在剩下的只是横下心看看结果。

“这跟你没关系，我是个女人，我有个男朋友，他很好，对我也很好，他喜欢我，要娶我，我也想嫁给他，你要我怎么办？拒绝他？就因为有另一个人想追我？”

“很好？什么叫很好？因为他是石家庄陆军学院毕业的？因为他是战斗英雄？他还是中校！哦！不是！已经是上校了！”我喊了起来，“那我该怎么办？祝你新婚快乐么？上校夫人！”

林澜的脸忽然涨红了，她的嘴唇哆嗦着，哆嗦着，最后她猛地挣脱了，双手推在我胸口上：“你去死吧！”

我又把她的手腕抓住：“你别嘴硬！我知道你总说谎！”

“我说什么谎了？”林澜寸步不让。

“我第一次见你你就说谎！你根本没去图书馆你去了火锅店，你在那里浪费时间让体育中心里上百个人等你！那些以为你很好的人根本不懂你是什么样的人！”我说，“可我知道！我是不会信你的！”

林澜忽然安静下来了，她静静地看着我，居高临下，带着怜悯：“那你是不是觉得我请你吃饭、回你的信息都是别有原因的，因为我对你有意思，跟你搞暧昧，或者我干脆是个绿茶，跟谁都搞暧昧？”

我怔住了，呆呆地看着她，也许这些话确实曾经存在于我的心里，但我没法说出来，最后却被林澜说出来了。

“我不愿意去那次动员会，是因为很多人会因为我死掉，我知道我给你们展示的只是军队的外表，实质是每场战争都会死人，军队就是消耗人命来维持运转的机器！”她反守为攻踏上一步。

“我当时根本不想招你，但是我们实在太需要人了，而你的专业确实优秀，我知道你是出于什么样的原因决定入伍的，我觉得我欠了你的！”她步步紧逼。

我怕了我不想听了，我想捂着耳朵逃走。

“我知道你喜欢我，可那又怎么样？喜欢我的人很多，我应付都应付不过来。

“我跟你讲我小时候的事就是告诉你我不是你想的那种人，我不完美，我逃课打架混社会，我的初恋男友也是出来混的，现在我好不容易走上正轨了，我要跟我男朋友结婚，你想我怎样？

“我当时就是想多照顾照顾你！我觉得你总会长大明白事理的！不是有个富家女喜欢你么？去约会啊！去跟她说我爱你啊！缠着我干什么？”

我再也抓不住她的手了，跌跌撞撞地退后，眼前忽然发花，也许是太疲惫，也许是心律不齐的老毛病又犯了。

“压 DV 还是我教你的……”我喃喃地说，感觉像是胸口里所有的热量被一下子抽走了，空旷冰凉。

眼前一片黑，我又听见那些遥远而又接近的声音，林澜，请你嫁给杨建南吧……请你嫁给杨建南吧……请你嫁给杨建南吧……我看到那个 DV，我知道是林澜压制的，是杨建南拍的，林澜把它压制成了结婚的纪念品。

她找我问怎么压音轨，可真是笨，怎么也记不住那些参数和流程，我只好一次一次地重复，怎么切时间……调整参数……怎么合并音轨……最后我说这样吧，我告诉你步骤一步骤二步骤三，你无须知道每个参数是为什么这样调，你只需要一二三四五地做，于是林澜学会了。

我想她趴在她的工作台上低声念叨着步骤一、步骤二、步骤三……一段一段地切出那些 DV 的高潮段落，拼接起来，像是天南海北千千万万的人同声说：

“林澜！请你嫁给杨建南吧！”

我又想起那部叫《致命诱惑》的冷门电影，周三的半价档，我独自坐在电影院里看的。女主角爱上了英俊勇敢的登山运动员，要离开她的同居男友，她回到租住的房子，男友——某个庸碌的胖子——正跷着双腿看球赛。女人下定决心说我要离开你，男人站起来瞪大了眼睛一副不敢相信的样子。当他终于明白一切都无法挽回的时候，他咆哮着发作了说你为什么要离开我你这个婊子你这个愚蠢的女人你欺骗了我，而所有的话在女人面前像是撞上了无形的墙壁。最后他喃喃地说，你为什么要离开我，我每周末都给你买地铁票呢。

真无奈啊。

大猪在他的微博里说，他最喜欢的三部电影是《搏击俱乐部》，因为它讲述了永存男人心中的愤怒；是《燃情岁月》，因为它讲述了永存男人心中的飘离；是《离开拉斯维加斯》，因为它讲述了永存男人心中的颓废。

我现在明白为何当初那场半价电影中唯有那句台词打动我，因为它讲述了永存男人心中的无可奈何。

“对不起……对不起……”我说，我还能说什么呢？

我忽然放大了声音：“对不起！”

“早点说明白就好了……”我深深吸了一口气，掉头就跑，跑到电梯那边使劲拍下行的键。

背后传来脚步声，我一扭头，林澜跟着我过来了，站在十米外。

“那我现在对你说，不要再来找我了。”她说得很轻，但是很坚决，我听不出她话里的语气。

轻轻的一句话，仿佛一粒沙子落地的声音，却又像是打雷。我的脑袋里嗡嗡作响，一种像是从每个血细胞里渗出来的疲惫正在沿着我的血管流淌，我想坐下去好好休息一下。

落幕了，终于落幕了。

我站在那里，和她对视。电梯来了，“叮”的一声，我转过身，走了进去，她并没有跟进来。

我趴在冰冷的橱窗玻璃上，盯着那双带白色绒毛边的靴子，呼出的气在玻璃上结出白雾。女店员从东侧开始逐步关闭整个商场的灯光，阴影逐步向我逼近，她最后站在我旁边，用眼角余光瞥着我这酒气熏人的家伙：“喂！别看了，关门了！”

“等会儿……等我……等我站起来。”我双手扶着玻璃，努力想站直了。

她不由分说地把橱窗的灯光也关了：“快点！看你也是部队的，

小心通知你们领导！”

“部队的……也是人啊，买东西不行啊？”我觉得脑袋真重，快要把脖子压断了。

“你买什么？靴子？5700，就这一双了，你买？你每月多少钱啊？”女店员从鼻孔里狠狠地喷出两道热气。

“帮我包起来。”我把一张卡扔出去，“36的对吧？上次也是你跟我说的吧？”

“信用卡？信用卡不给用了。”女店员捏着卡，有点狐疑。

“不是，储蓄卡，我存的钱。”我的声音低落下去，“不过现在不想存了……”

几分钟后她提着纸袋出来，塞在我手里，把卡还给我，又让我在一张小纸上签字。

“送给女朋友？是要结婚么？”我步伐蹒跚地离去，女店员在背后说，声调柔软了许多，“那祝你们幸福。”

如今在上海大手笔买奢侈品当礼物的男孩，大概都是要结婚吧，她这么猜很自然。

可我猛地回头，恶狠狠地看着她，目光凶得能杀死一头恐龙。

醒来时我躺在锦沧文华酒店11楼的宿舍里，眼皮真重，胃里一阵阵地痉挛。

听见我的动静，围坐在旁边打跑得快的四个兄弟同时一脚踢开椅子，围到床边来看我。

大猪那张刮骨脸第一个在我眼前闪：“总算醒了，否则你就创纪录了你知道不知道？泡防御指挥部第一个喝酒醉死的人！”

二猪二话不说把一份东西塞到我手里：“来来，看看！”

我硬撑着瞪大眼睛，逐字逐句地读手里那张纸。

尊敬的指挥部各位首长：

本人江洋，对于日前在中信泰富指挥部办公地发生的酒后闹事经过深刻反省，做出如下检讨：

作为一名服务于国家、服务于人民的解放军预备役部队军官，我没有深刻理解自己的神圣职责，把个人的情绪凌驾于集体利益和国家安危之上，置组织纪律于不顾，无视领导和同事的信任，闯入泡防御指挥部大办公室，高声喧哗、借酒滋事、毁坏公物、侵害同事……

在此，我表示深切的检讨和最真挚的歉意，即使用忏悔二字，也无法形容此刻我内心的难过……

我按住胸口，喉咙里“呕”的一声。

“真有那么恶心？”二猪拍着我的背，疑惑地看那张纸。

“胃里的东西没吐干净……不是你写得恶心……”我干呕了几下，最终没吐出来。

毫无疑问是二猪仗义帮我代笔的。这是地道的“二猪章法”，大猪读书太多有点小文艺，写的东西老大都看不懂，总疑心字里行间是在骂他；二猪则是条朴实的糙汉，动起笔来一贯情真意切字字刻骨，每次看他的检讨我都觉得这人从灵魂上厌弃自己，期待阳光下的新生。

不过下次他该犯错误的时候还是照犯不误。

“我闯入指挥部大办公室了？”我按住额头。

“没说的，你一脚踢开大门，起一个势，当庭一声吼！知道的说你是喝醉了，不知道的以为你鲁智深醉打山门！”大猪击节赞叹。

“毁坏公物？”

“这倒不算啥，你拿了暄暄的茶杯，以为是酒杯，狂灌一口，一把把人杯子给砸了，好像你帐后埋伏着几百刀斧手，碎杯为号要杀人。”二猪说。

“侵……侵害同事？有么？我侵害谁了。”

二猪蛮自豪：“这是我的春秋笔法啊，就差写你性骚扰了！你先跟阿紫热烈拥抱，然后按着人家的双肩非要人家坐下来听你说一句话，我们大家好期待啊，都围着你等着听呐，结果你屁都没有说出来就咣地倒下去了。”

“阿紫……”我头大如斗，要是欺负了暄暄还好说，阿紫太能唠叨。

“高声喧哗这也算一条啊？”我说。

“问题是你喊的内容……”大猪幽幽地说。

“我喊反动口号了？”

“没，你说，”二猪低着头，跟背课文似的，“让林澜去死吧……”

我呆呆地坐着。是啊，我喊了，我记起来了，就像在一望无际的黑暗里，你要喊点什么证明自己还活着。

“来，签个字！”二猪把笔塞到我手里。

我晕晕乎乎地在检讨上鬼画符，然后一头栽进枕头里。

第十三章
CHAPTER 13

ONCE UPON A TIME IN SHANGHAI

“嗨，听说没有？第一指挥部和第二指挥部都往地下搬了，所以才把我们挪到这边，那边正在打包设备。是不是怕地面指挥部顶不住啊？”

“上级的事情，我们少管，再喝一杯！”大猪挥舞着咖啡壶。

“哥哥，饶了我们吧，真不敢打盹了！”二猪苦着脸，使劲摆手。

“那再休息十分钟回去，无论如何，撑过今夜！”

大猪刚泡了一壶苦得让人想吐的咖啡，逼着我和二猪一人灌了一杯，否则我俩现在哪儿还能说话，给张钉板床都能睡着。这是我们连续值班的第 36 个小时，前所未有的高强度工作。

这里是位于金贸大厦的第三指挥部，77 楼，我们仨坐在窗外的脚手架上，下方就是一度锦绣繁华的陆家嘴。如今亮着灯的只剩下上海电视塔，也不是为了装饰夜景，而是方便战斗机在夜里确认位置。

夜风幽幽地吹着，带着一股槐花的清香，在封闭空间里待久了，对这种极飘忽的微香越发敏感。静谧的香让人想就此沉沉睡去，偏偏身体里的高浓度咖啡因作怪，疲惫至极的脑神经里似乎还有一根是绷紧的。

上海泡防御指挥部有三个分部，中信泰富的第一指挥部，恒隆广场的第二指挥部，还有陆家嘴金贸大厦的第三指挥部。其实三个指挥部的职能都是一样的，是三个拷贝，一个出了问题，另一个立刻可以补上。

“出了问题”，原本的意思是“设备瘫痪”，现在则指“被摧毁”。

按常理我们这种重要部门应该被安置在地下防空洞里，但最初我们对于泡防御太自信了。而且要是泡防御部门都躲在防空洞里，那老百姓怎么看？

但德尔塔母舰的轰炸方式在短短的几个月里发生了根本性的变化，从毫无目的地倾泻能量转为定点打击。浦西的第一和第二指挥部已经成为它们的优先目标。如果二猪说的是真的，指挥部决定迁入原本就已经很拥挤的地下防空洞，那么高层已经很忧虑了。

不过就像大猪说的，我们这些算泡泡的，管不得那么多事。

远处隐约可见星辰闪耀，那是什么，从地平线上升起的猎户座么？我的视野有些模糊，漫天星空就像万花筒……我响亮地扇了自己一个嘴巴，真管用，脸上火辣辣的痛瞬间就让人清醒了许多。

我把最后一口凉咖啡灌了下去，起身：“走！回去开工！”

“你没事儿吧？”大猪跟着站了起来。

“没事，这几天挺好的不是？”

我是真心觉得这些天过得还不错。

其实生活也就是这样吧？这个世界上，无所谓谁不能没了谁，就让日子这么过下去吧。

很多年后林澜也会变得眼皮下垂花甲黄昏，我和她各拎着一只菜篮在市场里买菜，错身而过，微微点头致意，我也许还会问候说你家老杨身体还好么？那时候再说起很多年以前我们发神经一样决裂，会不会觉得很可笑？

“你别硬撑。”大猪拉了我一把。

“真的没事。”我甩开他。

二猪也站了起来，发了几秒钟的呆，也狠狠地扇了自己一个嘴巴。

“你也发神经？”大猪惊诧莫名地看着他，“你暗恋的妞儿也要结婚？”

“我也发困而已……”二猪耷拉着脑袋。

“瞧你这点儿出息！”大猪作势要去拍他的脑袋。

凄厉的警报声如一柄破风而来的快刀，切破了死沉沉的气氛，回旋的红光让人一瞬间把困倦和烦心事都忘到爪哇国去了。

大猪的手停在半空中，二猪双肩一振胸肌暴突。

我们三个连滚带爬扑回各自的工作台边，刚刚扣上耳机就听见阿紫在频道里大喊：“各部门预备！各部门预备！ 175.45 度，45 千米，大量目标出现并急速逼近！”

阿紫现在坐在整个楼层最核心的中央控制台里，被机柜和电缆包围，工程部的同事们在她的座位周围焊起了格子状的铁架，里面插满刀片式服务器和 PS4 芯片。

这是美国人新搞出来的技术，在这个处理器产能不足的年代，PS4 里的芯片是很好的替代品，消息一出，众多宅男都踊跃捐献他们的游戏机。

我从铁格子的缝隙中只能看见一双修长的手在键盘上高速跳跃，看不见脸……让人觉得好像还是林澜坐在那里……如今阿紫是协调员，负责分配任务给我们这些技术员，而前协调员林澜被一纸调令调去了第二指挥部，我“鲁智深醉打山门”之后再没回过中信泰富大厦32层，而是跟第一指挥部一起奔赴金贸大厦的办公室。第二指挥部又占据了原先第一指挥部的位置，有人说林澜还坐在原先的位置上，但我是看不到了。

大概是老大的手腕吧？显然他觉得我再和林澜共事对大家都不好。有传闻说林澜很快就要调离泡防御指挥部了，因为她就要结婚了，已婚女性不适合在一线工作。

我高声骂了一句：“他妈的！去死！”

现在不是想到她的时候，必须把那个在窗上写画的女人的影子赶出我的脑海！

每个人都听到了我这声喊，不过没有人理我，就在我吐气发声时，第一道光流已经轰在泡防御上了。

“1号缺损，缺损度48%，危险级别B+，13号、15号操作员执行修复。”

“明白。”我和大猪的声音同时出现在公共频道里。

我是15号，大猪是13号。

“2号缺损，缺损度36%，危险级别C，7号、9号执行修复。”

“3号缺损，缺损度72%，危险级别A，4号、17号、23号、24号执行修复。

屏幕一角的健康监控界面上，我的心跳频率在急速升高，心电图和脑电图的波纹激烈震荡，肾上腺素的水平已经飘红。我全身肌肉绷紧，便如无数扯紧的弓弦，其他人也都一样。

这是一次大规模进攻，雷达显示至少有30艘次级母舰集中在175度角的方位，实际数字应该远不止，有些次级母舰和月球轨道上的超级母舰一样，具有全隐身效果，例如上次那艘巨无霸，直到它发射，我们才知道它在哪里。

好在如今第一指挥部的核心技术员都集中在了这里，大猪二猪和我都对技术很自负，泡防御界面的能量流还算稳定。

我偷空往窗外看了一眼，紫色光流溃散后向着四周飞速流溢，最后溅落在泡防御圈外的土地上，爆发出沉雷般的轰鸣。

“准备迎接冲击！强度D +，倒计时10秒！”阿紫低喝，下命令时她的声线冷硬得像个男人。没法想象这就是我熟悉的那个爱吃巧克力爱耍娇憨的妞儿，打帝国时总是大喊说江洋江洋快点出兵来帮我踩大猪。

我的思绪被扯了回来，雷达界面上，还是175度方位，一个强到不可思议的能量峰闪烁红光。

“见鬼！”我说。

“又来了！不要在公共频道里骂街！”大猪大吼，“我们都想骂！忍一忍！”

真叫我猜中了，那群次级母舰中藏着一个大家伙，跟上次那艘巨无霸一样。它一直在等待时机！

“9！8！7！”阿紫倒数。

“局部能量反应急剧升高！”

“函数流系统正常！”

“6！5！4！”

“弹性防御开启！”

“后备能源储备完毕！”

“3！2！1！”

我迅速调出那张马鞍形的等势面图，跟上次一样，骑枪般的凸起迅速上升，尖锐凌厉。不同的是，围绕那个凸起出现了一个巨型螺旋，能量汹涌，形成湍流。

“蓝海战术”！奏效了！

这是新战术，把拆东墙补西墙的思路发挥到了极致，但也是极危险的战术。我们抽提其他区域的能量，集中在冲击点去对抗光流，其他区域的能量密度自然就很低，天知道这一刻多少个孔洞同时出现在天空里，原本铜墙铁壁般的泡防御此刻就像是张筛子。

“危险解除！”阿紫说。

尖刺迅速下降，能量开始回流到其他区域去。根据上次的经验，距离下一轮开火还有至少一分钟，好歹可以喘口气了。

我靠在椅背上，喘着粗气，心跳频率还是居高不下，胸膛里像是在打鼓。

“江洋你的健康状态报警了，休息一下。”阿紫说。

我没有拒绝的余地，她立刻掐断了我工作台上的数据流，屏幕黑了下去，我被强制进入休息状态。我站起来，头有点晕，跌跌撞撞地往窗户那边走，想呼吸一点新鲜空气。

一滴水从我眼前坠落，地毯上冒起一缕淡淡的青烟。

我愣住了，虽然还没想明白这是怎么了，但恐惧占据了我的整个脑海。我一步步后退，这场景太熟悉了，我在什么地方见过类似的场景。想不起来，该死！想不起来！

天花板上也有一块小小的湿迹，不过指甲盖那么大，一滴水挂在上面，略带黄绿色。它再次滴落，依然打落在刚才的位置，被灼烧的地毯泛着淡淡的焦煳味道。

湿迹越来越大，头顶传来似乎很远又似乎近在眼前的“空空”声。我从喉咙深处发出低低的吼叫，如恐惧的野兽！

“闪开！”我纵声咆哮。

可是没有人注意到，这帮疯子已经完全进入了工作状态，降噪耳机也足以隔绝一切声音。中控台的阿紫觉察了我的异状，我拼命地对她挥手，她急忙去摘耳机。

已经来不及了，我扑出去把一身排骨的大猪抓起来。大猪吓到了，妈的这糙汉摆出一副姑娘被凌辱前的姿态，推着我的胸口抗拒。我二话不说一个嘴巴抽在他脸上，用尽全力把他推倒在墙角里。

我只来得及救大猪，在我推开大猪的同时，整块天花板坍塌了，一只有着花岗岩皮肤的“巨型蟑螂”落在地上，挥舞触手瞬间套住了周围工作台上的几名技术员。熟悉的场景重现，触手抽紧，男人的胸膛塌陷下去，甚至来不及哼一声。

捕食者！

刚才实施“蓝海战术”的时候界面上出现了孔洞。尽管是千分之一的机会，但被这东西抓住了，它穿过孔洞，降落地点是金贸大厦的楼顶。短短一分钟里，它凿通了十几层楼板，直接侵入第三控制中心。

这只家伙出奇的小，像是为这次突袭量身打造的。它那硕大的眼睛开合了一次，确认了周围的环境，闪电般蠕动着前进。这是个很奇怪的画面，它确实是蠕动着，可快得像是眼镜蛇的进攻。一名技术员推开椅子想要闪避，可擦身而过的瞬间，他忽然断成了两截！

我想到了那东西的“脚趾甲”，锋利如刀！这只捕食者便如一个藏着怀刃高速突进的忍者！

它所到之处，所有人尖叫着逃离。它几乎没有遭遇任何阻碍，直扑中控台的阿紫。有个技术员想阻拦它，手里没有家伙，只好举起显示器砸了出去，可捕食者就像是武林高手接飞镖似的，一根触手扬起，轻松卷住了显示器，显示器像块豆腐那样分崩离析。

阿紫脸上惨无人色，她也想逃走，可是来不及了，她的位置在几排服务器中间，只有一个狭窄的出口，出口位置已经有一条触手横在那里了。触手搭着左右的铁支架，把铁架拉弯，铁架变成了一个牢笼，彻底困住了阿紫。

我站起来，抄起一张椅子就想往上冲。

“别傻了！就靠这玩意儿你救不了她的！”大猪一把扯住我。

“怎么也得试试！难道看着阿紫死？”我想把大猪甩脱。

“怎么也得拿把刀吧？”大猪从自己的工作台里抽出把西瓜刀，空挥两下霍霍生风，满脸凶相就要往上扑。那还是前几天发西瓜，暄暄上街买回来的。

我的哥欸……你那家伙事管事儿么？好比去跟犀牛搏斗，我拿着橡皮你拿着卷笔刀，区别大么？

整个办公室忽然安静下来了。

捕食者居然停下了，依然挥舞触手保持进攻姿态，却并未扑向阿紫。这感觉就像一部动作电影，放映中忽然卡死在某个画面上了，大家的喘息声此起彼伏，还有嗡嗡的风扇声……风扇声……为什么会有那么大的风扇声？我意识到有什么更可怕的事正在发生。

我大着胆子前进几步，发现所有服务器的绿灯都高速闪动起来，它们的风扇全部开动，这是满负荷运算的状态。

那些触手的尖端刚搭上一台服务器就立刻黏上，迅速地新生出粉红色的肉质触手，像是柔软的海葵。看似幼嫩的触手又释放出无数细丝，细得肉眼几乎无法分辨，像蛛丝一样迅速地包裹起服务器，从通风口渗透进去。

“我操他妈的！这东西在读硬盘！”大猪大吼。

我哆嗦了一下，心里透亮。这东西不是为了杀我们而来，它是为了泡防御系统，它要读取我们的核心资料，里面藏着阿尔法文明留下的某些东西！

二猪飞起一脚踢碎消防窗口的玻璃，抄出两柄消防斧，扔了一柄给我，举起另一柄用尽全力砍向一根触手。那气势是沉香劈山，那表情是电锯狂魔，一对胸肌在军服下震荡起伏。关键时刻骚货居然非常沉毅，我掂了掂斧头跟着扑上，全力砍在另一根触手上。

手感像是砍中了橡皮，消防斧被弹开，触手上留下了一道二十厘米长的伤痕，黄绿色液体飞溅，令人窒息的酸气扑面而来。我跳起来闪过，再看消防斧，已经没有刃口了！

跟上次那只捕食者一样，这家伙身体里都是这种可怖的酸液。

惨叫声从背后传来。我猛地回头，看见一个技术员抱着头原地转圈，满脸都是黄绿色的黏液，地下有一柄消防斧和一根被斩断的小触手，正扭动着喷洒酸液。那兄弟转了两圈靠在墙壁上，一低头，头掉落下来，滚动着露出了白骨。

“别愣着！”大猪大吼，“不能砍它就砍服务器！”

我骤然清醒过来，和二猪分头扑了出去，首先敲碎工作台边的机箱。这些计算机的硬盘里同样存储了海量的保密信息。我一斧头劈开一个机箱，跟上一斧头把硬盘砍成两半。二猪的手法跟我也差不多，周围同事也纷纷醒悟过来，踢翻自己周围的计算机，举起椅子就往机箱上砸。

一斧子劈开机箱，一斧子敲掉硬盘；再一斧子劈开机箱，再一斧子敲掉硬盘；我机械地进行着，像是一个忘我的樵夫。我们在跟捕食者抢时间，多抢一秒钟就能抢回很多资料，最电子化的资料要用最原始野蛮的方式来抢夺，科学技术还真跟我们开了一个大玩笑。

“傻逼啊你们！”大猪一巴掌拍我背上，“用得着那么费劲么？砍掉电源就可以，没电了我看那东西还读个屁的盘！”

“废话！它自带电源！你自己看看那边的服务器！”我指向中央控制台。

阿紫站在机柜中央，手里拿着主机电源插头，可所有硬盘的绿灯还在发疯一样狂闪。

“见鬼，还是个电鳗！”

我猛拍脑袋，摸出手机来：“熊嵩！77楼呼叫支援！它们在攻击服务器！远程武器！我们需要远程武器！”

如今是熊嵩他们那个宪兵小队负责第三指挥部的安全，事发之前他们下楼巡逻去了。

“我们被困在电梯里了！有什么东西控制了电梯！等我们把门弄开！”熊嵩的声音显得气急败坏。

“砸开撬开炸开！得快！中控台快要保不住了！”

“阿紫怎么样？”熊嵩问。

我一愣：“现在还没事！”

熊嵩立刻挂断了电话。

一阵密集的枪声，无数弹孔出现在办公室的门上，大门被人一脚踢开。冲进来的都是穿黑色军服的特别宪兵，熊嵩冲在最前面。

“怎么那么慢！”我大吼。

“落下来的有两只，还有一只堵在电梯门口，我们出不来。”

“还有一只？搞定了？”

“一个兄弟把微型汽油弹塞它嘴里了。”熊嵩神色狰狞。

“毁掉全部的服务器！”大猪瞪视熊嵩，“它在读取硬盘数据。”

阿紫看见宪兵，动了一下，似乎想从触手和铁架组成的牢笼里冲出来。熊嵩抬眼，和她对了一下眼神，伸手示意她不要硬闯。

熊嵩挥挥手，阿紫退出去贴在一侧的墙壁上，熊嵩和他的兄弟们同时举起微冲，对着铁架上的几百台服务器扫射。不愧是特别宪兵，控枪的手极稳，子弹完全避开了阿紫，掀开服务器外面的铁皮，洞穿CPU和硬盘。火花四溅，硬盘灯一一熄灭。

捕食者察觉了，忽然把整个身体贴在机柜上，把最后一组服务器挡住了，子弹跟着倾泻在它身上，可它根本无所谓。枪声停息，硝烟弥漫，空气中依旧充斥着风扇的嗡嗡声。

“怎么办？”我的声音颤抖，“你们带重武器没有？”

熊嵩恶狠狠地揪住我的衣领：“什么重武器？火箭筒？连人带机柜带捕食者一起炸掉？”

我知道自己说错话了，用重武器的结果是阿紫给捕食者陪葬。这东西困住阿紫的目的是……当作人质！

“我去把右侧铁架砍断，你们帮我吸引那东西的注意力，”大猪忽然踏上一步，手提一柄修长利器，“捕食者不能砍，铁架总能砍！”

他手里的居然是柄手工锻造的大汉剑，煞气满点。

“哪儿搞来的？”我吃了一惊。

“快递早上送来的，不知道哪个骚包货淘宝上买的工艺剑。”大猪深呼吸，为下面的发力做准备。

“原来你收了，我买的，八千多块嘞！”二猪一拍大腿。

“八千多块买这玩意干啥？”我瞪着他。

“你管我！我乐意！没它怎么救阿紫？八千块买得多值！”二猪伸手要去抓剑，“不过砍完准废了，大猪你让我来，我八千多块花了总得爽一把。”

大猪手上的剑忽然没了，被熊嵩劈手夺过！熊嵩矮身冲了出去，直扑铁架右侧。

“不要！”我和阿紫同时喊了出来。

论体力，熊嵩肯定是我们这帮人里的头牌，但他不了解捕食者。根据复旦生物所研究那具尸体的结果，捕食者对移动目标的敏感度远超过对静止目标。大猪的本意其实是悄悄接近，熊嵩却想靠速度。

熊嵩的速度惊人，捕食者的反应也惊人。触须鞭子似的抽打过来，连续几次擦过熊嵩的军服。不过这家伙毕竟是海军特种兵出身，连续翻滚，连续闪过。

警报声凄厉地响了起来，红光卷过整个大办公室。

“轰炸倒计时……”大猪喃喃地说。

我和二猪都傻了。我们几个忙着拯救数据，却忘记了最可怕的事，天空中高悬的次级母舰并未离去。它们的主炮仍在积蓄能量，预备下一轮光流轰炸。

“怎么办？”二猪问我和大猪。

我们两个人摊了摊手，现在我们连工作台都没了，彻底束手无策，核心技术员们如今有一半缩在墙角里瑟瑟发抖，还有一半死在酸液、触须和“趾甲”下了。

“它开始脱落了！”二猪指着捕食者。

缠在硬盘上的触手开始脱落了，先是丝状物断开，而后粉红色的新生触手极快地萎缩，最后整个触手脱离。那些硬盘的绿灯也同时熄灭。

“它要读完了。”大猪说。

他沉默了片刻，转身对角落里的兄弟们大喊：“撤离！全体撤离！”

大家都吓傻了，听了他的话才如梦初醒般跳了起来，不顾一切地涌向了紧急通道。大猪自己站在那里没动，我和二猪愣了一下，也就跟着他不动。整个大办公室瞬间清空，捕食者的触须还在不断脱离，每一次脱离都意味着时间的减少。

我不能肯定，但我猜这玩意儿有飞行能力，它和高悬在天空中的次级母舰也一定有通讯联系。它很快就要带着信息离开，而后光流以高得可怕的光压把我们彻底抹掉。

“我们不走？”二猪问。

“没用的，”大猪不看他，而是盯着缩在角落里躲避触须的熊嵩，“77楼，电梯被破坏了，从紧急通道撤离无论如何都来不及。”

“那你……”我心头猛跳，扭头看着大猪那张线条生硬的瘦脸。

是的，逃也没用，从77楼往下爬楼梯，无论如何都来不及。警报声越来越凄厉，我们可能只剩下几分钟时间。大猪所谓的“全体撤离”，只是把那些兄弟送上了一条不归路。

“我是突发状态的全权队长！”大猪掏出一份皱巴巴的文件，分别向我和二猪出示，末尾是指挥部的红章和老大的签名，“别让太多人干扰我们，把笔记本都拿出来！”

我们一直猜想我们中有一个人会在老大不在而情况紧急的关头顶替老大，却没想到是这厮。也只有这种人会把那份重要文件跟出租车票一起皱巴巴地踹在口袋里。

我和二猪都愣了一下，立正向这位临时指挥官行礼，然后一齐冲到储物柜边，取出了移动工作站。那是笔记本一样的黑色匣子，或者说就是台厚重的笔记本。

我打开蓝海战术的页面，二猪则直接进入修复程序，监测数据从我这里不断流向二猪。随着他的修复，泡防御界面上的高危红色区块开始收缩。

“只要顶住这一轮轰炸，他们就有机会逃到楼下去！”大猪没有帮我们，只是死死盯着自己的屏幕，“他们是死是活，要看我们够不够快。”

“是！”我们两个同声回答。

我们在拼抢每一秒，也许精确到毫秒。刚才可能把额头给擦伤了，血流下来模糊了我的眼睛，我用袖子抹去，火辣辣地痛。

“是说我们要死了么？”二猪操作键盘，并不抬头。

我没回答，他应该是在问大猪。我觉得我已经理解了大猪的计划，我们三个留下，也许还有机会做完一次平衡，挡住一轮光流轰炸。但不可能有第二个机会，我们争取来的几分钟足够那些兄弟跑下楼去。可我们想要逃生，同样得从 77 楼跑下去，而我们往下跑的时候，这里已经没有人为我们顶住了。

“没那么容易死！”大猪紧紧抿着嘴。

他站了起来，去一个倒塌的储物柜里摸索。一会儿，他提回了三具机械，看起来是带着钢丝滚轴的滑轮组。他跑到我背后蹲下，掀我的上衣，扯我的皮带。

“这生死关头你到底想干甚啊？”我不回头，没时间回头。

“咔哒”一声，一个冰冷的玩意儿扣在我的皮带上了。

“速降索具，扣在皮带上，另一端扣在固定物上，然后就打碎玻璃跳出去。这东西在高速时会自动抽紧，降低下降的速度。”大猪说。

“怎么还有这玩意儿？”

“没好好读《安全手册》吧？这其实是标配的安全设备，”大猪转过去，在二猪的腰带上扣索具，“专门用于高层建筑的快速撤离，77 楼下去大概只要 40 秒钟，学过跳伞吧？记着落地怎么放你们的腿，否则你的腿骨会断掉。”

他扭头去寻找可靠的固定物去了，蓝海战术的软件进度条已经到头，系统开始抽取不同区块的能量，汇流过来修补缺损。监视屏幕上，高空中那个极度危险的能量点红得令人畏惧，像是一颗即将坍塌成黑洞的晚年恒星。

“30 秒倒计时。”有人在我们背后轻声说。

我浑身哆嗦了一下，转过头，隔着密密匝匝的铁架，透过刀锋服务器的空隙，看见了阿紫苍白的脸。她看了我们一眼，把视线移回中控台的屏幕，她没有切断中控台的电源，因为那直联广域雷达网。只有通过广域雷达我们才能精确定位空中的次级母舰，推算每一次光流轰炸的时间。

“29。”阿紫说。

熊嵩双眼血红，他距离阿紫很近了，只是被纵横的十几根触手拦住了。他徒劳地举着汉剑劈砍触手，军服上沾了星星点点的酸液，丝丝缕缕冒着白烟，脚边有几条被斩断的触手，二猪买的高价刀剑果然不是吃素的。

但就算熊嵩握着的是干将莫邪，也斩不开一条路把距离他不到一米的阿紫拉出来。

“能够顶住么？”我问。

二猪摇了摇头。

“28。”阿紫说。

“撤离！”大猪猛地站了起来，指着我和二猪，“你们两个，撤离！”

然后他从屁股后面摸出一把鱼皮鞘的唐刀来，拔刀，掷鞘于地，满脸要刺皇帝的决然。

“我定的唐刀也到货啦？”二猪先是惊喜，而后大惊，“别那么玩！你不是熊嵩！”

大猪根本没搭理他，掂了掂唐刀，猛冲向中控台。大猪练过两天剑道，这一下“左袈裟”劈得像模像样，透着十二分凶狠。几乎同时熊嵩也动了起来，把汉剑投掷出去，砸在捕食者头上，掏出手枪对着它不间断地射击。

唐刀斩在触手上，立刻被弹飞。二猪说得没错，大猪不是熊嵩，身体瘦弱得跟条腊肉似的，架势再猛也没用。

捕食者似乎也很清楚这两个对手之间的差异，随便地把大猪抽了出去，身体猛然向熊嵩弹动。熊嵩刚刚扑上去拾起唐刀，忽然整条腿落了下来。鲜血暴溅，他嘶吼着倒地。大猪抓住机会恶狗般扑出去，豁尽全力把熊嵩拉了回来，扔在我怀里。

“带他走！”大猪冲我吼。

可怎么带他走？一套索具很难承受两个人的体重，我们只有三套索具，大猪二猪和我各一套。要是多个阿紫，我们还能冒险一试，阿紫体重 90 斤，熊嵩剽悍得很，200 斤，少掉条腿算他减了 20 斤，还比阿紫重一倍。

我狠掐熊嵩的大腿想帮他止血。

“是要帮阿紫搞机票？”我问，头也不抬。

“还能帮谁搞？”熊嵩的嘴唇惨白，因大量失血而哆嗦。要换一般人早晕过去了，他还死死地盯着机柜里的阿紫。

“20 秒。”阿紫对他微微点头。

大猪开始解自己腰间的索具了，他隔着那些触手和铁架看阿紫，阿紫对他使劲摇头。

我愣神的工夫，熊嵩那双钢铁一样的手忽然抓住我的肩膀。他单腿站了起来！

他抓起一张椅子，掷出去砸碎了玻璃，同时用力把我推了出去。我跌跌撞撞地退了几步，摔出了窗口，二猪已经站在窗边了，咬牙和我一起跃出。

我滞留在空中的瞬间，看见阿紫捡起熊嵩落下的手枪。

“15 秒。”她似乎是这么说的。

这是我一生中最后一次看阿紫，那一刻她左手握枪对准面前硕大的眼睛，扣动了扳机，右手则举起铁锤击碎了防护玻璃，拉下了红色的“D”操纵杆。她的神色镇静，长发飞扬，真是漂亮。

D，Destruction，毁灭！

我急速下坠，看见第三个人被抛了出来，那是大猪瘦瘦的身影。

77 楼爆炸，火光四散飞涌，这栋大厦像是在半腰围着一条火红的带子。

捕食者最终没能带着那些资料逃脱。

我们落在地面上，不顾一切地往前奔跑。天空尽是紫色，光流直接轰击在金茂大厦楼顶。大楼从上往下噼啪一阵低鸣，像是武林高手爆响全身骨骼似的。

一又四分之一秒后，这座金属外框的大厦化成了细灰，甚至没有一颗螺丝钉砸在我们头顶。

它毁灭了，如一朵花的盛开。

太阳升起来了。

距离废墟不到 200 米的医护棚外，二猪和我并排坐着。

“你在想什么？”二猪说。

“你知道那天我想对阿紫说什么吗？”我扭头看他，“我想说我爱你。”

“没想到你俩还有这么一出啊，你不是只爱林澜么？”二猪说。

“不是你想的那样……”我轻声说。

回到那个喝醉酒的夜里……

“阿紫我……”我其实记得那一幕，我按着她的肩膀说我有话要对你说。

我是真的想说“我爱你”，不是我想跟阿紫说，而是想说明这话其实很廉价的啊，林澜你真的需要那一句廉价的话么？那行！OK！没问题！我随便找个人就能说，比如阿紫。

但那个瞬间脑子里像是过电一样，区区三个字就是不能出口，阿紫抱抱我拍了拍我的背，跟哄孩子似的，疲惫、眩晕和温暖一起直冲上顶门，我就失去了意识。

“要不是看你喝醉了，这么说会死的哦！”阿紫事后跟我说，“我家哥哥要是知道了，你就完蛋了。”

“就你这傻妞还有男朋友？”我羞臊地混过去了。

阿紫再没跟我抱怨这事，我们照旧一起打帝国，没见什么膘肥体壮的哥哥来“找我谈谈”。

好了，现在结束了，再也不用玩帝国了，因为实力平衡不了。大猪和二猪加起来比我强，他们中任何一个又打不过我，我们永远三缺一了。

“江洋你要撑住啊！等我出了马木留克，就去踩大猪！”我好像又听见阿紫的声音了。

真笨！马木留克是黄金兵，死费钱的！等你出了一队马木留克，人家的长弓手都满两队了……

一个每天出现在你生活里的女孩，你对她习以为常见惯不惊熟视无睹，她穿裙子你不会赞美她的腿好看，她嘴上起包你也不会问上不上火，你心情恶劣的时候想拿她当练习说爱的靶子，打游戏的时候带游侠欺负她家的基地，你大声嘲笑她笨蛋……

OK，现在笨蛋没有了，你爽了吧？

我们沉默了很久，二猪忽然抱着头放声大哭起来，我一辈子没见骚货那么伤心。

我扭头看着远处，大猪静静地站在废墟前，他已经在那儿站了三个小时。

第十四章
CHAPTER 14

ONCE UPON A TIME IN SHANGHAI

上海堡垒地下防御工事，惨白的灯光，墨绿的会议桌。

我第一次见那么多的高级军官围坐在那么狭窄的会议室里，上校中校的肩章比比皆是。泡防御指挥部的核心军官都到场了，一部分技术员也列席，我是军衔最低的。

第三指挥部毁灭后，泡防御指挥部的大部分人都迁到了地下办公。空间狭小到基本上是肩并肩地干活儿，有种窒息感。

将军默然坐在长桌尽头，等待大家一一落座。

没有开场白，谁都知道今天的议题。每个人都控制着呼吸，静得能听见一根针落地。

将军清了清嗓子，声音依旧浑浊："两天前的事在座的很多人都已经目击，位于金茂大厦的第三指挥部被摧毁。这也是上海堡垒启动以来，我们遭受的最大打击。作为全权指挥官，我对此负有不可推卸的责任。"

他环顾四周，神色冷峻："原因多种多样，但泡防御已没有足够的能源支撑下去，这一点毋庸置疑。再来一次同样级别的轰炸，即便有再多的优秀技术员，我们也无法平衡这个脆弱的堡垒了。换而言之，上海已经失去防御！”

仍是寂静如死，我对面那名年轻少校的眼皮跳了跳，一丝恐惧流露，身体却纹丝不动。

将军忽然起身，声音坚硬，一字一顿：“现在宣布决议！”

全体起立，像是一道森严的墙壁围绕了这张会议桌。

将军推出手里的一份文件：“经市委和军队联席会议决定，报中央军委批准通过，上海堡垒将实施S计划！”

S，Sink。

S，Shanghai。

S计划，上海陆沉计划。

终于有这一天。尽管我们对此都有心理准备，不过亲耳听到这个词，依然像晴天霹雳。我的腿哆嗦了一下，瞬间全身发软，有人脸色刷地惨白，有人则按住了桌子支撑身体。

寂静无声。

“哥哥你走西口，小妹妹我实在难留，
手拉着哥哥的手，送哥送到大门口；
哥哥你出村口，小妹妹我有句话儿留，
走路走那大路的口，人马多来解忧愁。”

一部手机忽然叮当乱震着高唱《走西口》，女声穿云裂石。

这个性铃声，这时机，老大的脸直抽搐，不知道是想怒还是想笑，反正我看他忍得很辛苦。

我对面的年轻少校手忙脚乱地把手机关了。

“章旺少校，参加保密会议前，你应该注意关闭手机和其他通讯工具！”将军拍了拍手，“大家请坐！”

所有人一齐落座。

“计划初步定在三个月之后，我们需要在三个月内完成人员疏散、设备转移、资料销毁和其他的相关工作。这项计划需要各部门全力配合，但我必须在此提醒大家，我们已经没有时间，我们已经没有时间！”老大捶着桌面。

“民政部观察员到了么？”

一名中校霍地起立：“民政部观察员陆琪到！”

“你部负责协调居民撤离，有问题么？”

“报告将军，民政部联合市委，原计划下个月在陆家嘴举行军民鱼水情相亲活动，这样是不是要取消？”陆中校昂首挺胸。

“不就是拉郎配么，民政部整天就搞这个？”

“促进安定团结！”陆中校大声说。

“我在防空洞里给你批块地，把你的红男绿女拉到地下搞，拉你的郎配。”将军不耐烦地挥挥手。

“军需部观察员！”

“军需部观察员王冬到！”一名上校起立。

“你部负责一切装备和补给品的预备和分配工作，有问题么？”

“保证完成任务！”

“档案处的人到了么？”

几乎所有人都得到了工作，最后将军沉默了片刻。

他手中握着一只信封，信封里想必是什么重要文件，大家都有点好奇。

“上海陆沉的时候，泡防御界面会同时进行扁平化的工作，纽约堡垒曾经操作过，理论上没有问题，但一个不慎就满盘皆输。我们需要一流的技术员去执行，经过组织上慎重审核，我们挑选了一个团队，三名技术干部。”将军的目光从我们每个人脸上扫过，“现在宣布名单！”

“技术部，杨涵田上尉。”

大猪面无表情地起立，行军礼。

“技术部，曾晓磊中尉。”

二猪跟着起立，高昂着头，也行军礼。

他个子大胳膊长，一胳膊肘拐在大猪脑袋上。平时这样肯定笑场，但此刻寂然无声，谁都清楚最后的这份名单是什么分量，投向大猪二猪的目光都是那种仰望烈士的目光，无人喧哗。

“技术部预备役，江洋中尉！”将军斩钉截铁。

“我？”我傻了。

怎么会轮到我？不是出身军校、没有实战经验、技术也算不得顶尖的技术员？军衔不过区区中尉，原本坐在这里旁听会议都是越级，结果最重的任务居然摊在了我头上。

组织上一定是昏头了！

我猛地站了起来，挺得笔直……不是激动，是因为大猪在桌子下狠狠地踩了我的脚面。

“杨涵田踩了你的脚？”

“嗯，踩得够狠的，都肿了。”

我斜靠在墙上，双手抱怀，耷拉着眉毛。将军坐在办公桌前，头也不抬地批示文件。

会后大猪二猪和我被单独召到将军办公室谈话，一个一个进，出来就被警卫送走。我不知道他们在里面说了些什么，只看见大猪出来时候吊儿郎当满脸无所谓，而二猪出来的时候攥拳怒目，活像《闪闪的红星》里的革命少年潘冬子。

最后是我，我本来以为进来是听政治教育的，不过老家伙跟我玩了五分钟的沉默，只说了两句话，不咸不淡。

“你真是孩子气。你想想组织上决定了由你们三个负责操作，那是经过万般考虑的，不会轻易改变。”将军从办公桌里摸出一包中华，叼起一根，然后把烟推给我。

“总有后备人选吧？”我没接。

“没有，时间太紧，确定名单的是我，没有后备人选。”

“够狠！是因为我们几个够熟么？所以都拎出去送死？”

“害怕了？”将军看着我，目光冷冷，挑衅似的。

“想想也许只剩三个月好活了，”我接过烟，闻了闻，“不知道怎么的却不觉得害怕。把我的保密级别定为 A 级的时候就有这种打算吧？”

“是的，否则为什么带你参加那么多高层会议？也不会任你在指挥部发疯也不处罚。”将军幽幽地说，“此外，没有三个月。上海陆沉计划不是三个月后，是三天后，2022 年 7 月 16 日下午 16：45 正式启动！这才是我要单独和你们谈话的目的！”

我手里的烟落在地上：“你一定在开玩笑！”

“我也希望这只是个玩笑。”将军淡淡地说。

“怎么可能？”我激动地站了起来，“为什么要这样急？来不及的！三天时间，连撤离计划书都写不完！”

“没有撤离计划。”将军依旧轻描淡写。

“你……你疯了！泡防御扁平化！这个城市里有 1800 万人！他们

会死的！”

“因为有泡防御发生器，还有米迦勒系统，绝对不能让这个系统被敌人得到。”将军的声音冷涩，“所以没有选择！泡防御撑不过下一轮进攻了，三个月才是一个玩笑！”

米迦勒，天国副君，上帝手下的牛逼军人，把撒旦都给打进了地狱。美国人用它来命名控制泡防御和约束场炮火的计算机系统，它的核心是一个黑匣子，这个匣子来自哪里可想而知。

我们两个对视着，谁也不愿挪开目光。我记起刚来上海的时候老大和我们打扑克，我们也曾这样对视过，每个人手里攥着一把牌，诅咒发誓自己这把好牌甩出去就叫对方输得屁滚尿流。于是我不由自主地笑了。

“我们是军人，军人以服从命令为天职。”将军说。

“明白了。”

“一共有 45 名机密等级为 A 的军官参与这次的计划，分为七支小队，全部经过严格的政审，其中每个人的履历都强过你。可是江洋，知道为什么最后选中你么？”

“因为我傻？”

“不，因为你父母不在这里，没有家庭压力，这样泄密的可能性要小很多。”将军说，“你的小女朋友不会有事，市委和指挥部的高级军官会搭乘最近三天的穿梭机飞往兰州，其中也包括他们的家属，路依依的父亲有三张机票，你知道的，她是独女。”

“我的小女朋友？”我心想，这老家伙到底有没有搞错？

他跟我提的居然不是林澜。那天我喝醉酒在大办公室里喊的是“我最他妈的讨厌林澜了”还是“让林澜去死吧”？就算他以前以为我脚踩两只船，难道经过那事儿还不知道我心里惦记谁？

现在林澜真的要去死了。

真奇怪，我现在满脑子里不断闪现的却是这个念头。

“死妮子，你犯到我手上了，”我在心里说，“全上海的人都犯到我手上了，要是我这次没能配平……”

其实我不在乎整个上海的人都犯到我手上了，我在乎的只是林澜的命现在在我手里捏着了。我狠狠地打了个哆嗦，心里有一股霸气横生：老子终于牛起来了，生杀予夺，你们都来求我这英雄人物吧？要是我怂了，大家一起完蛋！

这么些年，林澜坐在我车上离我近在咫尺我都没敢对她做点什么，摸手都只那么一次，今朝我终于觉得自己有权对林澜做点什么了……可我能怎么办呢？跑去跟林澜说你让我亲一下我就拯救上海不然我到时候就放水？林澜估计只会给我一嘴巴。

“现在是7月14日凌晨2点差5分，距离S计划启动还有62小时50分钟，进入倒计时了。看看你还有什么需要准备的，天亮后给我一份泡防御扁平化的技术可行性报告。”

“是！”

“见鬼！”将军搓了搓手，“这次没准要死了，可倒挺兴奋的。”

第十五章
CHAPTER 15

ONCE UPON A TIME
IN SHANGHAI

2022年7月14日，凌晨，5:45。

中信泰富广场32层，这个原本要废弃的大办公室被重新启用了，现在是“泡防御扁平化领导小组办公室”，人员替换成了各部门的观察员，负责人却还是将军。

我刚踏进这间办公室就闻到了紧张的味儿，人来人往脚步匆匆，每个人都嗓门震天。

那个军需部的观察员王冬上校拍着桌子跟同事大吼：“无论如何要给我筹集一个月的方便食品，包括婴儿食品和流质食品，否则老人和孩子的死亡率会高得吓死你！”话到一半他接起一个电话，才听了一句又吼了起来，“你跟肉联厂说！猪肉都做成猪血糕！现在还做什么血豆腐？他妈的还想着吃火锅呢？”

这间办公室里的人都清楚我们只剩下三个月的准备时间了，每个人都奔命般地忙，听说今天起民政部会在陆家嘴广场上开快速结婚登记口，只要拿着双方身份证去说一声“我愿意”，“啪”地盖红章，陆中校亲自发结婚证，比神父还利索。

“让尽可能多的人在阳光下结婚吧……”这是昨晚散会时陆中校

说的。

我停在将军的办公室门口，敲了敲门。

“进来。”

我推门进去。跟外面的喧嚣不同，将军的办公室里静静的，老大坐在窗边，正优哉游哉地抽烟，眺望。阳光穿过高楼大厦的缝隙照进老城区，老房子的屋顶清一色的红。

我把文件放在桌上，《泡防御扁平化技术意见书》，同样名字的文件已经有两份摆在那里了，无疑是大猪和二猪的作业。他俩手都比我手快。

将军也不看我，点点头："不错，赶了一夜吧？回去休息一下，从现在开始你们三个彻底放假。明天去浦东机场，我们安排路锦辉给你们做最后一次飞行训练。”

“是！”

我走到门边，攥住门把手，静默了两秒钟，回头："是最后一次见面了吧？老大你什么时候走？不说句再见？”

“我走个屁，我不走。”老家伙淡淡地说。

我一愣："老大你……你有机票的啊！你傻逼啊你不走？”

“废话多！我是军人！”老家伙的语气里带着明显的不耐烦。

他低下头去，猛劲儿地抽烟，用力朝我挥手，示意我赶快离开。我从未见过这个男人如此疲惫，虽然看不清他的脸，可我能感觉到老家伙快绷不住了，他赶我走，因为不想让我看见他现在的真面目。

为什么呢？这货可是死都不怕的啊！而且昨天我分明看见一名空军中校把封好的信封送到老大办公室里，里面肯定是机票，那种看起来平淡无奇连名字都不印只印座位号的机票，跟废票似的，用来掩人耳目。

机票……我心里一动，想到了熊嵩。像是一滴水落下来，清亮亮的，把所有蒙昧都穿透了。

“你把自己的机票让给冉姐了！”我说。

将军的双肩猛地一震，身体绷紧，像是野兽流露出警戒的态势，可他并不抬头看我。

我深吸了一口气：“你的两张票是不是一起的座位？这两个女人上了飞机，是不是还以为都是要跟你飞到兰州去？结果她们两个总算见面了。”

老大抬起头，我被那双狮子般的眼睛盯上了。他猛拍桌子，霍然起立，茶杯倾倒，水洒了一地。

“你他妈有完没完啊？你懂个屁！别在这里唧唧呱呱了！你不说话，不会有人把你当哑巴卖了！”将军的声音高亢撕裂，眼睛几乎要瞪出眼眶来，“给我滚出去！不然我毙了你！”

静了一会儿。

我舔了舔嘴唇：“老大，两个里面……你喜欢谁多一点？”

将军还在瞪我，可我不怕他，我就这么直视他的眼睛。这是一生里的第一次，我觉得我看见这个男人自己了，而不是那身军装。我有必要怕他么？他是一个男人而已，我也是。

慢慢地，他的目光退缩了，失去了焦点。

将军佝偻了背，狠狠地吸了一口烟，慢慢露出了苍老的模样。最后他坐回椅子里，仰身看着天花板，长长地吐出烟气。

“我哪儿知道哦，我这不是一直在想么？想了四五年了，还是没想明白。”他声音低哑。

“老大你说……要是你死了，她们会不会分了遗产打架啊？”我沉默了一会儿，“也许，她们会很伤心？抱在一起哭啊哭啊的？”

“江洋，别说孩子话，也别想将来的事。我是一个军人，随时没明天，她们从一开始就知道。”

"她们只是知道，不过并不明白吧？"

这一次将军沉默了很久。

"这把椅子真不赖，大公司的派头，跟我们部队的就是不一样。"将军拍了拍椅子扶手，转了过去，继续他的眺望，再没说话。

2022年7月14日下午，15:30。

浦东国际机场，机库。

老路钻在鹞的机腹下面："把欧姆计给我。"

我把欧姆计递了过去。

"改锥，8号。"

我递了8号改锥过去。

"好了！"老路一猫腰，从机腹下钻了出来，搓搓手，上面粘了润滑油。

"全部换装了地狱犬挂架，全套十八枚响尾蛇，遇见捕食者你也可以拼一下了。"老路拍了拍导弹，像是摸着自家儿子的头。

"哦。"我拎着飞行头盔，愣愣地站在一边，看着他收拾工具要走。

"江洋，有大行动对不对？"他忽然停下，挑起眉峰看了我一眼。

"别瞎猜。"我摆摆手，不敢看他的眼睛，怕露出什么破绽。

"帮个忙？"

"什么？"

递到我手里的是一枚很细的白金戒指，看样子老路早有准备，把它塞在飞行服上的小口袋里，拉开拉链就抠了出来。戒指串在一根银链子上，想必以前是挂在脖子上的。

"这是什么？"我有点好奇。

"我以前上军校的时候，有个女朋友……"老路捋了捋头发。

“没听你说过啊。”

“陈年旧事了。她去英国了……那时候我俩年轻没经验，不小心怀孕了。她被学校处分，退役了，没说是跟我怀的。后来她家里人帮她办到英国去读书了。临走前她跟我号啕大哭来着……那时候真惨，我身上只有二十块钱，连吃顿像样的饭都不够，我俩坐在一个山西面馆里，外面下着大雨，我还记得那家面馆叫‘榆次家味’。那时候我俩下了很大的决心，说是两个人不联系，一起努力，有朝一日混得好了，赚了钱回来结婚……”老路说。

“你老婆知道么？”

“废话，换了你你会说么？”

“要我带给你的前女友？”

“不，送你了。你要是能找到她，让她看一眼就好，跟她说我戴了十二年，可没见她回国……算不算对得起她了？”

我转着那枚周大福的白金钻戒，戒指很细而且钻石很小，和老路那双粗大有力的手根本不衬，估计买的时候手头也不宽裕。

“还值点钱，不过也难讲，”老路指着天空尽头，那里想必悬浮着肉眼看不见的次级母舰群，“这些东西出现了，一切都变得不值钱了，以前觉得 F22 牛得一塌糊涂，上去干一架，和苏 30 一个下场。白金钻石什么的，将来也许弄点土就可以合成了。”

“我怎么找她？”

“她还在英国，听说在皇家美术学院的图书馆当管理员，姓曲。”

“明白了。”

老路拍拍我的肩膀，压低了声音：“能上天是好机会，留在城里才是等死。别看捕食者多，只要你不招惹它们，没准就能悄悄飞走……上去再摸摸仪表，熟悉一下，要是飞着飞着栽下来了，可别说我是你老师。”

我又走在候机大厅外了。

几个月前我在这里送走了梁康，几个月来很多事情都变了，但隔着玻璃，那些候机的人们似乎还都照旧，有的蓬头垢面，有的以泪洗面。

我甚至怀疑那个坐在LV旅行箱上的女人仍在那里默默地等待，某个时光的魔法把她禁锢在了这里。

我往另一侧看去，灰霾的天空下巨大的城市矗立，道路上空荡荡的不见人影。起起伏伏的天际线让我想到乐章和音符，这座城市像是一组巨型的交响乐那样自行地演奏着，此刻它正缓慢地进入终章。

我大口呼吸，想远离这种悲观的情绪。

熟悉的脚步声，我心神一动，不由自主地扭头看去。完全是习惯成自然，你熟悉那个人走路的节奏，无论她穿高跟鞋或是平底鞋，即便走在人潮中，即使闭上眼睛，也能剥离出她向你走近的声音。

林澜从拐角处转了出来，我看见了她，她也看见了我。

大家都愣了，她低下头，用手指理了理耳边的发丝。

“林上尉！”有人从安全通道里追了出来，脚步匆匆。

我看了一眼，是个我认识的某个大校，负责机场维护和后勤的。

我工作上跟他没交集，我认识他是因为他也算是林澜的追求者，空军那边人人都知道。不过我从未对他起过敌意，因为大校离过一次婚，那样的人怎么能追到林澜？我心里只认杨建南是我的竞争者。

大校也看见了我，似乎有点窘，脚步慢了，也住了嘴。

我站在中间，左手边是林澜，右手边是大校，他们显然要谈什么重要的事情，而我在这个场合里是多余的。

我一时间有些懵，我以前一直以为大校是个很多余的人，是林澜的麻烦，林澜只是迫于面子不好意思直接说请不要骚扰我了……原来他们私下里还见面呢，还会谈很重要的事……其实我何尝不是林澜的麻烦呢？我以为只有我私下里见林澜，也许很多人都私下里见林澜。

我低着头，僵硬地转过身，迈动步子，林澜默默地站在那里。我和她慢慢接近了，又慢慢远离。

擦肩而过的瞬间，我拎着飞行头盔的手不由自主地握紧，“喀嚓”一声轻响。

我没有回头，拐过一个弯，我放开步子狂奔起来。

2022 年 7 月 14 日，晚 22:30。

锦沧文华酒店1103，中央空调停了，空气暖湿发闷。我喝了一口水，继续写我的信。

爸爸妈妈：

你们好么？

不知道是不是最后一封信，也可能过一阵子我们就在兰州见了。

事情是这样的：指挥部命令我参加“上海陆沉工作组”，一共 45 人，我是其中之一，杨涵田和曾晓磊也是。不知道这个任务怎么轮到我头上的，贼船真是好上难下，当初都是给表哥害了，现在也不知道去哪里埋怨他。具体的时间我还不能说，不过很快了，快得你们大概都没法想象。

妈妈在信里说又炒了几个公寓的配额，其实我觉得没必要。按照这个趋势货币迟早会废除，就算捏着钱也没处去买东西，何苦呢？有时间还不如找几个人一起打打麻将。路依依可能已经飞兰州了，和她老爹一起。要是我运气好，没准我们四个人可以凑一桌也难讲。

不过我觉得我一直比较衰，真不是咒自己，就是这么觉得的。我倒是不怕。

我认识了一个人，想过要跟她在一起，可惜搞不定。

我爱你们。

江洋

即日

我在灯下写这封凌乱的信，12 小时之后，这封信会和其他几千万封邮件一起，被打成一个巨大的数据包，通过卫星频道发送出去。收件人最早得在 48 小时后才会看到信，那时上海已经沉入地下，所以不算泄密。

我发送完的瞬间，灯黑了，笔记本屏幕也黑了，整个城市都黑了。

我走到窗边向外望去，大大小小的人影从静静的巷子里走了出来，都举着蜡烛，三三两两地聚在一起议论，看起来很不安。那些是还未撤入地下的市民。

“怎么停电啦？”偶尔有人高喊几声，可是没有人回答他们。

终于有个嘹亮的声音出现了，一辆白色的宣传车缓缓驶过南京西路，架在车顶的喇叭循环播送：“市民们请不要担心，市民们请不要担心，这次紧急断电是市政部门按计划对供电系统进行的测试和检修，电力供应将在三个小时内恢复，请各位市民在家中等待……”

三三两两的人又在街头观望了一会儿，然后分别消失在楼宇街巷的不同入口。宣传车远去，四周恢复了宁静。

这不是普通断电，是陆沉计划的预演。整座城市要沉入地下，所有高压输电管线都会因为地壳的剧烈变动而出问题，到时候势必要全城断电。我们这个 45 人团队中的某些人正在测试断电的操作程序。

还剩下不到 42 个小时。

西南面的天空里出现了隐约的紫色，似乎又有轰炸。我的手机响了起来，是信息进来的声音。

“837，各单位在外人员请注意，莘庄上空遭到小规模轰炸，原地待命，准备支援。”

“837”，又是这个警报，曾经在这样的夜晚这样的天空下，我和一个人并肩而立，可现在我独自一人。

“那我现在对你说！不要再来找我了！”这话忽地回响在我耳朵边，空空地带着回音。

心里很重，像是系着根绳子，有人在下面扯了扯。

事到如今你还有什么舍不得的呢？本来不是你的，也就无所谓失去，还搞得那么悲伤。

人有时候就是这么贱，总是想着回头回头再回头，好像再看一眼就会有奇迹发生。可事情已经是这个样子了，该努力的都努力过了，该发生的也都已经成了过去。这个结果你不喜欢，可是你也只有接受，多看一眼又有什么用呢？

谁说的来着？这一世木已成舟。

我看见那只小野兽的背影了。它扛着它的小包袱走在苜蓿盛开的小路上，渐行渐远。就这么分别吧，不要回头，不要让我看见那个小东西沮丧的脸。

我靠在窗边，看着满天坠落的紫色流星，它们破碎在那层透明的壳上，水一般向着四方奔流，熄灭时仿佛烛火迎着突如其来的寒风。

她说这是一个将被记忆的时代，可是留下来记忆这个时代的是谁？

第十六章
CHAPTER 16

ONCE UPON A TIME
IN SHANGHAI

2022年7月15日，晚21:30。

深渊，那些外星生物寄居的巢穴，轨道车带着呼啸声高速往来，巨大的机械发出轰隆隆的巨响，高压气流从深渊中吹出凋零的花。

有些花瓣飘落在我们的桌上，我们跷着二郎腿，各自沉默。

这个空间像个钻井平台，四四方方，位置在深渊的一侧。正中央摆了张长条会议桌，将军坐在桌头，下面是大猪、二猪和我。

泡防御指挥部的最后一次会议，安排在这个诡异的地方。

“最后核对一下细节，杨涵田，通知机场地勤部队了么？”将军问。

“三架鹞式，全部装备地狱犬系统，满负荷，已经准备就绪，随时可以起飞。”大猪起立。

“很好！曾晓磊，执行时间表确认过了么？”

“确认完毕！”

“机上电脑的程序装载是谁最后确认的？”

“是我，”大猪说，“一切正常。”

将军点点头：“我们还要等候陆沉工作组的最后确认，除了我们四人，另有41名陆沉工作组的A级军官参与行动。他们将把上海沉入地下两公里的空穴中，整个过程将耗时 1 小时 30 分，我们双方的时间点必须紧紧扣合！明白了么？”

“是！”

将军想了想，似乎是找不到话说了。其实泡防御的扁平化并不是什么高难度操作，大部分由计算机控制，而泡防御指挥部为此出动了三名精锐——如果我也算精锐的话——堪称万无一失。

将军最后转向我：“江洋，你准备好了么？”

“准备好了！”我尽量说得气沉丹田。

真没劲，每次轮到我，老家伙就换了口气，似乎在跟孩子讲话，言下之意无非是你把自己准备好就行了，别的都可以不要管。

重归死寂，八只眼睛相对，只剩下桌上笔记本的风扇低响。

“那没事了，喝点啤酒吧。”将军从桌底下搬出一箱啤酒来。

我们三个你看看我我看看你，全都傻眼了。

将军并不理会我们，又拿出豆腐干、花生米和其他零食来，一瓶瓶地开酒，又一瓶瓶地放在我们面前。

我们倒不是受宠若惊，以前我们经常跟老大喝啤酒。那还是几年前，我初到上海，战争还没开始，外星人要来也只是个假设，泡防御指挥部成立不久，有无数空缺编制，却只有三兵两将，不知道做什么好，我、老大、大猪和二猪就靠打牌和啤酒来浪费时光。

可那时候是那时候，今晚拿出酒来就有断头酒的意思了。

将军开始解军服的扣子，每解一粒扣子他就变得不那么像军人而更像一个老混蛋。

解开三粒扣子以后，他已经完全可以去抗日神剧里演土匪了，他这才拿起一整瓶啤酒，仰起脖子一口气吹干，把瓶子往桌上重重地一顿，说：“爽！啤酒还是得冰镇着喝！”

“可不是么？地下温度那么高，喝冰啤酒能不爽么？”大猪说。

他的神情忽地懒散起来，坐姿也松弛了，他抓起一瓶啤酒，并把脚跷到了桌子上。

二猪和我对视了一眼，同时伸手去拿啤酒，我眼疾手快抓到了卤鸡翅，二猪则抢到了风干的酱板鸭。

“别独吞！他妈的那酱板鸭可是2020年产的，那以后就不生产这种高级食品了，没准是世界上最后一批酱板鸭，我也是翻遍了副食仓库才找到的！”老大赶紧阻止二猪先把整只酱板鸭舔一遍的想法。

我分到了一只鸭腿，不愧是2020年的酱板鸭，丝丝鲜辣唇齿留香，在这个年代吃起来简直像喝1983年的拉菲那样奢侈。啤酒冰得接近零度，和酱板鸭相得益彰。

反正没人会听到，我们大声地讲泡防御指挥部的八卦，讲哪个兄弟暗恋哪个女孩，讲哪个女孩漂亮，二猪说他觉得暄暄最好看有胸又有腿，老大说那是当年我看简历就觉得要把暄暄弄到上海部门来，大大地提高了士气，大猪说老大英明喝一个喝一个，我们碰杯，金色的酒液在瓶中跳荡。

桌上的空瓶越来越多，我们的声音也越来越大，好像没人再记得即将到来的陆沉计划。

我忽然有种错觉，也许我只是做了个很长的梦，其实根本没有战争这回事，这还是2020年12月25日，那个黑色的圣诞节之前，我们几个刚刚打了一夜的牌，喝完这些啤酒就去食堂吃早饭，再回宿舍去好好睡一觉。

我努力地想让自己相信这种错觉，把时间拉回到几年之前，让一切都没有发生，然后重新来一次。

也许再来一次，德尔塔母舰就不会降临，泡防御也不会张开，也就不会有人死去，当“降临之日”被证明是一个谎言之后，我会被免除服役，去某家大公司找一份薪水过得去的工作，买一套不大的房子，娶一个门当户对的女人，在阳光充足的早晨，我在平板电脑上看早报，她在厨房里煎鸡蛋。

最好连林澜我也不要认识，既不会憧憬，也不会失落，让我平平安安地过一生……

链子的哗啦哗啦声把我的视线拉了过去。

大猪把制服外套脱了，捋起了衬衫袖子，他的手腕上缠着一根金属链，上面挂着一块金属铭牌。

我忽然看清了那块铭牌上刻着的名字和序号，“孙萌萌748800001213011”。

孙萌萌，孙萌萌，孙萌萌……那个名字骤然让我回到了现实中。

是啊孙萌萌已经死了，已经化成了黄浦江边零号废墟里的灰尘，有些事情已经发生，有些人再也回不来。

那块铭牌的质地是高强度钛合金，即使在高温中也难以摧毁。我们每个人都有一块，上面刻着我们的名字和军人证号码，按照军规我们要时刻把那块铭牌挂在脖子上，如果我们战死，铭牌是确认尸体的重要证据。孙萌萌是阿紫的真名，很普通的名字，我给她起外号叫阿紫，是因为她在帝国里总是喜欢选紫色作为自己的涂装颜色。

可为什么阿紫的铭牌会在大猪手里呢？我一愣。

阿紫死后的几秒钟里，光流就把金茂大厦化作了灰烬，那种攻击之下，钛合金也留不下来。可此刻阿紫的铭牌挂在大猪手腕上，除非阿紫一早就把它从自己脖子上摘了下来……可为什么阿紫要把这块重要的铭牌摘下来给大猪戴着呢？

大猪显然没有意识到我在观察那块铭牌，他喝得不少了，目光迷离，笑得没心没肺。

我的头隐隐作痛。这个世界真是太复杂了，很多事我都想不明白。

算了，就让我不明不白吧，不明白熊嵩为何要为一个看似毫无关系的女人去弄机票，不明白阿紫的铭牌为何套在大猪的手腕上，不明白狐狸一样的冉姐为何要跟粗俗的老大，不明白林澜为什么忽然就要结婚了，如此轻易就离开了我的生活……

二猪摸摸口袋："还有一个小时才进入沉默期吧？可惜没有带牌来。"

"别太嚣张。"将军晃着酒瓶，"玩牌就有点不成体统了。"

没什么可聊的了，我们四个开始各做各的事，大猪出神，二猪脱了军装练习屈臂，欣赏自己的肱三头肌，将军哼着《爱情买卖》，脚下打着拍子。我只能翻来覆去地看手机，手机里其实什么都没有，只是堆积了某个人的信息。

熟悉的音乐铃声，科尔托演奏的肖邦《夜曲》，响起在将军的口袋里。

将军和我忽然间定住，就像摘蟠桃的七仙女被孙悟空施了定身咒。

将军的手机铃声并不是《夜曲》，而是新闻联播前那段序曲。这是一段个性铃声，标志某个特殊的人想找他。个性铃声这种发明真是搞鬼，在大庭广众下唱着歌儿就泄漏了你的秘密。大猪照旧出神，二猪继续屈臂，我看着老大老大看着我，任那首《夜曲》翻来覆去地唱着。

大猪和二猪都对那个住在杨高南路的女人一无所知，每次去送副食品的人都是我。

"老大你电话响了。"二猪以为老大没听到，还特意提醒。

将军掏口袋，把手机狠狠地攥在手里了，动作野蛮。

《夜曲》还在唱，这支曲子我也听了上百遍，从未觉得它那么惶急那么悲伤，像是一个人在哭。

大猪二猪也觉得不对了，停下自己的事情，不解地看着将军。

哈姆雷特说生存还是毁灭，这是个问题，对于此刻的老大来说接还是不接，也是个问题。

我忽然想笑。

明天早晨最后一班穿梭机去兰州，你的女人看来已经提前发现了你的小诡计啊。嘿嘿，你找了个狐媚的聪明的女人，你还想骗她么？接吧接吧，顶多就是你那不可告人的秘密被大猪和二猪知道，反正这两头猪也快是死猪了，不会外传。可要是不接，你也许永远没法跟那个女人说话了哦，连告别都没有，真的不会后悔么？

但老大真的不接，他缓缓地摁下了关机键，音乐声停止，他把手机扣在了桌面上。

二猪愣了好几秒钟，忽然举起酒瓶跟大猪碰："愣着干吗！喝酒喝酒！"

两头猪继续喝酒，好像将军没接电话这事儿他们根本没注意到。

我一愣，以为这俩家伙也知道将军的风流韵事，再一想，他们应该以为打来电话的是将军老婆。

那个齐耳短发对我很温和的中年阿姨可能还没反应过来吧，在家里独自收拾着行李……

老大面无表情，一口口地喝酒，看得出他在用力咬牙，咬合肌凸起。

所谓离别，总是这样的吧？往日的画面像放电影那样闪动，曾经说过的话曾经动过的念，想要放弃的和想要忘记的，再度轰然涌入脑海，重又变得那么美。

有什么东西在你心里蠢蠢欲动，你想压住它，你说不不不，你他妈的给我闭嘴！

其实它从不出声。它是那只困在你心肌中间的小野兽，它被惊醒了，咬着咬着，要找一条出路。

小野兽……咬！

我心里忽然也疼了起来，疼得我眼角抽搐。原本不明显的酒意猛地涌了上来，眼前一片模糊，各种人的声音和各种人的剪影。

一时是梁康拖着黛黛奔向安检口，落地的书和书里夹的照片；一时是坐在LV皮箱上流着泪打电话的女人；一时是冉姐站在小别墅门口挥手向我、或者说那辆黑色的奥迪车告别……甚至还有那个跟我一起坐机场大巴回市区的老男人，他望着车窗外的城市，不停地抽那种薄荷味的烟……他也是去送某个人吧，而他自己却没能登上那班飞机。

我忽然间又回到了那晚的南京西路，我和林澜从新镇江酒家里出来，风吹着行道树，树叶在我们的头顶哗哗地响，我故意走在她背后好看着她的背影，那条路好像永远也走不完。

那晚我们走得那么近，她给我讲了她小时候的事，大丽花盛开的瞬间她拉了我的手，我心里的小野兽欢呼雀跃，却没想到那就是告别的开始……

“江洋！你干什么呢？“一个吼声把我的神魂唤了回来。

好像一盆凉水当头泼下，剧痛、暖意和幻觉一同褪去。我微微喘息，像是刚刚小跑了很长的距离。

吼我的是将军，大猪二猪也都惊讶地看着我，而我正趴在会议桌上，上半身拧得像是一截扭股糖。

我刚才大概是像条濒死的蛇一样在上面打了几个滚。

“酒量不至于这么差吧？以前你可以啊！”大猪不解地说。

“别是假酒吧？我听说市面上有人造假啤酒来卖的，喝了要甲醇中毒的。”二猪摇了摇手中的酒瓶，又喝了一口咂摸着滋味儿。

“报告！”我猛地起身，脚跟一碰，行礼，“将军！我得去一下洗手间！难受……快憋死了！”

将军瞪了我几秒钟：“两分钟！跑步去！”

“大便！”

“那……十分钟……”老家伙的神情几乎绝望。

“可能是有点着凉，又喝了啤酒，闹肚子……”我急急地冲了出去。

洗手间在下一层，我奔跑在漆黑的走廊里，手机屏幕照亮我的脸。

好在我还没有删掉林澜的号码，我冲进空无一人的洗手间，喘息着靠在门后，把手机紧紧按在耳边。

“嘟嘟”两声后，拨号自行中断了。我一看屏幕，“暂时没有网络信号，呼叫取消。”

刚才还有三格信号的，可现在信号强度是零，看来信号没能完全覆盖这个地下空间。

“见鬼！”我狠狠地在膝盖上砸手机，虽然明知道这毫无意义。

可随着我猛砸那一下，信号居然短暂地跳出了一格，然后再度归零。

我攥着拳，惊喜地蹦了起来，不是没有信号，只是很弱，这里在信号区的边缘！

我在洗手间里跑来跑去上蹿下跳，推开每个隔间，每个角落都不放过，有时站在马桶上，有时站在洗手台上，高举手机。要是洗手间里还有个人，看见我这么做要么惊呆了要么笑疯了，以为我在玩什么行为艺术。行为艺术个屁的，我这是在找信号，一格信号就行，我相信这个空间里有一缕飘忽如精灵的信号，它在跟我捉迷藏。

可那缕信号就是不轻易现身，即使出现也就是闪烁一下，零点几秒。

我急得直跳脚，眼前忽然一亮，高处，一排排风扇正缓缓转动。

我跳上马桶，高举手臂，把手机递到排风扇口。

稳定的一格信号！我赶紧按下拨号键，拨号成功的“嘟嘟”声！

“对不起，您呼叫的用户已关机，请稍后再拨。Sorry, the subscriber you dialed is power off, please call later…”

林澜关机了！怎么会在这个时候关机？按规定指挥部的人不是不能关机的么？这是我第一次拨不通她的电话。

时间显示我还有 5 分钟不到，一个人会在 5 分钟之内重新开机的可能性是多少？

我按下重拨键，把音量调到最高，高举手机，在马桶盖上焦躁地踏步。

“对不起，您呼叫的用户已关机，请稍后再拨。Sorry, the subscriber you dialed is power off, please call later；对不起，您呼叫的用户已关机，请稍后再拨……”

话筒里的女声单调地重复着，时间一秒一秒地流逝。

我拼命地想一些事情来分散注意力，否则我会急疯的。

好吧，让我们从游戏开始。说起来《帝国时代 II》里最强的兵种其实是蒙古骑射才对，攻击距离长，速度也快，只要你的微操够强，就可以指挥他们左右包抄……阿紫最喜欢的马木留克的射程才 3 格，蒙古骑射可是足足 9 格……要说能克蒙古骑射的兵种，大概只有铠甲升满的游侠……不过对方要是出游侠我就出轻骑，蒙古轻骑血统优势天生加 30 点血……

这件事想不下去了，脑袋里一根筋拼命跳，让我想想还有什么别的。

哦对了，还有手机。我一直想买一款新手机，整天上网看评测，以前很想买苹果，可自从战争爆发，苹果改行做军品了，主打产品是高炮密集阵系统……其实部队发的军用手机还蛮好用，除了一个致命缺点，为了保密起见，信息只能容纳可怜的25条，而且无法拷贝，所以我始终只能保留林澜的24条信息，还得留一条信息的空间给新进来的信息。

又要想不下去了，没别的了么？

素材快不够了……难道我的生活就这么简单这么乏善可陈，除了游戏和手机就只有一个女孩的身影？

对了，我还可以想爸爸妈妈，我真对不起他们。我为什么不能去华尔街呢？这样我可以穿着黑色的阿玛尼，坐在高层办公室里，每天操作几亿美金的进出，妈妈想买几套房子我就帮她买几套，老爹漂洋过海来探望我，我就带着他开车从纽约到芝加哥到洛杉矶四处旅游，我们坐在芝加哥或者纽约的摩天大楼里，喝着鸡尾酒，衣冠楚楚。

不至于像现在这样，老娘写信来说儿子我已经买了三套房子，这样你如果结婚就有地方住了。如果你觉得这些房子还不够好，我可以卖掉其中的两套给你买一套你喜欢的。

“对不起，您呼叫的用户已关机，请稍后再拨。Sorry, the subscriber you dialed is power off, please call later…”

还剩多少时间？我满头都是汗，哆嗦着输入了条信息：“给我打电话！”

我不敢写在信息里，信息是能查到记录的，老大知道了大概会一枪崩了我。我只能暗示。

还来得及！如果你故意屏蔽了我的电话，看到这个信息就赶快打过来，让我告诉你上海就要沉了！

这他妈可是我用命换来的情报！想办法逃吧！

时间一秒一秒地流逝，我像聆听末日钟声的困兽。等我回到会议室，就要进入沉默期，切断和外界的一切联系，我就再也不可能传递出这个消息。这时候林澜应该在值班才对，她为什么会关机？

我愣了一下，慢慢地冷却下来。是啊，还有一周他们就要结婚了，这个夜晚不错，并不炎热的夏天，月色蛮好，城里的街道上流动着淡淡的花香。所谓花前月下，一个将要结婚的女孩此刻难道不该陪着未婚夫么？

我果然完全不懂女孩的生活，直到现在才豁然开朗。并不是每个人都会在这样的晚上和两个不知所谓的男人、一个爱叨叨的女人联机打帝国的。

我想象一扇窗前坐着这么两个人，一个人高大而挺拔，他把手放在女人的肩上，女人的眸子里映着外面路灯的颜色，漫不经心地出神，男人低头下去吻在女人耳根后，那里有一缕细细的、弯曲的头发。他们拥抱，他们亲吻……所有思绪到这里忽的中断，好像有人大喊了一声“Cut”！

真安静啊，静得能听见自己的心跳声。

脚步声由远及近。

“江洋，别蹲了，老大叫我来看看你是不是淹死在厕所里了。”二猪挨个隔间用力敲门。

我按下冲水键，哗哗的水声里我打开了门，恰好对上了二猪的眼睛。

“没事了，我好了。”我说。

“你穿裤子那么快？我才听你冲水。”二猪说。

“我先穿裤子再冲水的好么？”

“江洋，你没有泄密吧？”沉默了一会儿，他用一种很奇怪的目光看着我。

我摇了摇头。

回来的时候，荷枪实弹的宪兵们已经控制了整个平台，他们捧着托盘来到我面前，大猪、二猪和我依次关闭手机，连同其他随身物品一起放了进去。

看着关机图片，我忽然想笑。林澜，这次真的要死了……其实就算说上话又能如何呢？进出上海的通道都已经封锁了，就算知道了上海要陆沉，她也逃不出这座孤岛。

其实我没本事救这个城市，也没本事救她，我只是想再听听她的声音而已……

真是个没用的男人啊，心底那么怯懦，最后关头还想从喜欢的女孩的声音里找一点安慰。可是我又能为她做什么呢？我真的帮过她什么吗？杨建南至少还可以帮她擦擦餐具，给她一枚订婚戒指，还有一次对整个 7488 部队宣告喜讯的盛大婚礼。

呵呵，我爱你……很难说啊，要资格的。

风来，阿尔法的落花在桌上和地上翻滚，正是离别之期的气氛，好似易水边宾客们白衣送荆轲。

要做荆轲啊朋友，别做秦舞阳，我在心里给自己打气。

我抬起头对宪兵说：“灰鹰三号驾驶员，中尉江洋，准备完毕，现在进入沉默期！”

第十七章
CHAPTER 17

ONCE UPON A TIME IN SHANGHAI

2022 年 7 月 16 日，15:30，浦东机场。

地勤人员为我穿上全封闭的飞行服，围着我检查氧气管和降落伞，那边大猪二猪也被忙碌的地勤人员们围着。机库的顶部开启又关闭，做最后的测试。开启时我仰头看出去，阴霾的天空里，云像是走马那样飞快流动。

透过防紫外面罩，我看见将军靠在铝合金壁板上抽烟。

老家伙像街头少年般透着股子流氓气，沉默、睥睨、迷惘，又不可一世。听说他以前也是一流飞行员，亲身上过战场，击落过敌人。

飞行服开始加压，我听不见外面的声音了，为我检查装备的地勤伸出大拇指在我眼前晃动，表示没问题了，我也伸出大拇指表示感谢。有人为我递过一把折叠椅，扶着我坐下，旁边就是全副武装的鹞式，地勤们扯去了它上面的银灰色防雨披。

“起飞时间预定在 16:20，不要一直坐着，偶尔站起来活动活动。”将军的声音从耳机里传来，“也不要一副英勇就义的样子，地勤们还以为你们只是要做训练飞行，你们这样会吓到人家。”

老大在用秘密频道，这个秘密频道里现在只有四个人，我们三个加老大。

我看见老大摘下烟用脚尖碾灭，嘴唇凑着耳麦蠕动，还跟迎面过来的人打招呼，表情别提多自然，真是影帝风度。

“明白。”我们三个的声音同时在耳机里响起。

可毕竟不是将军那种资深老狐狸，我们仨想做出闲庭信步的样子，可站起来之后只会机械地绕着椅子走，像是被栓在椅子上的狗。过了一会儿二猪先忍不住了，“扑哧”笑了出来。

“笑个屁！”将军淡定地骂。

他走到我们身边，把三柄 92 式半自动手枪分别递给我们，5.8mm 口径的高级版，原本只装配给团以上军官。我掂了掂，弹匣是满的。我双手持枪，试着瞄准，我射击成绩在预备役里排第一，但还是第一次领配枪。

“组织上授权你们对任何干扰 S 计划的人使用武力，不过别乱比划，当心走火。”将军说。

我把枪收回飞行服上的枪套里：“知道了，不会乱用，我又不是小孩子。”

“你本来就是小孩，你觉得自己成熟懂事了，那恰恰是你幼稚。”老大这么说着的时候已经走远了，扶着机库大门往外眺望，嘴唇微动，谁也不知道他是跟和我们说话，“就像你对上林澜。”

我吃了一惊，在头盔下方的屏幕上扫了一眼，发现老大已经切换到了一对一单独通话频道，大猪二猪在旁边慢悠悠地兜圈子，没察觉我俩还在嘀咕。

“听说过么？世界上会让你一见钟情的人有两万个。”老大说。

“没有。”我看着他的背影。

“报纸上看的，说这世界上有两万个人，你遇见其中任何一个，都会一下子爱上她。可惜很多人一辈子都未必会遇见其中之一，有的人一下子遇到两个，也不算什么好运气。”老大幽幽地说，“遇见了就遇见了吧，喜欢一个人是没办法的事情，军事法庭都挡不住。就让上帝的归上帝，恺撒的归恺撒，你喜欢谁没办法。”

“冉姐是那两万人里的一个？”我问。

“嗯。”

“所以你开着奥迪跑到音乐厅门口大声喊她的名字？”

“你对我泡妞的方式有意见？”

“追冉姐的人那么多，她也不至于为一辆奥迪看上你吧？你这么泡妞还不如我呢。”

“可我当时就一辆奥迪，我不能说租一辆 QQ 去泡她吧？”老家伙哼了一声，“你喜欢什么女人，不就该开着一辆车跑到她门口跟她打招呼，明白坦荡地告诉她你喜欢她想跟她约会想睡她还想一辈子在一起么？难道跟你一样腻腻歪歪没完没了。”

我一愣：“可她要是一直不上你的车呢？”

“那也只好算咯，虽然会很难过。你要明白，再怎么，也不过是两万分之一的爱情。”老大的声音慢慢低沉下去，“世界上还有 19999 个人，你应该爱的，你根本都没遇上。”

“没什么大不了的，该放下了。”老大切断了通话。

警报声忽然在头盔里响起，我愣了一下，看表，16:06。

“全体注意，全体注意！紧急警报，紧急警报！一级空袭，一级空袭！”

见鬼！刚好在这个要命的关头，德尔塔发动了新的空袭！我和大猪二猪对视一眼，不约而同地冲到机库门口去眺望。空中的景象叫人头皮发麻，黑压压的东西从低空云层中冲出，汇聚起来盘旋，像是一道乌黑的妖风。它们一再逼近防御圈表面，在即将接触的瞬间又离开。

满耳朵都是“嘻哈嘻哈”的声音，捕食者的叫声居然穿透了防噪音头盔！

“声音怎么会进来？”我愣住了。

泡防御能隔开声音。我们唯一一次听见捕食者的叫声是上海大炮开炮的时候，炮火洞穿了泡防御。

“为了准备扁平化，我们从 24 小时前就开始储备能量。现在泡防御薄得像张纸，上面有无数的孔洞，”大猪低声说，“被它们觉察了！”

紫光照亮天空，那是一道强大的光流击打在机场上空的泡防御界面上！三秒钟后，我感觉有人在我胸口狠狠捅了一拳。

冲击波！

泡防御处在亚健康的状态，第一道光流就迫使系统启动了弹性防御，弹性防御挡下了光流，但冲击波横扫了浦东机场。刚才那下还只是小意思，可以想象冲击波会一轮比一轮更强烈，我们也没有处在冲击波中心，否则已经被挤成肉糜了。

“起飞！紧急起飞！”将军放声大吼，“灰鹰一号、二号、三号，保持低空盘旋，等待进一步的命令！”

只有这三架飞机被输入了泡防御扁平化的执行软件，如果它们全部沦陷在机库里，我们甚至找不到备用机。时间太短了，执行方案做得很潦草，没有考虑到此时遭遇空袭的应急措施。

我们钻进机舱，机库顶部洞开。

“塔台，要求紧急起飞，要求紧急起飞，灰鹰一号确认！”

“灰鹰二号确认！”

"灰鹰三号确认！"我说。

这是我第一次自己操纵鹞，灰鹰三号跟我训练用的一号不同，是单座的，我背后没有老路。我按了按胸口，那枚戒指被我串在了挂铭牌的链子上。老路你如果不死就祝福我，你如果死了就保佑我，我现在要一个人飞你宝贝的鹞式了。

飞马发动机高亢地咆哮，我紧握操纵杆，控制着这只不安的、会飞翔的野兽。

发动机向下方喷出惊人的气流，地勤人员都被压得贴在墙上，机翼剧震，像是随时会碎裂。

我仰望天顶，大猪和二猪的飞机已经是高空中的影子了。

"灰鹰三号！起飞！"塔台一声令下。

我后拉操纵杆，鹞式仿佛解开了束缚的鹰，冲天而起，光亮从四周涌进机舱。

"塔台，塔台，高度 800 米，我们维持低空平飞，速度 0.6 马赫，方向西南 224 度，等待进一步的命令。"大猪的声音从耳机里传来，现在他是灰鹰队长。

"明白，保持这个方向，西南区域没有受到打击！不要掉以轻心，在空中遭遇一次冲击波你们就会变成焰火！"将军的声音出现在频道里，看来老家伙已经接管了塔台。

"保持疏散直线队形，跟上我。"大猪说。

"明白！"二猪回答。

街道和建筑在下方高速闪过，人们从那些造价几亿甚至几十亿的高楼里跑出来，无目的地逃生，冲击波造成的尘暴圈每个都有几平方公里大，覆盖了黄浦江边一个又一个高档小区。

我初来上海的时候，也曾考虑过要在这座城市买个房子安顿下来，可大猪听了我的理想，冷冷一笑说，你知道那些房子多少钱么？你攒钱攒到退伍，半个厕所都买不下来！那句话对我的冲击还是蛮大的，大猪说得没错，我是住在这座城市里，但我离这座城市很远，我不属于它，更不曾拥有它。我甚至无权去那些住着有钱人和名流的高档公寓看一眼，看看人家的生活，我还没走到门口，戴白手套的保安就会礼貌地拦下我，除非我冒充送快递的。

可现在都不同了，在我握住操纵杆的那一刻，我也握住了巨大的权力！上海就要沉陷了，鬼知道多少人能幸免，上海有 1800 万人，而陆沉计划只用了三天时间就制订出来，纽约和新德里的案例在前，死亡率必然高得可怕。

而我有一架鹞，老路说得对，天上不一定是死路，捕食者通常不会攻击飞行器。财富和地位现在都算不了什么，杨建南也算不了什么，他那些穿着军礼服的漂亮照片最后不过是用在阵亡名单上，如今全上海只剩下三个豁免死亡的名额，有一个在我手里。

我想用这个权力怎样？

其实我是知道的，昨夜我和大猪二猪并排睡在机库里临时搭的行军床上，大家都有点失眠，大猪问我为什么总看着外面，我说我在想……事到临头我会不会发疯。

是的，我就是那种事到临头会发疯的人！

我用尽全力推出操纵杆，灰鹰三号划出一道巨大的弧线，偏离了最初的航线。

“江洋你干什么？”大猪惊呆了。

我切断所有信号，进入无线电静默，现在谁也拦不住我，除非他们用地空导弹击落我。

高度 50 米，方向西北 294 度，速度 0.7 马赫，低空突进静安区！

这很危险，但唯有这样我才能避开防空雷达的锁定，我没有练过低空突进，昨晚临场抱佛脚翻了飞行手册，上手还算顺利！

一分钟不到我就越过了黄浦江，距离中信泰富大厦只剩两站地铁的距离，我开始减速。

我的正下方，整个城市陷入了混乱，人潮涌动，却找不到自己该去的方向。白色宣传车穿行在大街小巷中告知市民如何从特殊的地道进入地下空间，但事发突然，很多人只是下意识地哭喊和奔跑。

冲击波一次次扫过地面，风速高达十二级，停在街头久不动用的私家车倾覆翻滚，所有树叶被冲击波从枝上被扯下，狂乱地翻滚，有如利刀刮过，鱼鳞纷坠。

这个城市在哭泣，我能够听见那声音，从躲在弄堂角落里的孩子，到 CBD 区威严的大厦。

南京西路开始坍塌，变成了深不见底的黑色裂缝，地块向两侧拉开，就像几百万年之前古陆块分裂那样壮观。

我看了一眼手腕上的计时器，16:20，上海陆沉准时开始。

上海会分裂为多达 145 个碎片，一块一块沉入地下空间，城市得以保存，那些流淌着紫光的外星生物也得以继续生存在那座地下城市里，扁平化之后的泡防御保护着那些可以输出惊人能量的东西不被德尔塔文明夺走。这是阿尔法文明提供的最终方案，它们的技术真是匪夷所思，能对地壳动手术，制造出足够容纳上海的地下空间，能看到这一幕应该是种荣幸，可惜目睹的代价很可能是自己的命。

我进入悬停状态，下方就是中信泰富大厦，人潮在街头盲目地涌动，军人们也从大厦里跑出来，跟平民一样彷徨无助。我看见一个宪兵，前一刻他还吹着哨子似乎在吼着什么，后一刻他忽然扔下了哨子，混进了人群里。

梅龙镇广场的外墙上，那幅悬挂了两年的Burberry巨幅广告终于飘落下来，盖住了许多人。转眼的工夫，他们又从广告下面钻出来，四散奔逃。

没有合适的降落位置，只能采取备用方案了，我咬牙对准了中信泰富的天台。

那里有个用于起降直升机的平台，对鹞来说也勉强够用，只是稍微出错就会连机带人从200米空中滚下去，连带着把大厦也给撞了。

飞机着陆的瞬间真让人激动得要落泪，老路不曾教过我垂直降落，这也是昨晚看飞行手册学的。

我发狂奔在中信泰富广场的楼道里，身边都是抱头奔逃的人们，有时候我和人流混在一起，有时候我和他们去向相反的方向。

林澜的办公桌上空空如也，散落着几张白纸。

我焦躁地翻着那些纸片，都是林澜练字的废纸，多数都是诗词，有的写着“故将别语恼佳人”，有的写着“人生若只如初见”。旁边画着些缭乱的线条，你这样看是一匹奔马，那样看是只抓屁股的猴子。她一直都喜欢乱涂乱画，我们初遇的那天她也是在窗玻璃上乱涂乱画。

故将别语恼佳人？人生若只如初见？呵呵！呵呵！一个要结婚的女人，还写这些酸文假醋的东西。

我继续找，很多熟悉的面孔在我眼前一闪而过，可没有人对我说哪怕一句话，有个女孩缩在走道的角落里呜呜哭泣，看来已经完全绝望，我记得她的，北大体育中心那一晚她也在，后来调去后勤部了。我想扶她起来，可是她脚软得站不住，我只好把她横抱起来往外跑，跑到防火通道口的时候遇见一个很强壮的宪兵，我就把姑娘丢他怀里了。

中信泰富广场真大啊，这边的常青藤书店，那边的 SPR COFFEE，九楼的战备资料室，十一楼的总联络部，二十三楼的后勤总指挥部，三十三楼的泡防御第一总控制室……我找遍了每个角落，可哪里都没有林澜。

我冲进电梯，电梯下行，我靠在电梯门上，大口喘息，心都要从喉咙里跳出来了。

电梯门打开了，门口那些干枯的花枝让我一惊，又是 30 楼，这个熟悉的地方。

一丝希望燃起，像是落水的人抓住最后一根稻草，我冲了出去，放声大喊说林澜你在么？

一个人影静静地坐在那张大沙发上，腰挺得笔直。我欢喜得想要哭出来，想扑上去拥抱她，又想躺下好好喘口气。

欢喜持续了仅仅一秒，我猛地刹住脚步。沙发上的人站了起来，转身向我。那是个男人，肩扛上校军衔！我熟悉他的脸，也熟悉他凌厉的目光。

我俩四目相对，都没有说话。

“林澜在哪里？”我们脱口而出的是同一句话。

杨建南逼上一步，神色中隐隐透着狰狞。我也没含糊，从飞行服后腰拔出了枪。

“小子！我没时间也没心情！别跟我玩！现在你玩不起！”我舔着牙齿。

杨建南停下了脚步，直视我的枪口，没有一点畏惧的神色：“组织上给你武器不是叫你这么用的！”

“别跟我耍官威！现在没用了！”我大声说。

“上海陆沉计划，你们还是启动了？”

我狠狠地点头。

“不能停止了么？”

“来不及了，我们只是负责泡防御圈扁平化的人，剩下的 41 个 A 级军官负责操纵整个城市下沉。”

“会死很多人！”杨建南显然怒了。

“如果你那时候不开炮，我们本可以扛更久一些！”

“S 计划根本就不该被拟定！我们为什么要听那些谁也没见过的外星人的？”杨建南的声音嘶哑。

“这是我接受的命令，军人以服从命令为天职！”我忽然觉得很无力。

我哪有资格说这话，我现在这是在服从命令？不，我是来找林澜的，我是来找你未婚妻的，我要带她走……他妈的我要带她走！你他妈的别缠着我！

我不想继续这种没意义的对话了，端着枪缓缓撤向电梯口，远离了杨建南的威压。面对这个手无寸铁的男人，我却觉得如面对爪牙锋利的猛兽。陆军学院的高材生，国之重器，果然不是盖的。

我在背后按了电梯按钮，门缓缓打开。

“你是来找她的？”杨建南说。

“废话。”

“她爱你么？”

“我不知道！”我烦躁地喊，“你他妈的别废话了！”

“原来你也不知道……”杨建南低声说。

电梯门合拢，电梯继续下行，我半跪在地板上，大口地喘息。

电梯门再次打开，是一楼的商场，玻璃门外是乱潮般的人流。

我把枪塞进飞行服里，冲出了大门。我想林澜或许就在这些人里，可她不知道我在找她。我大声地喊林澜林澜林澜，可是没有人回答，满耳都是哭喊声。

回答一声啊，我是来救你的！我俩不计前嫌好不好？你爱结婚就结婚，爱跟谁在一起就跟谁在一起，我不管，也管不了，我就是不能看着你这么死掉了，消失了，再也找不到了。昨晚我辗转反侧，想起城市在下沉，你躲在我不知道的角落里嘤嘤嘤嘤地哭泣我就不能忍。

回答我啊，我都开飞机来救你了，我都要跟你不计前嫌了，回答我啊……不然你就真的要死了。

脑袋里一阵眩晕，眼前一片模糊，该死的心律不齐又发作了。我靠在墙边，调整着呼吸，这时一个人被人群抛了出来，重重地撞在我怀里。

“你……你……你……”我像是见了鬼，“你不是和你爹妈一起飞去兰州了么？”

我又一次撞上了路依依，有些人的相遇就跟命似的。

“什么……什么兰州？”路依依瞪大了本来已经很大的眼睛，里面满是小动物般的惊恐。

她忽然冲上来使劲抱住我的脖子，哭得全身颤抖：“你昨天晚上手机为什么关机？”

我摇晃着她：“你不是已经去兰州了么？”

“我不知道！他们……他们把我关在家里不让我出门，我跳窗出来，在宿舍里睡的……”

原来是这样，今天下午的最后一班穿梭机，市委的全部高层和家属离开，而路依依翘家了。

“你东跑西跑干什么？”我苦着脸看她，她呜呜呜地哭，眼泪鼻涕粘了我一手。

“我……我去买东西……我去买东西了……怎么了？到底怎么了？我们要死了？”

她手里的纸袋落在地上，里面的盒子翻开了，滚出来的是那条银丝缎面的 Gucci 领带。我脑袋里嗡嗡作响……那是我的生日礼物……见鬼，为什么我老妈要在该死的 7 月 17 号把我生下来？我要是晚生半个月路依依可能已经在兰州了，大家就此天各一方，我也不欠她什么。

“没事！没事！不要怕！”我捧住她的脸，“我在这里！我在这里！”

路依依还在号啕大哭，完全不能自我控制。

“镇静！镇静！那句话怎么说的来着？不要死，要好好活着。”我拍了拍她的脸蛋。

“我们要死了，我们要死了。”路依依呆呆地看着我，喃喃，她好像只会说这句话了。

我沉默地看她，她披头散发，小脸上沾满了鼻涕眼泪，即使这样也还是蛮好看的，真是个难得的女孩，我到底为什么不喜欢她呢？

我忽然抱过她，重重地吻在她的嘴唇上，用力大得像是要用牙齿嗑开一瓶啤酒。

路依依呆呆地被我吻了大概有半分钟，像是忽然醒了过来，紧紧地搂住我，把脸贴在我的胸口。

原来女孩的嘴唇是这么柔软的，我拿飞行服袖子擦了擦嘴，挽住路依依的手：“精神了吧？精神了就跟我走！”

“江洋中尉，你们……”有人在我旁边惊讶地说。

我一扭头，看见一张熟悉的脸，想了几秒钟才想起那是开会见过的陆琪中校。他和那位王冬上校一样，都不是上海陆沉工作组的成员。

此刻他灰头土脸地跟着人群移动到了我们身边，大约是刚好看见我吻路依依。

“百年好合！”他从屁股后面摸出一张红色证书给我们。

见鬼！居然是张结婚证！我想起来了，这几天陆琪中校正满上海办快速结婚呢。

“盖过章了，自己填个名字就行，”陆中校热泪盈眶地拍打我俩的肩膀，“一定要幸福！一定要幸福！”

一秒钟后他随着人流消失了。

我拉着路依依登上中信泰富广场顶楼的天台，天台上竟然还有一个人，他穿着清洁工的制服，正拿着一把扳手试图撬开那架鹞的坐舱盖。他双眼通红，透着隐约的疯狂。

“住手！”我大吼。

“我要离开这个地方，我要离开这个地方！你们把我们都害死了！当兵的！你们干了什么？”他挥舞扳手砸起坐舱盖来。

我拔出手枪，当他再次举起扳手时，我扣动扳机，子弹洞穿他的肩头，把他整个人推下了舷梯。

“你杀了我吧！你杀了我！你们当兵的，不杀我们留下我们也是死！”他在地上翻滚，凄厉地喊。

我把飞行服上的急救盒扔给他，小口径子弹，非致命位置，这种程度的枪伤不会要他的命。

“已经死了很多人了，可是该做的事要做完，和是不是当兵的没有关系。”我说，“跟着广播车跑，去找防空洞。”

我是在看见路依依和那条领带时忽然明白这个道理的。你可以偶尔发个疯，但该做的事情还是要做。你只是个小人物，难得能够做件大事，要珍惜这个机会。死一个人并不重要，自己死了也不重要，可有些事情不能逃避，树要发芽，人要长大。

我扶着路依依登上机翼，自己首先坐进机舱。

“没有我的位子啊。”路依依说。

“怎么没位置？”我拍拍自己的膝盖，“我留了这个好位子给你。”

我二话不说地把她拉进机舱，让她坐在我的膝盖上。

我取出备用的飞行头盔套在她头上，捏了捏她的脸蛋。路依依笑了，我也笑了，为她拉下了面罩。软玉温香抱满怀，蛮好。我想多亏路依依是个娇小的女孩，要是林澜，就得顶着机舱盖了……

鹞在巨大的风压中缓缓上升，我俯视着下面开始崩溃的城市，人来人往。

上海人口真是多啊，1800 万人。对不起，林澜，在这 1800 万人里我找不到你……

我前推操纵杆，动力全开，鹞轻轻一震转为平飞。

第十八章
CHAPTER 18

ONCE UPON A TIME
IN SHANGHAI

“这里是灰鹰三号，灰鹰三号归队。”我重新打开无线电。

“小子！你一定会上军事法庭的！”耳机里传来的声音令我大吃一惊，是将军的。

“我知道，但这事能等我们有命逃走再说么？”我说，“我正靠近灰鹰一号和二号的位置。”

“我知道你的位置，看雷达屏幕。”

我看了一眼雷达，惊讶地发现就在我的正下方，一架黑色涂装的战斗机始终尾随着我。

“我锁定着你呢，这次别想跑了！”将军说。

“老大，这不是玩笑吧？”

“老大开过玩笑么？现在我是灰鹰四号。杨涵田为队长，队长阵亡，则由我顶替，我之后是曾晓磊，曾晓磊之后是江洋。”

我打开了可视通讯，接入灰鹰四号的座舱画面，屏幕上果然是将军那张时而散漫时而狰狞时而不知所谓的老脸。

“啊！”大猪二猪同声惨叫。

“你们叫鬼啊？吓得我栽下去怎么办？”我怒喝。

“你……你怎么能搞这种事？”将军的声音比我更暴怒。

我忽然明白了。我也是昏了头，开了可视通讯，他们也能看见我座舱里的情形，当然还有坐在我腿上的路依依。

“嗨……你好，邵将军。”路依依倒是反应敏捷，立刻绽放灿烂笑容，对着屏幕上的将军挥手。

静了五秒钟。

“你好，”将军终于说话了，“路依依，我听过你。”

他清了清嗓子：“坏消息，塔台被冲击波摧毁，我们现在没有支援，必须靠自己完成泡防御的扁平化工作。灰鹰一号，你现在接管全部指挥权！”

“明白！”大猪中气十足，“我们尾随在你们后面，距离一公里。现在全体上升，我将手动开启孔洞。我们很快就要和那些东西面对面了，希望它们对我们这种小虫子的兴趣不大。”

发动机满负荷输出，鹞式机群以几乎垂直的轨道上升，像一群怪异的大鸟。

“500……400……300……200……100……开启！”

我们全体穿过泡防御，继续上升。无数的捕食者在出现雷达屏幕上，我们根本就是钻进了虫子窝……不，正确的比喻应该是鱼群，飞空的鱼群，每条鱼都是狂鲨！

我打开泡防御扁平化的程序，大猪二猪已经开始了操作，我加入他们的工作中去。

16:40，上海各区块已经分离，即将缓慢沉降。

“见鬼！”大猪忽然骂娘。

我明白他的意思，软件不断报错，泡防御的扁平化无法执行。没预料到是这么个局面，在光流的连续轰炸下，整个泡防御已经濒临崩溃，我们无法把这样的泡防御圈扁平化，它现在和一只被点燃的炸弹差不多。

“怎么办？”

“开始平衡！”大猪说，“先做平衡，再做扁平化，只要把波动指数压到 0.43 以下，就可以启动扁平化程序！”

“保持编队，疏散直线队形飞行，不要惊动这些东西！”将军把声音压得很低。

古人说“不敢高声语，恐惊天上人”，我们几个也不敢高声语，恐惊外星人。

我调出平衡系统的页面，开始做自己最得心应手的活儿，平衡那个千疮百孔的泡。飞机上没有鼠标，只有一个触摸定位系统和一个小型化键盘，我不敢用左手控制飞机，只能用不习惯的左手做完定位再做平衡，大猪倒是正好大展身手，他是个左撇子。他的进度比我和二猪加起来都快。

很快一处高危的红色被亚稳状态的黄色取代了，大猪转到下一处缺损，而我的修补只进行了一半。

我挪动了一下身子，试图找到一个更舒服的姿势。战斗机机舱狭小，我腿上还坐着路依依呢，她今天的画风是苏格兰风格花呢小短裙和粗高跟绒面玛丽珍鞋。这丫头虽说轻盈，也还是压得我双腿发麻，我还有点忌讳，两条大长腿在座舱里横着，碰到会说不清楚。

路依依扒着驾驶舱盖往外看，就跟个小猫似的。

“抱我脖子别那么紧，你想掐死我啊姑娘？”我说。

“外面……”路依依的声音里满是恐惧。

我知道外面是个什么景象，地狱般的景象。捕食者们像是已经饥饿了几万年的魔鬼，高速而有序地飞行在泡防御表面，像是有人用墨笔在天空里画了一个巨大的圆。

侦察型捕食者则悬浮在我们头顶，缓缓开合着它那十几只足球场般大的巨眼，那么缓慢，温柔得像是情人的凝视。

“保持冷静，千万不要有异常的加速减速或转弯。我们随时会被注意到。它们毁掉我们只需吐点口水。”将军的声音很轻。

“目前完成进度 67.45%。”大猪说，“我们还有大概 17 分钟，徐汇区已经下降，静安区和黄浦区在其后，全城的电力和管道煤气供应已经切断，核动力发电机组正在冷却，进度顺利，应该能赶得上。”

我低头看向下方，整个城市都被烟尘覆盖，徐汇区真的已经沉下去了么？还有那家我喜欢的四川菜馆。

“江洋江洋！”路依依摇我的胳膊。

“怎么了？”

“你看那里！”

我顺着路依依所指看去，发现捕食者群的飞行方式发生了改变。几千几万只捕食者分成不同的细流，互相围绕着盘旋上升，就像是一大群蜜蜂围绕着蜂巢。“蜂巢”把我们的航路挡住了，我们不得不冒险做一个大弧度转向。

更多捕食者向着这边汇聚过来，它们擦着我们的机翼经过，却没有理睬我们。

我们把距离拉到两公里之外，保持观察，成千上万的捕食者正汇集成了一个巨大的茧状物。

“它们要干什么？”

“不知道，但不会是什么好事。”将军说。

“警惕！捕食者逼近！”二猪忽然说。

雷达上显示大约 20 只捕食者以弧状队形向我们逼近，很显然，它们已经注意到我们了！

“继续平衡！”大猪说，“我们回撤。”

全体转向，准备脱离危险区域。完成度不断上升，大猪的速度最快，二猪也进入状态了，我犹豫了一下，把路依依的手按在操纵杆上。

“记得《模拟飞行》么？你去我们宿舍玩的时候我教过你。”

“嗯！记得！”路依依用力点头。

“跟玩游戏一样，按住操纵杆，不要拉高也不要降低，慢慢跟上……不比开车难，你开车不是开得很好么？”

“你要我干什么？”

“开飞机啊。”

我慢慢地松开了手，心里祈祷，怀里的路依依忽然绷紧了身体。

奇迹一般，她控制住了飞机！灰鹰三号依旧跟在纵队的最后，没有偏离航线！

“真是天才美少女！”我不能不赞美。

我的双手一旦解脱出来，就可以分别操作键盘和定位触板，速度上升了一倍都不止。我想明白捕食者和大猪各自要做什么，捕食者要把我们逼回“茧”那边去，而大猪只是要在我们被摧毁前完成平衡。

最后一次平衡。其实早该预料到的，以鹞的油量，我们难道还能期望去兰州迫降？

“87.62%。”大猪又完成了一个缺口的修补。

我们快要走投无路了，继续前飞，就会直接撞上“茧”。我悄悄按在路依依的手上，预备大猪说转向，我就随时接回操纵。

意料之外的事发生了，“茧”上出现了一个缺口，恰好在我们的航路上。通讯频道里静悄悄的，没有人说话。我猜大家的心思都跟我一样，完全被这个缺口吸引了。捕食者的智商不低，它们这是要给我们看一些东西，这是外星文明对人类的邀请。

机群从缺口穿过，进入茧的内部，我们启动空中悬停，四架鹞围绕着茧中孵化的巨大的蛹。

不断有捕食者从队伍中脱离出来，冲向那枚旋转着的蛹状物。蛹的表面也是花岗岩一样的质地，不同的是，各种突起的脉络纵横纠结着，像血管那样搏动。

一只捕食者接近蛹的瞬间，几条粗大的“血管”从表面弹起来，轻松地卷住捕食者，同时一道裂口出现在蛹的表面。裂口张大了，是的，那毫无疑问是一张嘴，它把捕食者的头部吞了进去！

捕食者在这庞然大物的面前像个可怜的孩子，无从挣扎。它像是感觉到了疼痛，全身抽搐，触须疯狂地挥舞，然后紧贴在蛹的外壁。那只捕食者死了，或者说它已经被蛹吸收了，触须也一样，渐渐化作蛹表面的脉络。

捕食者的血液，那种腐蚀性极强的黄色酸液沿着蛹的表面往下滴落，如果那血液是鲜红的，蛹就像一颗缓慢搏动的心脏。

更多的捕食者义无反顾地靠近蛹然后被蛹吞噬，它的形体渐渐完整起来，是一艘新生的次级母舰！

“全新的生命方式。”大猪说。

将军轻轻叹了口气：“我们不能用自己的逻辑去理解这些东西，其实我们根本就只有一个敌人。”

“一个敌人？”我问。

“捕食者和次级母舰都不能算作生物个体，我们真正面对的敌人就是月球轨道上的那个大家伙。它才具备真正完整的智力，是一个生物个体。次级母舰和捕食者都是那个巨大智慧生物分裂出来的单元，但这个分裂过程不是繁衍，不是生出了新的个体，它只是拆散了自己。

在主体需要的时候，捕食者还可以重聚为次级母舰，次级母舰也能回归母舰。”

“就像搭积木？”大猪说。

“是啊，还有人说阿尔法文明同样也只是一套积木。”将军说，“记得地下空间里的那种生物么？我们也说不清那是一群生物，还是一个生物。”

“就是说阿尔法文明和德尔塔文明的战争只是两个人的对手戏咯？”二猪说。

“是啊，是从宇宙深处艰难环境中诞生的法则，绝对的集权法则。所有单位都绝对隶属于母体，它们没有自我意识，也没有很高的智商，但绝对执行母体的命令。这是生物发展的霸道之路，相比起来人类的组织原则真的是太老土了。”

“老大你说了这么多，我们还有机会逃出去么？”我依旧在键盘上高速操作。

92.15%，我们接近成功了，但我不知道这些捕食者会不会再留时间给我们。

就在这时，新生的次级母舰睁开了眼睛。

就是从侦察型捕食者那里遗传来的眼睛，绿色的，有着和人一样的眼瞳，篮球场那么大。

它醒来了，在看我们，如神俯视凡俗的人类。

是它引我们到这里来的，它要让我们见证一下德尔塔的神迹，千万个单位放弃个体的意识而融合的伟大过程。我不敢想象，在茫茫的宇宙空间里，月球轨道上那艘巨大的滞空母舰融合成形时，该是何等恢弘可怕的场景。

“全速下降！脱离！”将军忽然下令。

四架鹞忽然调头，向着正下方垂直坠落，这是最快的逃离方式，老路玩过的把戏。

密集的烟迹在将军的机翼下完全展开，18 枚对空导弹被他一次性放了出去，正下方产生了剧烈的爆炸。

那是捕食者最少的地方，将军强行打开缺口，我们冲了出去。

“现在该怎么办？”我大喊。

“怎么办？跑啊！还留下来吃饭啊！”老家伙恶狠狠地说。

我不知道那艘德尔塔母舰是什么意思，为何要邀请我们去欣赏它的诞生。按照将军的说法，邀请者并非那艘次级母舰，而是月球轨道上的超级母舰，它用一次伟大的集体生育向我们展示它们的社会结构，似乎是要跟人类沟通什么，按照科幻电影的逻辑我们应该耐心地等待，没准是一次伟大的星际接触呢？没准人家的意思是人类只要乖乖听话就给我们一条生路呢？

可惜德尔塔文明找错了人，它们找了老大，老大的回应是导弹和中指。

谈判破裂了，捕食者群立刻分出一支小队追踪而来，20 只。20 只不多，但足够灭我们三五次的。

“继续平衡！”将军大吼，“我挡住它们！”

“灰鹰四号，你没有导弹储备了，我跟你一起执行阻拦任务。”二猪的声音听起来非常酷霸。

“明白！”将军其实也没有选择。

我和大猪还在疯狂地逃离战场，将军和二猪已经减速滞后。我从后视监视器里看见二猪也放出了弹幕机炮。地狱犬三联装是我们唯一的武器，二猪一次放出了九枚，同时他和将军的飞机一个拉起，一个俯冲，上下脱离战斗。

导弹群和捕食者群正面冲突，三只捕食者被击中，其余的冲出熊熊烈焰继续追来。

96.45%，成功就在眼前，大猪那边还在平衡最后一个大缺口，我在做些扫尾工作。

“它们冲过来了！”路依依忽然喊。

“打开控制杆上方的盖子，下面那个红色的按键，那是导弹！”

“导弹怎么用？”

“还是跟《模拟飞行》一样！”

我扫了一眼雷达，捕食者群分为两支，一部分追猎将军和二猪，一部分向着我和大猪高速逼近。我有点后悔，以前如果多花一点时间教路依依玩模拟飞行，我们活命的机会也许会大一些。可那个时候，我一般都是在等林澜的短信。

“灰鹰二号！灰鹰四号！呼叫支援！”我不能指望路依依。

“正在向你靠近，”二猪的声音很冷静，“如果有命接近你的话。”

剧烈的震颤中，我触摸定位那些小小的缺口，最后一次检查它们的能量密度。

真他妈的烦！我的手指又开始抖了，控制不住地抖！

机身微微振动了一下，这是导弹发射的反应。我惊讶地抬头，看见六道烟迹盘旋着从我的机翼下离开。导弹群在空中转过巨大的弧线，就在我们的正前方撞上了捕食者群，领头的捕食者被其中的四枚正面命中，燃烧着坠落了下去。

“不小心按了两下，”路依依略表遗憾，“浪费了导弹。”

“这样都能打中！真是幸运女神！”我大喊。

“你不要乱动！我握不稳我们就掉下去了！”路依依也大喊。

“你的上面！快俯冲！”二猪在喊。

我抬起头，巨大的黑影从正上方扑下，路依依尖叫着抱住我的脖子，幸好我已经瞬间接过了操纵杆。我全力下压操纵杆想要避开它，可我不是很有信心，我的速度没法跟那家伙比。

曳光弹的轨迹在我的机翼两侧闪过，我抬头去看，二猪的鹞正咆哮着冲向那只捕食者。

鹞和捕食者在极近的距离上擦过，就在那个瞬间，捕食者出了刀，或者说指甲，把二猪的飞机截为两段！

巨大的火光中，弹出一朵雪白的伞花来。二猪跳伞了。可是跳伞又有什么用，下面是方圆数百公里的泡防御圈，落在上面的人只有死路一条。伞花下有个极小的人影，二猪似乎在对我全力挥舞他的大拇指，真是个疯子。

“杨涵田！拉起来！拉起来！”将军又吼了起来。

我转回去看雷达屏幕，才发现大猪的高度已经不足 3000 米，他像一块陨石那样栽向了泡防御表面，后面四只捕食者以同样的高速急追。

“拉起来！你会失速的！”我也吼。

“老大，现在我是灰鹰队长，已经失速了，就不要多说废话。江洋，继续接收数据。”大猪的声音冷静。

确实，灰鹰一号已经进入了失速的尾旋，以鹞式的性能，拉不回来了。

如果那些捕食者了解地球飞行器的特征，就会放弃追逐大猪，因为那只是个必死的目标。

我的机载电脑上，已经配平的方程正不断地传过来，我根本看不清那些滚动的数据……大猪依然在配平。那家伙真的是耳朵里应该是没有平衡棒的，在这样的状态下他还能继续工作。

“不要管他了！”将军说，“执行扁平化！我会掩护你！”

说完这句后他向着一只捕食者俯冲下去，机炮吼叫。

“老大！我被你感动了！因为你永不放弃！”我说。

“少废话！继续配平！”老大坚定又轻描淡写。

灰鹰一号落在泡防御圈表面，那个瞬间，没有火光，也没有声音。我看见大猪死了，同时我的进度条达到了100%。不知这样的死亡大猪是否满意，我想我应该问他要那个微博的密码，这样我就可以留言给那些等他的读者们说你们等待的那个人不会再更新了。

我的手不再抖了，我的右手用光标在泡防御界面图上定位，左手敲击着键盘，继续该做的事。

扁平化的程序即将开始，光流还在持续轰下，新缺损一个一个地出现，又一个一个地被修复。泡防御始终很脆弱，但我的修复速度高于新破损出现的速度，大猪传输过来的修复方程很多都可以套用，他不愧是我们里面最好的技术员。

我的状态终于来了，来得很晚，但还是来了。我不再想别的，不想死亡不想上海不想人类的未来，也不想林澜，就当我在玩一局游戏。

一个个的方程闪灭，行云流水，就像我的游侠大军穿过了冰河，铁马冰河入梦来。

“上升！全速上升！”将军嘶吼。

我按下了确认按钮，程序进入最后的自检，然后我一拉操纵杆，鹞式像一道利箭直射天空。

我最后回头看了一眼，黑色涂装的灰鹰四号竭力转过机头，又一次向着捕食者群俯冲过去。

“都是老头子了，何必那么拼命？”我轻轻地说。

耳机里传来轻微的杂音，而后再也听不到任何声音，所有频道静默。

“S计划准备完毕，请确认启动。”电子女声平淡冷静。

“程序启动，密码998472311，程序执行者中尉江洋，我是……灰鹰队长！”我轻声说。

现在我是灰鹰队长了，最后一个灰鹰队长。

鹞突破了云层，过热的发动机停车。鹞失去了动力，像是悬浮在天空中的巨大十字架。

我看了看腕上的表：公元2022年7月16日17时35分，上海陆沉。这是一个值得纪念的时间，会被写入战争的历史，我们会以英雄之名留下姓名，可将来读历史的人却不会知道大猪啦二猪啦老大啦我啦是这么一群人，爱喝酒爱打牌，爱过错的人，还从东方明珠塔上往下丢过瓶子。英雄的头衔下每个人的面目都是模糊的。

阳光照在我的脸上，我瘫坐在座椅上，感觉到久违的轻松，长长地出了口气。

“我爱你。”我轻声说。

“你说什么？”路依依惊了一下。

“听人说有句话很神奇，临死前想亲口说说看，感觉一下。”我没有看她，而是望着座舱外，在这个高度我能够看见大海，此刻海面上风平浪静。

路依依静了一秒钟，反过身来搂住我的脖子。

我放出了剩下的全部“地狱犬”，12道烟迹在机翼下展开，鹞式翻滚着重入云层，发动机再次点火，飞马发动机野兽般咆哮，我按死了机炮擎，跟品字形扑进的三个捕食者对冲过去。

既然结局已经无从改变，那么我们也毋庸畏惧。老路说得对，男人在最后会因为自己拥有两门加特林机炮而荣耀。

第十九章
CHAPTER 19

ONCE UPON A TIME IN SHANGHAI

2033年4月。

战争结束后的第一个春天，我走在半边坍塌的南京西路上，上个月这座城市刚刚从地下升起。

战地记者以沉痛而欣慰的语气总结说，在长达13年的第一次恒星际战争中，支撑地球60万亿亿吨重量的，并非牛顿的万有引力，而是爱和希望。

爱和希望，真是扯淡的东西，可除了这种虚无缥缈的东西，连我这种亲身和捕食者搏杀过的人都不能解释人类究竟是如何撑过那漫长的13年的。

半数以上的平民幸存，但军人的伤亡率很高，美军在洛杉矶的圣莫妮卡海滩上插下了135万支白色十字架，每支十字架上面写着10个阵亡将士的名字，那还是只是美军的阵亡者。

但二猪奇迹般地捡了一条命回来。

原本他会直接落到泡防御界面上化为灰烬，但在下降过程中他遭遇了猛烈的高空气流，把他连人带伞往西吹了160公里，最后坠落在杭州西湖边的孤山上，在一棵老树上挂了24个小时。地面救援小队赶到的时候，第一时间不是把他从树上解下来，而是跟挂在树上的他合影留念，说这真是奇迹，从没见过给吹那么远的。

其实我早已看出他的潜力，以前打帝国的时候，经常是我推平了大猪和二猪的所有基地后还是无法结束游戏，那是二猪还偷跑了几个农民，在地图的角落里重建市镇中心。他就是个属蟑螂的。

到达兰州基地后的第二个月，某个夜晚，轮到我值夜班，他忽然走了进来，把一本名册放在我的桌上，封面上写着《S计划阵亡名单》。

我也不傻，从他的沉默里已经知道了结局。

我拿起那本沉甸甸的名册，麻利地翻到“L”部，林澜的名字和很多人的名字排列在一起。我已经记不清那时我在想什么了，大概脑海里根本就是一片空白。我只记得我盯着那个名字看了五分钟，像是一生再也不会见到这两个方块字，轻轻地触摸它们，然后放下名单走了出去。

二猪找到我的时候我正靠在掩体的外墙上看星星。

“很难过？”二猪递给我一支烟，自己却没有抽。

“还好，其实我已经猜到了……就像看一部被剧透的悲剧电影。”

那一夜我和二猪再没说话，二猪蹲在掩体墙上挠着胸肌仰首，猩猩望月似的，我在月光下默默地抽完了那支烟。后来我才知道那是二猪揣在飞行服衣兜里、从上海带出来的最后一根中南海。

第二天我签署了加入现役的相关文件。

杨建南也死了，在林澜死后的第二个月。他和上海大炮团部特务连掩护最后一批居民从地下城撤离时，遭遇了捕食者小队的进攻。他命令政委带市民离开，自己和一个班的战士用肩扛式导弹和反坦克炮阻击捕食者，下场当然不必说了。

虽然我很不喜欢杨建南，但我不得不说他真是军人中的

Superstar。

我能活下来是因为恰好赶上北京堡垒的费米粒子炮第一次启用，三联装发射端隔着 1200 公里做了一次点射，三道乳白色的光柱横过上海的天空，极其精确地摧毁了追击我的三只捕食者。而后光柱汇合为异常耀眼的一道，贯穿了一直悬挂在我上方的那艘次级母舰。

阿尔法文明的超级武库中，第三件武器终于登场了。跟仅能用作威慑力量的城市主炮不同，费米粒子炮威力出色且可以通过核反应堆提供能源，是第一件真正能够威胁到德尔塔文明的武器。谷歌是这种武器的承制商。

早在 2016 年的 4 月，第一部费米粒子炮就已经试射成功，20 年里谷歌一共组装了超过 3500 具三联装费米粒子炮。曾有一段时间，这东西射出的乳白色光柱在浩瀚的夜空中飞掠，横越整个大洲做出例如北京支援多伦多或是东京炮击伦敦上空的超距战术来。

接下来就是恒星级战争的时代了，各种我以前以为只会出现在科幻小说里的东西都纷纷升上了地面或者飞上了天空：代号“瓦尔基丽”的 V 系列战斗机、“超级十字架”第一代空天母舰、代号“参孙”的太空核武家族……

战争初期看似慌乱的领导人们居然早有计划，默默地准备好了新时代的武库。

但最终奠定胜局的还是阿尔法文明的归来。恰如“使者”们曾经预言的救赎之光，那是一群发自 4.2 光年外的重炮轰击，它们擦过月球轨道的瞬间，仿佛一千个太阳在太空里燃烧。人类从未见过那些光束的发射源，只能猜测它们来自阿尔法文明的领航舰队。

炮火群从月球轨道附近斜切着进入太阳系，准确地贯穿德尔塔母舰最长的一轴。

那个瞬间真的很美，德尔塔母舰仿佛一朵在阳光下绽放的鲜花，瞬息极盛，瞬息凋零。

炮火之光熄灭的 16 秒后，它整个解体了，零落为太空中的灰烬。

目睹那圣光般的重炮后，人类感觉到恐怖的技术威压，尽管阿尔法文明从原则上来说是我们的盟友。随后紧急召开的联合国大会决定，在维持人类繁衍的前提下接受阿尔法文明提出的一切条件。

换句话说，只要阿尔法文明给我们留条活路，咋样都行。

但阿尔法文明没有来，只是相隔 4.2 光年做了一次遥望，然后那支庞大的空间舰队便掉头远去，从此还是天各一方。

阿尔法人到底是什么东西？为什么它们要帮助人类？又为什么悄然离去？这始终是一个谜。

我如今的军衔是少将，中国外空间防御部队的技术干部。

我的功劳是设计了一种新的超级计算机，能够帮技术员完成绝大部分工作，从此平衡泡防御就只是点点快捷键那么简单。为了建造那台计算机，我们拆掉了无数的 PS4，收集芯片，在塔克拉玛干沙漠上组装了一台占地二百五十公顷的超级计算机。

要是大猪还活着也得为我叫好，理论上说，那东西顶得上几百万个大猪。

不过那台超级计算机只发过一次威，就是在阿尔法文明的炮火到达月球轨道时，地球上所有的泡防御发生器满负荷输出，在地球外表面形成了一个距地表大约 2000 米的气泡结构。防御气泡维持了 32 秒钟，刚好撑过阿尔法主炮的轰击，否则以那一炮的天地之威，足以把靠近炮火那一侧的地表融化。

我因此得了特等功，新闻记者跑到中央军委要求采访军中技术精英，上级把我推了出去。采访我的小伙子异常激动，连连握着我的手说是你们拯救了人类啊。半个月后我在网上看见了那条新闻，标题是这样的，《记“泡王”江洋和他的防御力场》。

“泡王？”我对这个称呼有点不爽，打电话过去问他，“泡妞之王么？”

小伙子被我弄得有点尴尬。

不过托他那篇文章的福，我现在变得很有名，很多人给我介绍女朋友，走在街上经常会有人来跟我要签名。组织上表示应该为我指派两名警卫，我婉拒了，我说即便德尔塔文明还有余孽，也不会派间谍来地球上搞刺杀。何况战争已经结束，我们这种只会算泡泡的家伙已经过时了。

我妈说得没错，我一点都不像个钻石王老五，我这一生会做的也就是算泡泡。

而且那些泡泡每一个都破掉了。

经过上海影城时，工人正在刷海报，七八米高的巨型海报，从上往下刚刷了一半，露出的标题是“白龙”两字。居然连电影院都要开门了，真是和平年代。

我如今的办公室在梅龙镇广场 7 楼，原来的美国领事馆。部队征用了这栋大厦，因为它保存得比较完好，而且地段好，就在市中心。中信泰富广场就在我的办公室对面，现在已经是废墟了，它的钢结构在我起飞后的 5 分钟内折断了。

它被称作 1 号废墟，0 号废墟则指完全化为灰烬的金茂大厦。

疲倦的时候我常常倚着窗口俯瞰 1 号废墟，心中不悲不喜。时间已经过去太久了，我不是小孩了，再看到这栋楼心里也没有什么翻滚的乱流。我喜欢望着它，只是因为很眼熟。

我刚走进办公室就有人喊：“江将军。”

我真烦这称呼，好像在说“将将军”。要将我的军你就将，还搞个叠声。可是我也只有答应，那是助理在喊我。部队里最近严格纪律，我总不能让她叫我“老大”之类的。

助理是一个年轻上尉，女孩，像模像样地坐在我办公室门口，一身新式军服，紧身白衬衫，银翼军徽，8 厘米高跟鞋，短裙在膝盖以上 20 厘米，裹着浑圆大腿，非常撑场面。

确定新式军服的会议我也参加了。我在老将军们的眼里一贯是勤奋稳重的技术干部，但那次不小心露出了狐狸尾巴，赞同了裙子最短的一款，被老将军们以审视的目光看了好久。但最后这身颇为性感的军服居然被组织上正式确认为新式夏装。

后来我发现负责这个项目的人是梁康，那就不奇怪了。

梁康很高兴地给我打来电话，说兄弟我听说将官里只有你赞成我设计的那款军装，果然我们哥俩审美暗合啊！我嘴里说那是那是，心里说是啊，在我荷尔蒙分泌旺盛的少年时，我和大猪二猪都希望什么阿紫啊、暄暄啊、林澜啊……都穿着这样时装般的军服在我旁边晃来晃去。

那时候我们年轻血气旺，满肚子坏水儿。

梁康说他老丈人是军需部的总负责人，搞定了军装这个项目，还要把全军的被服都交给他做。我想问你现在的老丈人是黛黛的老爹么？或者是珍珍、爱爱、怜怜的爹？但我没问，只是笑笑说发了财请我吃饭。

“首长，有些东西给您送过来了，您以前在上海当预备役时用过的。”助理说。

“什么东西？”我一愣。

“您以前的军官证、钱包、手机、钥匙什么的。”

“从哪儿找到这些东西的？”

“上周他们清理浦东机场的废墟，那里保护得不错，在储物箱里找到了你当年被封存的个人物品。”

“哦，代我谢谢它们。”我心不在焉地接过助理递来的纸箱子。

关上办公室的门，我拿美工刀划开封条，把十几年前的旧物一件件拿了出来。都是些零碎，没什么像样的东西，老路那种穷狗还有个细圈的铂金戒指呢，当年我真穷。

老路的名字也在那份阵亡名册上，也在“L”部，和林澜隔得不远。

战后我带着那枚戒指去了一趟英国，在皇家美术学院成排的柚木书架中间，我找到了那个姓曲的女孩。不过如今已经不是女孩了，是优雅的妇人，正抱着一大叠精装本图书，把它们一本本地归位。我觉得她有点眼熟，忽然想起那一年在浦东机场我见过她的，她坐在一只箱子上哭，漆黑似水的长发，穿着 Christian Louboutin 的红底鞋，等待着不知何时起飞的航班。

她摸了摸那枚戒指，把它递还给我说：“谢谢。”

我说那一年你回过上海对么？我在机场见过你。

她有些讶异，点了点头：“是啊，我回去找路锦辉，我听说他在那里，可他已经不在空军服役了。”

我知道是怎么回事了，将军把路锦辉从空军调为泡防御指挥部直属，这是一项秘密调动，没有人能查到记录。这女孩并不知道那时候路锦辉跟她的距离大概只有一公里，她在候机大厅，路锦辉在南机坪。

我没有跟她说起这事，因为错过一眼而错过一生的故事太悲催了，虽然很戏剧性，但不用说出来。其实见不到也是很美的事，那一年战争已经打响，一个还算年轻的女孩，洗净了自己的长发，穿上象征诱惑和爱情的红底鞋，飞越半个地球去找当年的男人。

这是一生里做了不会后悔的事。

不久曲阿姨的儿子来接她下班，金发碧眼，彬彬有礼，能说一口流利中文，管我叫江叔叔。

当年的破钱夹里还剩三十六块五毛钱，我一把都掏了出来，夹在书里，把钱夹扔了。听说黑市上正热炒当年的纸币，有些版本挺值钱的，我回去好好分辨一下。

然后是身份证和军官证，照片上的人看起来年纪真小，眉梢挑起，满脸的不甘寂寞，我笑了笑说："小兔崽子真帅！"

手机也在里面，拿起它的时候，我心里微微动了一下，说不清楚的一种感觉。要是没坏的话，这部手机里应该还留着 24 条信息，都是同一个人发给我的。部队配发的手机就只能留存 25 条信息，以免手机失窃导致情报泄露，为了尽可能留住林澜的信息，其他人发来的信息我看一眼就都删掉，她的信息我会选那些我觉得最有意义的保存在里面，不时地拿出来看。

所以手机里经常都是存着 24 条信息，只留出一个空位给新进来的信息。

还好充电器也在里面，我把电充上，开机，很眼熟的桌面，我低低地哼着歌。

"小夏，我不去参加今晚海军的颁奖庆典了，跟我关系不大。"我按下桌上的对讲机，对助理说。

这时，手机响了。

不是我口袋里那部崭新的 iphone 8，而是桌上的老式军用手机。

我有点茫然，然后才想明白 11 年来这座城市并没有停止运转，地下的核动力发电机组一直在工作，手机信号站也一样。对于我们这种持军用手机的人，信息是不会删除的，只要不被接收，就一直重复发送。

新的信息："江洋，我不打给你了。明天下午 13:45，坐最后一班穿梭机走，机票在我储物箱里，密码是我的生日。我已经被安排任务，下午 16:45，上海沉没。"

末尾写着日期："2022 年 7 月 15 日，22:19。"

我呆呆地盯着屏幕，感觉有什么东西从手机里往外渗透，如同梅杜莎的目光，她穿越了 11 年的时光，默默地看着我。我被石化了，我不敢动，我动了我就会崩溃。

是那个女孩的凝视！是她！她在看我！她被我掩埋在记忆深处的面容忽然变得那么清晰，仿佛回到初见的瞬间，我们如相逢在一条错身巷中，我避不开她的脸，我只能目不转睛地看着她，我无路可逃！

那只小野兽，它打着小小的伞，在黑夜和雨中，无声地哭泣。

"不……不……"我双手抱头，声音就像一个垂死的病人。

几秒钟后，手机再次响起："您有一条新的信息，您的收件箱已满，请先删除不必要的信息。"

我忍着颤抖按键，删除了最早的一条信息，留出了唯一的空余位置。我把手机放在桌上，盯着它看。

大约一分钟后，手机又响了。我一把抓起手机，新的信息："好好睡，晚安。"

我把手机放回原处，默默地看着它。屏幕黑了下去，再也没有亮起。

不知过了多久，我拿出一张纸，做了一个简单的减法，这条信息晚来了十年九个月又六天。

它在信号站之间穿梭，找不到目的地。我想象在那些沉眠于地下的高楼大厦间，这条信息是虚无缥缈的女孩，有时她升到泡防御界面的顶端，隔着那层透明的东西看紫色大丽花在夜空里盛开，有时则在空无一人的街头漫步，便如无家可归的孩子；夜晚到来时，路灯还是在程序控制下刷刷刷地都亮了起来，她站在光晕中，哼着我听不懂的歌。

我控制不住自己了，我颤抖着按键，回叫那个号码。

机械而淡漠的女声说："对不起，您呼叫的用户已关机，请稍后再拨。Sorry，the subscriber you dialed is power off，please call later……"

Power off……power off……power off……

我冲出办公室，乘电梯下楼，我一再地挂断，一再地拨号。我听不见其他声音，像是有一层透明的膜把我和周围隔开了。只有那个声音反复回荡在我脑海里：

Power off……power off……power off……

11 年前残留在电波中的光阴耗尽了，再也无人回答。

冲出梅龙镇广场，我大口地喘息，该死的心律不齐，我疲惫得几乎接不上气。

我拿出耳机插上，11 年前存的歌居然还都在，我选中一首，按下播放键，雷光夏的《海上花》：

"凝结的时间，流动的语言，

黑色的雾里，有隐约的光。

可是透过你的双眼，会看不清世界，

花朵的凋萎，在瞬间。

啦——

你是凝结的时间，流动的语言，

黑色的雾里，有隐约的光。

可是透过你的双眼，会看不清世界，

花朵的凋萎，在瞬间，

而花朵的绽放，在昨天。”

渐渐地，我恢复过来了。我哼着这首歌，慢慢地开始唱。

我脱下军装垫在台阶上，坐了下来。身边偶尔有人来往，都是司令部的同事，他们跟我打招呼，我点头作为回应。

面前是半边倒塌半边屹立的南京西路，年轻的战士们正在清理废墟，另一些人则忙着种下新的槐树。也许明年也许后年它们就会开出紫色的槐花，我的鼻端缠绕着细细的槐香，它像是一根细线，串联起11年前、此时此刻和从今往后。

一个声音从背后传来：“将军，怎么唱那么老的歌？”

后勤部的大校郜楠站在我背后。

他手提一个麦当劳的纸袋。麦当劳已经在上海修复它原先的连锁店了，第一家就开在中信泰富广场的废墟上。郜楠一屁股坐在我旁边。

“是啊，我只会唱点老歌。”我轻声说。

郜楠在我身边大口地嚼着汉堡，黄瓜片和生菜咯咯作响。

我不想他看见我的脸，便把脸埋进了双手间。

尾声
THE END

ONCE UPON A TIME
IN SHANGHAI

在生锈的储物箱里，我找到了那张登机卡。

储物箱位于恒隆广场的地下，上面还有刻着“林澜”二字的姓名牌。空荡荡的柜子里，只有那么孤零零的一张卡片，2022年7月16日，上海至兰州的最后一班穿梭机，满载要员和他们的家属，其中有个空位，是有人留给我的。

凭她一个上尉怎么搞到票的呢？应该是通过那个爱慕她的大校吧，大校是捏着大权的人，或许有能力搞到一张机票。大校的女儿都八岁了，在林澜的追求者中显得有点不伦不类，但一直不放弃。

Superstar不好跟我为难，可跟大校几次起过冲突，于是林澜切断了和大校的一切联系。但他们后来还是见了一面，也许就是那次她跟大校说我想要一张机票，你别问我为什么。

小时候看过一个叫《昙花梦》的电视剧，说解放前上海即将沦陷，形同孤岛。男人拿着枪和金条来到机场，把这两样东西都拍在柜台上，跟卖票的说我要一张机票。然后他把票送给了那个他爱着却又不属于他的女人，调头走了。就是这种酷这种霸气啊，你为那个人可以不顾一切，你就所向披靡。

其实那时候我也有一把枪，我也可以拿着枪冲进浦东机场，指着那个大校的脑门，说我要一张机票，我要送给林澜。要是我那样做的话我会觉得自己酷毙了，我这辈子值了。

林澜应该会开心吧？

可情况是相反的……林澜搞到了机票，通过一个很暧昧的渠道，利用了另外一个人对她的爱慕。他们在机场分别，大校说也许最后一次见面了，用一个拥抱来道别吧？于是林澜同意了那个拥抱，拥抱时大校轻声在她耳边说林澜我心里一直对你……

这一幕恰好被那个拎着飞行头盔的傻逼看到，他难过得奔逃开去。

真相别是这样吧？真是这样我会很难过。

我难过又愤怒，像是一只被欺负了的虎，我觉得自己指端都是利爪，我想一巴掌把那个大校扇得满地找牙。

“将军有事么？”哨兵来到我身后，立正行礼。

“没什么……想到很久以前的一个朋友，让我一个人待一会儿好么？”我的气泄了。

哨兵出去了，他走到门口时，我说：“顺便关上灯。”

我一个人蹲在黑暗里，握着一张早已失效的登机牌。

我想起一本书来，《一个陌生女人的来信》，茨威格的小说，大学时看过，最近又翻了出来。过了那么多年你是否还记得那只旧花瓶，记得上面盛开的白玫瑰，再没有一双手在你生日时为它换上新的花，瓶子上落满灰尘。

很多年以后你去了斯德哥尔摩，按图索骥找到只有黑白和灰色的咖啡馆坐下，喝了侍者送上的咖啡，苦涩的液体漫过舌根，你的眼泪落了下来。

一个永远都在守望和根本就没希望的女人，她的魂魄在很多年之后又去寻找那个男人，像是一个漂浮在空气中无可倚靠的幽灵。

弹着时间和事件的弦，塞壬唱着蛊惑的歌。满脑子就这样凌乱荒芜。

我回想林澜的笑容，回想她对我大喊，回想她在人群里低着头，回想我们说过的许许多多的漫无边际的话，我以为我可以从中找到什么线索，可我想不明白。林澜永远站在我能了解的世界的边缘，我试着跑过去，她就远离，我打动过她哪怕一瞬间么？我不知道。

杨建南说："原来你也不知道……"

无法追溯了，已经过去了太多年，我循着弦声的余韵去推敲过去的因果，而过去的一切已经水一样化去，唯余苍苍白白的一片。

我真的只是个算泡泡的，算不懂人心，尤其是女孩的心。

"喂！有没有烟借一根抽啊？"我冲着只余一线光的门口大喊。

结局之后
AFTER THE ENDING

ONCE UPON A TIME
IN SHANGHAI

我叼着从哨兵那儿蹭来的中南海往外走，听见外面有人拿着高音喇叭说话："恒隆广场在战前是上海租金最高的写字楼之一。战争期间它和毗邻的中信泰富广场一起，被征用为解放军外空间战略部队，也就是7488部队的办公地。中信泰富广场在陆沉计划中坍塌后，这里的历史纪念意义就更为重大。很快它就会被改建为上海德尔塔战争历史博物馆……"

估计是个导游，最近来参观恒隆广场的人越来越多了。

我转出未拆除的辐射掩体墙，狠狠撞在一个人身上，撞得我烟都掉了。

我先是要骂娘，忽然愣住了，凑上去对着那双眼睛细看。

"你这个同志是怎么搞的？怎么走路的？"导游从斜刺里冲过来，想把我们两个分开。

我看也不看，一把把他拨开，继续看那女人的眼睛。

导游刚要发火，看见我的肩章就闭了嘴，但仍坚持要从几乎贴面的两人间插进去。

"不会那么巧吧？"我摸了摸下巴。

“啊啊啊啊啊！”那死女人一把推开导游，冲上来抱住我的胳膊，又叫又跳。

我撞上了路依依，确切地说是“国际影后路依依”“歌坛新天后路依依”还有“战地爱心大使路依依”。她穿着件裸色连身裙，脚下一双裸色纱质高跟鞋，薄纱裙裾跳荡在膝盖上，半张脸被蛤蟆镜遮住，嘴巴一动一动的，似乎在嚼口香糖，一身经典的阿玛尼男香，淡淡的海藻味。

一瞬间我有点时空错乱，似乎这些年嗖地过去，这丫头只是在机场外溜达了一圈又跑回来了。

此前我最后一次见到路依依是在北京。我俩裹着同一张行军毯，被救援小分队的直升机送到北京堡垒，那架鹞的油根本不够我们飞到兰州，我最后迫降在了崇明岛某学校废弃的操场上。

直升机降落在良乡军用机场，路依依刚蹦下去就有个中年男扑上来搂着她痛哭。路依依被老爹当众熊抱有点不习惯，一下一下地眨着眼睛，又瞟了瞟我。我想路老爹也真辛苦，刚飞到兰州堡垒又颠颠地赶到北京来，只为了这个独养女儿。

我本觉得应该上去表达一下礼貌，说，嗨叔叔，我是江洋，那谁……

可我根本没这个机会，路老爹那边还搂着依依大哭呢，我这边就被特别宪兵礼貌地围住了，下了我的枪。我明白他们的意思，我知晓S计划的细节，全是顶级机密，从落地那一刻起我就无权对外界说话了。

我冲路依依点点头，转身和宪兵们一起走了。路依依的脚步声一路追来，最后还是中断了。

我没回头，只听见路老爹没好气地跟宪兵说：“我说你这个同志怎么不讲道理的啊，我女儿跟人家是……是同学嘛，讲两句话嘛！”

一个月后隔离审查结束，我直接飞往兰州，听说路依依被送去了巴黎堡垒。我们没有机会告别，战争年代就是这样，一错过就是很多年。

可我还是能不断地看见她，因为她作为中国区代表参加了“世界青年大使”的比赛。说是青年大使，其实是选美，看惯了超男快女我还不懂这个么？否则就凭路依依那手拉锯似的小提琴怎么能得亚军？

比赛很热闹，是战争年代中不多的大型综艺节目，经军委审查，同意通过军用频道传输，这样全军都能有个娱乐活动。我在兰州基地值夜班时，大家就专门留出一个大屏看比赛，跟看世界杯似的。这时候二猪就会很八卦地跟新兵们指戳我的背影。

有一天大早上的我正刷牙呢，被新兵拉住说江哥帮我问你女朋友要个签名吧，我叼着牙刷以看捕食者的目光看着他，他的眼睛里面流淌着无限艳慕。

我心说我嚓，至于么？我其实跟她还有结婚证呢，要不要送你留个纪念？

后来这股谣言风传全军，7488 部队是个人都知道最近火起来的那个路依依的男朋友是个军人。最后决赛的时候专家评审团对她不利，可网络投票她愣是超出第三名 430 万票，被人怀疑刷票作弊。确实有人帮她刷票，7488 部队全体男性指战员都热情地帮她刷票。

“作为军人我们都要帮军嫂刷票嘛！”二猪拍着胸脯说。

我说嫂你妹！

其实我懂二猪的意思。他那么一而再再而三地扯我跟路依依的“关系”，无非不想我总记着另外一个人。

后来路依依就成名了，演唱了鼓舞全球士气的公益歌曲《我们的世界》的中文版，连拍了几部战争主题的电影，我打开电视偶尔会看见她，在各种综艺节目里撒娇卖萌。再后来就传她的绯闻了，说暗中和迪拜某建筑集团的公子订婚了，还附了照片，一个阿拉伯兄弟，脸长得像大猪，又有一副二猪的好身板；还有说深夜和某著名歌星出没东京夜店，还有说搭上大导演不惜卖身当小三的。

管他真假，我的定位迅速变成因女友出名太快而被抛弃的草食男，每当电视上出现路依依撒娇卖萌的镜头，我的下级就会站出来说嗨嗨哥几个我们换个台，老看这种节目有啥意思，我们看《新闻联播》！

你他妈这种“我们在照顾老大你的心情哦”的表态也太明显了吧？太谄媚了！

再过一阵子路依依接受记者采访，被问到绯闻时她得意地露出小虎牙说我跟组织保证还没有男朋友呢，至于择偶目标呢……我想找个飞行员！一时间空军那边极为轰动，大家又把我给忘了。

姑娘，骗谁呢？你哪儿用找飞行员啊？你自己就是飞行员！

直到今天重逢，这些年姑娘我为你背了多少黑锅……

我还抓着头不知如何开题的时候，外面呼啦啦涌进来几十号人。镁光噼里啪啦地闪来闪去，一双双瞪着我和路依依的眼睛赫然比闪光灯还亮。

“请问这位先生您认识路小姐么？”

“你们是约好在这里碰头的么？”

“约会？约会地方很别致嘛。”

“您是军人？请问您的军衔？还是少将……请问您的部门？外空间战略指挥部的单翼鹰标志啊……”

“咔嚓咔嚓”两声，我的军徽和肩章都给拍了特写。

我嘀咕说我这一身从头到脚清楚地说明了我是干什么的，用不着记者兄你自问自答啊。

路依依揽住我的胳膊，和我并肩站好，对大家微笑着点头致意。导游和经纪人两个努力张开双臂，老鹰捉小鸡似的阻挡涌向我们的记者。

“我噻，你干什么？”我挣扎了一下，有种被陷害的感觉。

“这样他们会把我们做成绯闻的，女明星总得有点绯闻啊，自从上次迪拜那二货之后我好久没绯闻了。”路依依还是牢牢地圈着我的胳膊，笑着露出小虎牙。

“这些就是传说中的狗仔队吧？”

“不错！事实证明这个族群很强悍啊。经过一场战争，他们的幸存率绝对比你们的战斗机高！”

人越来越多，场面开始混乱了。路依依仍保持笑容，她从小就这一脸笑，好像你要请她吃饭似的高兴。

“你今天是来干什么的？砸场子？”我说。

“就是想回来看看嘛。”

“那你带这么多人？”我看着她很无奈。

“都是路上遇见的记者……不知怎么就越聚越多了……”

“作为女明星你也要注意名节啊。”我苦着脸。

“什么名节？”

“我的名节啊……你拉我拉得那么紧，上了头条我就麻烦了。”

“小气！借来拉拉又不会死！”路依依冲我比了个鬼脸，鼻子整个皱了起来，“不愿意被采访就赶快跑吧！”

“跑？”

我还没想明白，就被路依依扯着，飞快地奔向大厦另一侧的出口。这反应，不愧是女明星，前一刻还对记者笑得那么灿烂。我扭头只见她那胖胖的经纪人和导游正努力扛住后面的记者群，眼镜都给挤掉了。

“快走快走，路小姐快走！”经纪人喊，真悲壮。

“那是泡王！是泡王！！！”防线被突破了，有记者在大喊。

被认出来了……我满脑袋嗡嗡作响，不知司令部其他人看了这则新闻会作何感想。

阳光很好，我和路依依迈着又大又慵懒的步子走在南京西路上，她把腿踢得老高。

现在不会有人认出她来了，我把我的军帽扣在她头上，帽檐的阴影盖住了她漂亮的眼睛。这幅模样让我想起她年轻时的照片：21 岁的路依依穿着苏格兰花格短裙，盘腿坐在椅子上，头戴列车长的大檐帽，指挥着小火车来来去去。

“什么时候回上海的？”我问。

“今天刚刚到。我都不知道你也回来了。我在网上看到你的人物专访，可是打电话去问记者，记者说你的电话号码是军队的绝密信息，不能公布。”路依依很不忿。

“后来我参加的都是绝密项目。”我说，“你跑回来干什么？”

“要参加一个电影的发布会，还有一场战后建设的动员演出。不过没事儿，这些事情本姑娘拿手，不用花什么工夫。我有足够的时间被你请吃饭。”路依依晃着脑袋。

“早就知道当年吃你太多，总得吐出来。”我有一句没一句地搭话，“你现在那么红，吃饭有饭局价么？”

路依依摇头：“马上就不红了，我要退隐了。我在苏格兰买了个房子，是那种像古堡一样的房子哦。我准备每年在那里住半年，在上海住半年。”

我愣了一下：“这么有决心？”

“现在跟以前不一样了。战争期间总统还能连任三届呢，女明星也能多红几年。和平年代小明星马上就满大街跑咯，一个个腰细腿长，都是你喜欢的类型，还都比我年轻。我呢，就等着出版商来找我写回忆录吧。”路依依满脸笑，满脸不介意的样子。

我想了想，点了点头：“说起来你一直都那么聪明……”

“将军阁下，介意一起去看电影么？”她忽然说。

“电影？”

“嗯，按发行商的说法是‘战后第一部娱乐电影’，我是女主角，明天就发布这个电影。”

“什么名字？”

“《白龙》。”

“没问题，上映了我去捧场。”

“捧场你肯定要的，你现在是高收入阶层了，要买很多很多的票分发给小朋友哦。不过，”路依依蹦到我身边，又抱住了我的胳膊，“我请你去看预演！”

“没删节的原片？有没有床戏？”

路依依白了我一眼，眯眼笑。

上海影城。

《白龙》的海报已经完全刷好了，领衔主演“国际影后”路依依，居然还是部武侠片。

路依依挽着我的胳膊进场，没遭遇任何阻拦，她一个响指就让影城经理明白了她的来意。我们进入贵宾通道，背后是窃窃私语。

偌大的放映厅里只有我俩挨着坐，一人捧着一个超级杯的可乐，新派的芥末味可乐，影城经理说看悲剧片最好，超催泪的。

阿尔法文明教会了人类如何制造战争武器，可电影技术二十年来没进步，还是一张大白屏，放映机的蓝光从背后照来，像是切割空间的利刃。这故事是说一个男侠和一个女侠在茫茫人海中相遇，各自背负艰难使命，最后从爱人变成敌人又变成爱人的故事。

“小妹！茫茫人海，我们真的还有再见的那一天么？”男侠说。

“门前那树海棠花落尽的早晨，我一定会回来！”女侠说。

“那我现在就去把树弄倒……”男侠做无赖状。

我“噗”地笑了。

“说起来你要找我比我要找你容易多了，可这些年你都没找我……”路依依忽然说。

我扭头看她，她却没有看我，依旧盯着银幕，吸着芥末可乐。

我沉默了一会儿：“那双带白色毛边的靴子……其实我买了，前些天他们把原来的宿舍打开了，靴子还在。”

“早都不流行了啊，而且是小女孩穿的。”她终于扭过脸来，瞪大那双依旧漂亮的眼睛。

然后她笑了，眼睛又弯成眯眯眼：“不过我还是要的！”

她拉着我的袖子轻轻摇晃，像是漫不经心。

我心里动了动，忽然有个像恶搞又像冲动的念头。我想说依依你嫁给我吧，过了那么多年终于和平了，你现在很有名，可是还没结婚，我是一个少将，在部队里蛮红的，组织上重点培养我，也没结婚。我是军队高级将领中唯一一个未婚的，现如今是军官当红的世界，我俩真是门当户对。

嗯，门当户对，听起来蛮好。

“你记得《金刚》么？我们这个镜头就是模仿金刚扛着女孩奔跑的那幕戏。”路依依吸了一口可乐说。

“是么？那只猴子。”我就着银幕的微光凝视她，她唇上的亮片妆忽闪忽闪。这么多年过去了，还是女孩般温软的唇，干净得像是花在盛开。这对我还是蛮有诱惑力的，我得承认。

如果我现在去吻她，她是会闪避，还是拥抱我？

是不是又在自作多情了？我想。

路依依扮演的女侠和男侠在银幕上开打了，我拿出手机，下拉屏幕，25 条短信流动，仿佛历历春辉。

晚安……你睡得好么？是不是会做一些可笑的梦？你在想什么？你又看什么书了？是不是又失眠了？不要喝太多茶，晚上会睡不着。这个夏天真是寂静……我插的花已经谢了，可是你并没有来看。

隔着漫长的时空有人低语，她的声音组成绵绵密密的大网，把我覆盖。

芥末味的可乐真棒，鼻腔里塞满了酸涩的东西……这个夏天来得很晚……你害怕么？

13 年前的圣诞夜，整个上海都黑着灯，夜空有如极光般绚烂。那天晚上我许了个愿，说如果今生今世我不能跟林澜在一起，那也要跟她死死纠缠，互相伤害。

人是不能轻易许愿的，愿望便如谶语，多年过去你会发现它们一念成真。

其实我根本不想伤害她，我只是想要一个理由继续待在她身边，我怕没有了那个理由，我就得浪迹天涯。

事到如今，我真想你好好地嫁给了杨建南，哪怕很偶然地想到我，嘴角带点笑容。

“看，那个就是张青欢！跟我传过绯闻的！媒体说我们是金童玉女嘞！”路依依指着银幕大笑。

“那个秃头，啊不是，瘌痢头的那个？”我收回了漫无边际的思绪。

“别瞎说！谁跟瘌痢头金童玉女啊！是后面那个啊，对对，就是那个！腻得跟块小糖果似的那个！”路依依吐舌头。

微光中，我凝视着这个其实已经不小可又依然很小丫头的女人。

依依，其实你知道我在看你对么？你在等着我对你说什么对么？你真的是一个很好的女孩，那么聪明，永远善解人意……

“我去弄点爆米花来。”我说着，起身。

“嗯，如果他们有的话。”她点了点头。

江洋，我不打给你了。明天下午13:45，坐最后一班穿梭机走，机票在我储物箱里，密码是我的生日。我已经被安排任务，下午16:45，上海沉没。

2022/7/15/ 22:19

您有一条新的信息，您的收件箱已满，请先删除不必要的信息。

2022/7/15/ 22:19

好好睡，晚安。

2022/7/15/ 22:20

【The End】

后记
EPILOGUE

《上海堡垒》写作于 2006 年上半年，那年我 29 岁。

这是一部混杂了很多个人情感的小说，如今回头去修订，不胜唏嘘。

立意和文字都有粗糙的地方，有些段落纯属感情宣泄，结局在一场大醉中写成，写完只觉得时间都谢幕了。少作总有这样那样的问题，但在修改的时候我没有过多地改动原本的故事结构和情绪，因为人不能用今时今日的成熟来否认当时的年少孤独。

增加了一些细节，很多是当年就已经想好甚至写了片段的，只是当时没能够加入进去。

小说带有向《太空堡垒》致敬的意思，这是一部很老的动画片，可能是我最爱的动画片，美树本晴彦做的人物设计和脚本。日文版名为《超时空要塞》，美国人把它买去重新译制，改名为《太空堡垒》，大约是 80 年代末，中国各省电视台都播过。

跟同为科幻动画神作的《EVA》比起来，《太空堡垒》显得明快浪漫。

故事说人类挖出一艘坠落的巨型外星飞船，经过修理改装之后成为人类第一艘外太空母舰，名为“太空堡垒”。母舰极其巨大，装载瓦尔基利变形战斗机，并且在一次空间跳跃的时候把一座小城市吸收到了船舱内，于是在他们的征途上，战斗机飞行员们还能逛街和约会女孩。

看过那部动画的人都不难理解，虽然是完全南辕北辙的故事，但《上海堡垒》引用了很多《太空堡垒》的元素。感谢那部老动画片伴我度过了少年时代。

我在里面最喜欢的女性角色是 Lisa Hayes，女司令官，她的任务是分配任务给战斗机驾驶员们，虽然头衔很吓人，但只是个年轻女孩，优秀而知性，总是低垂眼帘，很难看清她的表情。林澜的设计参考了她的形象。路依依的形象则参考了《太空堡垒》中另一位女主角，歌姬林明美。

看起来林澜和路依依的性格区别如此之大，但原型人物是同一个女孩，今时今日已经是陌路人了。

我曾经在上海工作过一年半，见识过那里的高楼大厦和 office lady，曾在当时最有名的外滩 18 号酒吧喝过酒，眺望过黄浦江，也曾在深夜坐车经过漫长的高架路，透过车窗俯瞰整个城市。

说真心话我并不那么喜欢上海，因为它太匆忙，高楼大厦太多，太压抑。我很愿意去上海旅行，走过那些现代时尚的街道，尝试考究的餐馆和咖啡店，但不喜欢在那里工作和定居。

小说中提及的很多地方，比如锦沧文华酒店、中信泰富广场、恒隆广场、金茂大厦、浦东机场，都是那时经常要去的地方。我有时候坐在会议室里，看似认认真真地跟人谈判，心里就琢磨着“要是忽然外星人来轰炸”之类的事，29 岁的时候我还是个满脑子怪念头的小孩。

最主要的场景中信泰富广场是我以前办公的所在，楼下的麦当劳和大昌烧味算我以前的食堂，二楼的员工食堂也确实是有的，我还留着员工食堂的黄色饭卡。

除了《太空堡垒》和上海，这部小说的第三个素材是爱尔兰著名诗人叶芝，原版开篇引用了他的诗。

爱尔兰诗人叶芝（William Butler Yeats），1923 年诺贝尔文学奖得主。

《当你老了》收录在 1893 年出版的诗集《The Rose》中，是叶芝为一位著名女性茅德 · 冈所写。诗人一生爱慕茅德 · 冈，读叶芝的人都知道这段轶事，我简单引用如下：

1889 年 1 月 30 日，二十三岁的叶芝第一次遇见了美丽的女演员茅德 · 冈，她时年二十二岁，是一位驻北爱尔兰军校上校的女儿，不久前在她的父亲去世后继承了一大笔遗产。茅德 · 冈不仅美丽非凡、苗条动人，而且，她在感受到爱尔兰人民受到英裔欺压的悲惨状况之后，开始同情爱尔兰人民，毅然放弃了都柏林上流社会的社交生活而投身到争取爱尔兰民族独立的运动中来，并且成为领导人之一。这让叶芝在心目中对于茅德 · 冈平添了一轮特殊的光晕。

叶芝对于茅德 · 冈一见钟情，而且一往情深，也曾这样描写过他第一次见到茅德 · 冈的情形：“她伫立窗畔，身旁盛开着一大团苹果花；她光彩夺目，仿佛自身就是洒满了阳光的花瓣。”叶芝深深地爱恋着她，但又因为她在他的心目中形成的高贵形象而感到无望，年轻的叶芝觉得自己“不成熟和缺乏成就”，所以，尽管恋情煎熬着他，但他并未对她表白，一则是因为羞怯，一则是因为觉得她不可能嫁给一个穷学生。

茅德·冈一直对叶芝若即若离，1891 年 7 月，叶芝误解了她在给自己的信中传达的信息，以为她对自己做了爱情的暗示，立即兴冲冲地跑去第一次向茅德·冈求婚。她拒绝了，说她不能和他结婚，但希望和叶芝保持友谊。此后茅德·冈始终拒绝叶芝的追求。她在 1903 年嫁给了爱尔兰军官麦克布莱少校。这场婚姻后来颇有波折，甚至出现了灾难，可她十分固执，即使在婚事完全失意时，毅然拒绝叶芝的追求，尽管如此，叶芝对于她的爱慕终身不渝，因此，难以排解的痛苦充满了叶芝一生中的很长一段时光。

爱情无望的同科和不幸，促使叶芝写下很多针对茅德·冈的诗歌，在数十年时光里，从各种各样的角度，茅德·冈不断激发叶芝的创作灵感，有时是激情的爱恋，有时是绝望的怨恨，更多的时候是爱和恨之间复杂的张力。

《当你老了》《他希望得到天堂中的锦绣》《白鸟》《和解》《反对无价值的称赞》……都是叶芝为茅德·冈写下的名篇。

我对于叶芝的了解仅限于读过他的一些诗作，但从诗人的故事中我整理出了这样一个懦弱的男孩爱慕一个女孩的故事。

爱恨纠结，红尘颠倒。

若干年后，这个曾经懦弱的少年站在了诺贝尔的领奖台上，获得极大的荣耀，可他的辉煌来得太晚，只能照亮自己，却照不到茅德·冈的额头。他在致辞时说："一度我也曾英俊像个少年，但那时我生涩的诗脆弱不堪，我的诗神也很苍老；现在我已苍老且患风湿，形体不值一顾，但我的缪思却年轻起来了，我甚至相信，她永远地向青春的岁月前进，像斯维登堡灵视所见的那些天使一样。"

我常想他的诗神是否茅德·冈的模样。

写下《当你老了》的叶芝只有28岁，想象一下，一个28岁的男人写下这样的诗篇，好似对自己心爱的女孩诅咒发誓说，等你年老了，你便明白我对你的爱情，等那些仰慕你容颜的男人皆退却了，你会知道只有我还依然爱你。

这是一个赌上了时间和生命的誓言，深情而激愤。

后来我跟某导演喝酒，他说："我们年轻的时候都相信，只有我们才配爱那个珍贵的女孩，只有我们才能给她们幸福。别人只会让她痛苦，她身边其他男人都是臭傻逼。直到很多年以后我们才不得不承认，原来她嫁给了别人，却一样可以幸福。男人在明白这件事的一瞬间，便开始苍老了。"

但叶芝显然是比一般男人固执得多，他直到52岁才娶妻，其间持续向茅德·冈求婚，失败不甘后又向茅德·冈的养女求婚，全被拒绝，堪称走投无路。直到他生命里的最后几个月他还写信约茅德·冈出来喝茶，依然被拒绝。他死后茅德·冈拒绝出席他的葬礼。

叶芝的爱情到最后大约已经演变成一种偏执了，这份偏执过于强烈，可见当初他沉沦爱情之深。

不恭敬地说，茅德·冈跟叶芝算是冤家中的极品。前者年轻时是万人瞩目的女演员，光辉夺目的名媛，后者是一介穷学生，唯有心存仰慕。后者多年后冠盖满天下，前者则垂垂老矣。两人的身份始终都不匹配。

我写过不少小说了，有人评论说我无论写什么小说里面都有爱情，可我觉得自己本质上是个对爱情和女性都缺乏了解的人，有点像江洋。

茅德·冈之于叶芝，林澜之于江洋，到底是怎样的感情，其实我没有什么结论的。写那么长的故事，到结尾凝结为“好好睡，晚安”五个字，林澜却终究没有对江洋讲过她自己的心。我以为这个故事的悲剧并不在林澜死了，而是跨越 11 年，江洋隐约看见过去的林澜在对他诉说什么，却如隔着群山万壑，听不见声音。

回想林澜和江洋那场如在错身巷中的相逢，和苹果花旁的茅德·冈，其后那么悲伤，只因当时那么美。

有些瞬间的存在从开始就是为了被缅怀，有一些笑容的绽放仅仅为了被回忆。

《太空堡垒》有本原画集，我很喜欢里面美树本晴彦的水彩风，用色温暖而苍老，像是水洗风吹日晒之后，失色在时光里的老相片。

池上听雷阶前看雨，花开千年人犹不老，终究只是年少时候的梦想。

附录

当你老了，头白了，睡思昏沉，
炉火旁打盹，请取下这部诗歌，
慢慢读，回想你过去眼神的柔和，
回想它们昔日浓重的阴影。

多少人爱你青春欢畅的时辰，
爱慕你的美丽、假意或真心，
只有一个人爱你那朝圣者的灵魂，
爱你衰老了的脸上痛苦的皱纹。

垂下头来，在红光闪耀的炉子旁，
凄然地轻轻诉说那爱情的消逝。
在头顶的山上它缓缓踱着步子，
在一群星星中间隐藏着脸庞。

——《当你老了》叶芝

ONCE UPON A TIME IN SHANGHAI
上海堡垒

作者
江 南

总策划
朱家君

丛书主编
杨 严

选题策划
熊 嵩

责任编辑
李高强

产品经理
颜 燕

流程校对
熊 嵩 颜 燕

封面设计
刘江南

宣传营销
郭海洋

运营发行
常蓦尘

出版社
长江出版社

总出品
漫娱文化

平台支持
小说馆 好漫画 GOOD

图书在版编目（CIP）数据

上海堡垒 / 江南 著 .
—武汉：长江出版社，2016.10
ISBN 978-7-5492-4630-4
Ⅰ. ①上… Ⅱ. ①江… Ⅲ. ①科学幻想小说 - 中国 - 当代 Ⅳ. ① I247.5
中国版本图书馆 CIP 数据核字（2016）第 238229 号

上海堡垒 / 江南 著

出　版	长江出版社 （武汉市解放大道 1863 号　邮政编码：430010）
出　品	漫娱文化 （湖北省武汉市积玉桥万达写字楼 11 号楼 19 层　邮政编码：430060）
出 版 人	赵　冕
选题策划	漫娱文化图书
市场发行	长江出版社发行部
网　址	http://www.cjpress.com.cn
责任编辑	钟一丹　李海振
特约编辑	颜　燕
装帧设计	Yvonne
印　刷	中华商务联合印刷（广东）有限公司
版　次	2016 年 10 月第 1 版
印　次	2019 年 7 月第 14 次印刷
开　本	710mm × 1120mm　1 / 32
印　张	10.25
字　数	240 千字
书　号	ISBN 978-7-5492-4630-4
定　价	38.00 元

电话：027-82926557(总编室）027-82926806（市场营销部）